HASAN ÖZKILIÇ

ZAHİT

1. basım: Kasım 2012
Bu kitabın 1. baskısı 1 000 adet yapılmıştır.

Yayına hazırlayan: Faruk Duman

Kapak tasarımı: Ayşe Çelem Design
Kapak resmi: © Shutterstock

Kapak baskı: Azra Matbaası
İç baskı ve cilt: Ekosan Matbaası

ISBN 978-975-07-1563-1

CAN SANAT YAYINLARI
YAPIM, DAĞITIM, TİCARET VE SANAYİ LTD. ŞTİ.
Hayriye Caddesi No: 2, 34430 Galatasaray, İstanbul
Telefon: (0212) 252 56 75 / 252 59 88 / 252 59 89 Faks: (0212) 252 72 33
www.canyayinlari.com
yayinevi@canyayinlari.com

HASAN ÖZKILIÇ

ZAHİT

ROMAN

CAN

Hasan Özkılıç'ın Can Yayınları'ndaki diğer kitapları:

Şerul'da Beklemek, 2002
Orada Yollarda, 2005
Gönlümün Şirazesi Bozuldu, 2008
Lataros Değirmeni'nde Üç Dakika, 2010

HASAN ÖZKILIÇ, 1951 yılında Iğdır'da doğdu. Eğitimine bu ilde başladı, 1973 yılında Turgutlu Lisesi'ni, 1980 yılında Ege Üniversitesi İşletme Fakültesi'ni bitirdi. 70'lerin başında yazmaya başladı. İlk öyküsü 1974 yılında *Demokrat İzmir Gazetesi*'nde yayımlandı. Uzunca bir süre öykülerini dergilerde yayımlayan Özkılıç'ın ilk öykü kitabı *Kuş Boranı*, 1998 yılında yayımlandı. Özkılıç, *Gönlümün Şirazesi Bozuldu* adlı kitabıyla, 2007 Haldun Taner Öykü Ödülü'nü aldı. 2008 yılında, yönetmen Erden Kıral, iki öyküsünü sinemaya uyarlayarak *Vicdan* adlı uzun metrajlı filmi; Özcan Alper de, "Adı Kargalarda Saklı" öyküsünden, *Moto Guzzi* adlı kısa filmi çekti. Özkılıç, 2000-2005 yılları arasında İzmir'de, *Agora* dergisini çıkardı. Kızı Öykü 2000 yılında doğdu.

Bu dünyada bir nesneye
Yanar içim göğnür özüm
Yiğit iken ölenlere
Gök ekini biçmiş gibi

YUNUS EMRE

Gök ekin iken biçilenlere...

İçindekiler

1

Geçmiş zamanda bir gece: Büyük çatışma

Bir gece yarısı, patlamalarla, silah sesleriyle önce yer yatağında kıvrılmış yatan kadın, sonra da adam açtı gözlerini. Birbirlerinden habersiz, gecenin içinden gelen bu ürpertici sesleri dinlediler. Birbirlerinden habersizdiler çünkü odanın içi zifirî karanlıktı. Ne kadın adamın uyandığının ayrımındaydı ne de adam kadının. Kadın, nereden aklına geldiyse, karanlığa bakıp yarı uykulu gözlerle yaşamlarının bugünden sonra bir daha eskisi gibi olmayacağını düşündü bir an. Korku, bir ürpertiyle geçti içinden; sağında yatan adama döndü, öyle bakıp kaldı. Adamsa, bugüne kadar olanları, başka köyleri, kentleri düşünüyordu ki, art arda üç sarsıntıyı, boğuk, uzaktan gelen, patlamayla oluşan o tok sesleri duyduğunda, "Bomba bu!" diye geçirdi içinden. "Çok güçlü. Uçaktan mı atıldı acaba?" Doğruldu, yatağın içinde oturdu. Adamın doğrulduğunu gören kadın, "Raşit, bu ne?" diye sordu. "Bu sesler nedir böyle?"

"Savaş... savaş çıktı!"

"Ne savaşı? Savaş nereden çıktı?"

"*Rabe, rabe!*"[1] dedi Raşit, fırladı yataktan, aceleyle

1. (Kürtçe) Kalk, kalk!

giyindi. Aynı odada, ikisi kız, ikisi oğlan dört çocuk akşam erkenden yatmışlardı. Bir büyük patlamanın ardından çocuklardan biri uyandı, "Ne oldu, ne?" diye seslendi. Yanında yatan kardeşi de uyandı, karanlıkta bir süre dışarıdan gelen sesleri dinlediler. Sonra kısık bir sesle, "Anne!" dedi aynı çocuk, sustu. Yine kulağı seslerdeydi, dışarıyı dinledi; o ara takırdayan otomatik silah sesleri çoğaldı. Nereden çıktıysa tam bu anda, otomatik silah seslerine birkaç horozun uzaktan gelen cırtlak sesi karıştı. Ama çok sürmedi; bir güçlü patlamanın ardından, bıçakla kesilir gibi kesildi sesler. Kadın sanki kocasının, "Kalk," dediğini hiç duymamıştı. Karanlıkta, gözleri pencereye takılı, öyle çöküp kalmıştı yatağın üzerine. İçinden, "Horozlar da korktu," dedi. "Nasıl da birden kesildi sesleri... Kim korkmaz ki bu patlamalardan?.." Az önce, "Anne!" diye seslenen çocuk, bir kez daha kısık bir sesle, "Nedir bu anne?" diye sorunca, kadın ne diyeceğini düşündü bir an. Sonra da, "*Rakeve kurê min, rakeve. Na, tişteke tune ye,*" dedi.[1]

"Nasıl bir şey yok anne?" diye sordu öbür çocuk, "Silah sesleri değil mi bunlar?"

"Susun!" diye çıkıştı Raşit. Çocuklar babalarına baktılar, pencerenin önündeydi, az önce perdeyi aralamış, dışarıdaki sütbeyazı aydınlıkta, dışarıda olan biteni anlamaya çalışıyordu. Pencereden giren ışıkla oda yarı aydınlıktı şimdi. Karısı da kalktı, adamın yanına gitti. Dışarıya baktığında gördü yangını. Karşıda, yamaçtan yukarıya doğru alevler yükseliyordu. Tam o anda yine peş peşe patlamalar oldu. Kadın korktu, geri çekildi. Sonra yine otomatik silah sesleri yükseldi. Sanki gitgide yaklaşıyordu sesler. O büyük patlamalar, ıslık çalar gibi duyulan

1. Yat oğlum, yat. Yok, bir şey yok.

seslerin ardından oluyordu. Raşit, içinden, yine aynı duyguyla, "Savaş çıktı, savaş!" diye geçirdi. "Başka bir şey değil! Her türlü silah kullanılıyor, savaş!" Kocasının az gerisinde duran kadın da, "Kim bunlar?.. Yoksa Raşit'in dediği gibi savaş mı çıktı?" diye düşündüğünde, aklının bir yerine takılıp kalan o soruyu sordu kocasına:

"Askerle dağdakiler mi Raşit?.. Onlardır çatışan, onlar yine, değil mi?"

"Yok, sanmam... Bu başka."

"Başka ne olur? Öyledir... Savaşın burada, bizim köyde ne işi var?"

"Belli mi olur?.. Sınır aha dibimizde... Savaşa savaşa köye kadar gelmişlerdir."

"Sen kötü bir rüya gördün herhalde Raşit... Allah aşkına savaş savaş deyip korkutma beni! Onlardır, dağdakiler... Belki bu sefer çok kalabalık geldiler, ha?.. Köye girdiler, asker de onları takip etti, çatışma çıktı."

"Yok, yok!.. Çok büyük, çok!.. Yangın var. Bak, karşıya, dağlara bak! Yangın!.. Öyle bir çatışmaya benziyor mu bu? İyiye alamet değil. Sonu kötü olur... Bizim için, herkes için sonu kötü."

"Bizim için mi?.. Ne yaptık biz? Niye kötü olsun?"

"Biz bir şey yapmadık! Onlar da yapmadı!"

"Onlar kim?"

"Sen görmedin, bilemezsin... Karanlık!.. Her yer karanlık!"

"Ne diyorsun Raşit? Ne karanlığı?"

"Sonumuz diyorum... Karanlık!"

"Kendine gel!.. Sonumuz niye karanlık olsun?"

"Karanlık, her yer karanlık oldu! Onlar da karanlıkta kaldı... Sonra gittiler öyle..." Sayıklar gibi konuşuyordu. Aynı tonda sürdürdü: "Gittiler, karanlık oldu... o adam anlattı, daha yeni, evvelsi gün anlattı... kör adam anlattı... dengbej... gittiler... köylerini boşalttılar... gittiler..."

Raşit'in aklı iki gün önce bir çocuğun elinden tutup da köye getirdiği yaşlı, kör adamın anlattıklarına takılıp kalmıştı. Adamın şiirli dili, söylediği sözler bölük pörçük usundaydı şimdi: "...köyler gördüm yakılıp yıkılmış... boştu!.. evler gördüm bir taşına bile dokunulmamış... boştu!.. okullar gördüm yakılıp yıkılmış... karakollar, siperler... boştu!.. köyler gördüm vadilerde, yeşilliklerin içinde, dersin cennetten bir köşe... boştu!.. köyler gördüm sarp kayalara tutunmuş kartal yuvası... boştu!.. köyler gördüm, yıkık duvarları öksüz çocuklar gibiydi... boştu!.. köyler gördüm duvarları hurma taşından yapılmış güneşin alnında sahipsiz, kimsesiz... boştu!.. gördüm!.. sinekler, börtü böcek... kanatlı kanatsız hayvanlar gördüm... renk renk kuşlar... fırtına kuşları gördüm... kuzgunlar, keklikler, atmacalar, benekleri parıl parıl baykuşlar, başı kınalı turnalar, çulluklar, üveyikler gördüm... viran olmuş evler de gördüm... tavşanlar, tilkiler, mermelikler, yılanlar, kediler, köpekler, kurtlar, kuzular... köyler gördüm, sisten dumandan kararmıştı... köyler gördüm, çoktular, ben deyim bin, siz deyin on bin... köyler gördüm, kapıları, pencereleri yoktu... oyulmuş göz gibiydiler... köyler gördüm, kör oldum... karanlıktı, karanlık..."

Raşit şimdi de o sözleri tekrarlıyordu:

"Köyler gördüm, karanlıktı, karanlık..."

Karısı adama baktı, ne yapacağını bilemedi. Acısın mı adamın haline, kızsın mı kararsız öyle dinledi, sonra biraz sert bir ses tonuyla çıkıştı:

"Ne söylüyorsun öyle Raşit, karanlık, karanlık, diye?.. Delirdin mi ne? Kendine gel!"

Raşit yine aynı havada, bir düşün içinde konuşur gibi, "Her yer karanlık oldu, giden gitti, kalan kaldı... Yok, yok, kalan olmadı, giden gitti, hepsi gitti," dedi, sonra da uzunca bir zaman konuşmadı. Karısı da susmuş, arada Raşit'e bakıyordu. Bir zaman sonra sanki bir el girdi araya, çatışmaları durdurdu. Ortalık sakinleşti, arada bir yarım takırtılar oluyor, sonra o sesler de kesiliyordu. Raşit, "Bitti sanma, bitmedi!" dedi, gidip yatağın üstüne oturdu. Kendi kendine, konuşuyormuş gibi ölgün bir sesle sürdürdü: "Bitmedi! Hiçbir şeyin sonu değil. Dengbej söyledi, sonu değil. Daha devam edecek... Durun, bekleyin, sonunda olacaklar olur, dedi... Yazılmışsa alnımıza, olur..."

Kadın da pencerenin önünden ayrıldı, gidip Raşit'in yanına oturdu.

"Olmaz olsun!" dedi, önceki korkak halinden sıyrılmış bir tavırla, "Yazılmışsa silinsin!"

"Karanlığı çeviremezsin..."

"Allah Allah! Ne oldu sana Raşit? Ne karanlığı, nereye çevireceksin?.."

"Karanlığı çeviremezsin!"

"Dur, kurban olduğum, dur hele! Topla kendini! Bir şey olmaz, geçecek. Bir sabah olsun, bekle! Kimse gitmez, evini barkını terk etmez bir çatışma yüzünden." Yarı aydınlıkta kocasına baktı. Endişeliydi. "Ne oldu bu adama?" diye düşündü. "Kör adam da kimdi? Dengbej miydi?.. Raşit söyledi ya! Evet, dengbej!.. Çoktandır gelmiyorlardı. Raşit o günden sonra değişti. Belli ki anlattıklarından korktu." Kocasına baktı, yarı aydınlıkta, yüzüne... Ne haldeydi? Baktı, ürperdi... Raşit'in gözleri kedi gözleri gibi parlıyordu. "Allah Allah!" dedi içinden. "Gözlerine bak, gözlerine!" Raşit kedi gözleriyle ona bakıyordu ki yine patlamalar oldu... Kadın ne yapacağını bilemedi. Çocukların üstü açılmıştı, uzandı, örttü. Tam o anda bir büyük patlama daha oldu yakında, kapandı küçük kızının üzerine, "Sarsıldı!.. Yer sarsıldı!" dedi, bir süre öyle kaldı, sonra doğruldu. Bir baktı ki oğlanların ikisi de kalkmış, yatağında oturuyor.

Kadın telaşla çocukları sakinleştirmeye çalıştı:

"Yatın, yatın! Bir şey yok, şimdi geçer."

Çocuklar bir süre dışarıyı dinlediler, sonra uzandılar, yorganı başlarına çektiler. Kadının gözü pencerenin ardında, kulağı dışarıdan gelen seslerdeydi. "Kesildi!.. Sesler kesildi!" dedi içinden. Raşit bir gölge gibi düştü karısının yanına. Gözlerinden uyku akıyordu, başını yastığa koymasıyla uyuması bir oldu. İnce bir sesle horlamaya başladığında kadın şaşırdı. "Yattı!.. Hem savaş çıktı, karanlık, dedi, sayıkladı, gelip yattı! Ne oldu bu adama? Kör adam da kimdi, nereden gelmişti?.. Bu tufan ne böyle?" Sessizliği dinledi. İçinden bir kez daha, "Kesildi, sesler kesildi!" dediğinde, bu kez silahların takırtıları bozdu sessizliği. Çocuklar yorgana iyice sarılıp kıvrıldılar yatağın içinde. Raşit duymadı silah seslerini. Öyle uzanmış, derin bir uykunun içinde arada sarsılıp duruyordu. Kadın baktı kocasına, içinden, "Ne oldu sana Raşit? Eline, diline tez Raşit, ne oldu?" dedi. "Sen ki sabırsız, yerinde duramayan bir adamdın, tezcanlılıktan çekmediğin kalmadı... Ne oldu böyle? Bu mahşerde nasıl yatıp kaldın öyle?.. Şimdi kalk desem, dışarı çık, bak ne oluyor, nedir bu kıyamet, çık bak desem belli ki kalkmazsın Raşit!.. Kalkmazsın! Ölümcül uykuya yattın Raşit, ölümcül!" Uzandı yorgana, üstünü örttü adamın. Raşit'in kıvırcık saçlarına kırlar düşmüştü. Avurtları çökmüş, soluk alıp verdikçe göğsü kalkıp iniyordu. Çukura çökmüş gözlerine, gür kaşlarına, ince, uzun yüzüne, sanki bir daha göremeyecekmiş gibi bakıp durdu kadın. Havanın onca serin olmasına rağmen Raşit'in alnında tomurcuk tomurcuk ter birikmişti. Uzandı, teri sildi. Yine o ânı yaşadı; daha ilk patlama seslerini duyup da uyandığında geleceklerine dair usunda dolaşan görüntüler bir kez daha belirdi, kadın ürperdi... Bir yol vardı uzakta, uzun, ince bir yol. Sisin içinde, belli belirsiz o yolda kendilerini görüyordu... İçine yine o korku düştü: "Geleceğimiz bugünden sonra başka olacak, başka!"

2

Geçmiş zamanda bir gün: Şenlik Mahallesi geceye hazırlanıyor

Kentin en renkli, en canlı mahallelerinden biri olan Şenlik Mahallesi'nde bir akşamüzeri. Evlerin önü çocuk kaynıyor. Çok katlı, betonarme eski binalar sanki birbirlerine sığınmış gibi, yol boyu uzayıp gidiyor. Her birinin dış cephesi ayrı bir renk cümbüşü. Ağırlıklı olarak pembeye, kırmızıya, sarıya boyanmışlar. Çoğunun kapısı, penceresi ardına kadar açık. Şirin mi şirin daireler; küçük, kutu gibi.

Balkon demirlerine yaslanmış kadınların kimi yandakiyle, kimi de karşısındakiyle sohbet ediyor. Apartmanlarda çok sayıda ailenin yaşadığı, mahalledeki kalabalıktan, birbirine bitişik çok sayıda balkondan, balkonlara asılmış renk renk çamaşır bolluğundan anlaşılıyor. Binaların hemen önünde, neredeyse apartmanlara sürtünerek geçen bir yol mahalleyi tam ortasından ikiye bölmüş. Yolun ortasında, sağda solda geçip giden, bekleyen, oyalanan mahalleli sanki panayırdaymış gibi bir görüntü sergiliyor. Araçlar, bu rahat halleriyle ortalığı dolduran mahallelinin içinde dura kalka ilerliyor. Sürücüler birine çarpmamak için dikkat kesiliyor. Kimi yolun kıyısında, öylesine birini bekler gibi ayakta, sırtını duvara vermiş bekliyor. Gözleri yoldan ayrıldığında, iki parmağının arasında ezilmiş sigaradan derin bir soluk alıyor, havaya üflediği dumanın dağılışını gülümseyerek izliyor. Kimi dalgın, uzaktan bakıldığında önünden geçen araçların içindekini gözlüyormuş izlenimi veriyor ama aslında baktığını görmüyor. Çünkü o an bir düşün içinde kaybolup gitmiş. Gördüğü araçların içindeki korkulu yüzler değil, çok daha renkli düşler görüyor şimdi. Tam o anda bir kadın geçiyor yoldan, sarı saçları rüzgârda savrulup duruyor. İrkiliyor, ona bakan var mı, diye sağı solu kolaçan ediyor. Ama öyle dağınık ki, bakış alanında hiçbir şey belirgin değil. Kadından başka bütün varlıklar silik şimdi gözlerinde. "İşte o! Geçti gene aşüfte! Öldürecek beni, öldürecek!" diyor içinden, omzuna attığı ceketi aceleyle giyip düşüyor kadının peşine... Biri de, bir tanıdığını arıyormuş gibi arada bir başını uzatıp aracın içindekilere bakıyor, sonra da başıyla selamlıyor. Bu tuhaf bakışlar araçtakileri daha çok korkutuyor. Bir başkası yapmacık bir tavırla yol ortasında koşturan çocuklara kızıyor, "Ulan!.. Hayvan!.. Çık yoldan! Şimdi çarpacak araba, oracıkta cartayı çekeceksin, çık!" diye bağırıyor, ardından gülümsüyor sürücüye. "Bak, nasıl yol açtım sana. Bir sağ ol demek yok mu, eşşeoğlu!" der gibi bakıyor. Sürücü de bu sırıtıştan bir karşılık beklediğini anlıyor, başını yan cama, adama doğru uzatıp, "Teşekkür ederim beyefendi," dediğinde, adam bu kez sahte bir gülüşle karşılık veriyor, "Bir şey değil efendim, bir şey değil... Güle güle efendim," diyor, arabanın dikiz aynasında adamın gülüşü donup kalıyor. Sürücü ise, gözü bir dikiz aynasında kalan adamda, bir yolda; buradan, bu renk renk insan kalabalığından geçilmez mahalleden bir an önce, biraz da korkarak çıkmaya çalışırken, "Tam bir getto!" diye geçiriyor içinden.

Akşam, güneş batmak üzere, mahalle gittikçe kalabalıklaşıyor. İşten, çöp toplamaktan, evlerde temizlikten, fabrikalardan, çoğu inşaatlardan, boyacılıktan, boyoz, gevrek satmaktan dönenlerle bu sırt sırta vermiş, iç içe girmiş çok katlı apartmanlardaki daireler daha bir şenleniyor. Kimisi de işe gitmek için hazırlanıyor. Gece işçileri bunlar... Birahaneye, bara, pavyona eğlendirmeye; otellerde kâtipliğe, sabahçı kahvelerinde garsonluğa, eğlence mekânlarında çiçek satmaya; taksilerde, belediye otobüslerinde, minibüslerde şoförlük yapmaya; velhasıl gece yaşamını güzelleştirmeye gidiyorlar. Kadınlar, erkekler, kızlar, bu şenlikli mahallede bir heyecan, bir telaş içinde hazırlanmaktalar. Bir kadın da uzun saçlarını balkondan aşağıya sarkıtıp durmadan tarak sallıyor. Daha yeni yıkanmış, pırıl pırıl ıslak saçlarını kurutma makinesi olarak kullandığı rüzgâra vermiş, arada bir durup karşı balkondaki bir başka kadınla konuşuyor, ona yeni başladığı işini anlatıyor. Bir erkek de çıkıp balkonuna, bu güzel saçlara sahip kadına bakıyor, ona dair düşler kuruyor.

Apartmanın birinin önüne yaklaşık yarım saat önce yanaşan kamyondan eşyaları, zemin kattaki o küçük dairelerden birine taşıyan kadın, hayretler içinde bu manzaraya bakıyor. Üç gündür yoldalar. Yaya çıktıkları yolculuğu önce otobüsle, ardından da minibüsle tamamladılar. Yolculuk boyunca gelecekleri bu kenti, bu evleri, mahalleyi merak ediyordu, geldiler. Geldiler ama kadının yaşadıkları aklından çıkmıyor. Patlayan bombalar, silah sesleri hep kulaklarında. Şimdi burada, bu tekinsiz yerde geçmişiyle boğuşuyor. Bir de bu günlerin geleceği var. Onları ne gibi tehlikeler bekliyor acaba? Daha çok çocuklarını düşünüyor. Nasıl bir yer burası?.. Bu insanlar, karmaşa, değişik yüzler, konuşmalar... İşte bu nedenle, her ne kadar gözleri bu acayip mahallede yaşayan insanlarda olsa da aklı fikri dört çocuğunda. Sanki şimdi, burada, bu kalabalığın içinde yitip gidecekmiş gibi gözlerini çocuklarının üzerinden ayırmıyor. Kamyonun yanından uzaklaşmalarına izin vermiyor. Tam o anda bir kadın yanaşıyor yanına. Bakıyor kadına, kendisine benzetiyor.

"Bu işte! Konuşacağım, derdimi açacağım, yardım isteyeceğim kadın bu! Bize benziyor," diye geçiriyor içinden. Kadın, "Hoş geldiniz bacım," diyor. Öyle dikkatle bakıyor ki Fatma'ya, sanki bir yerlerde görmüş de çıkarmaya çalışıyormuş gibi bir izlenim çıkıyor bu bakışlarından.

"Hoş bulduk," diyor Fatma.

"*Tu Kurd î?*"[1]

"*Erê.*"[2]

O anda bir başka kadın, elinde içi eşya dolu bir kovayla yakalaşıyor yanlarına, kovayı bırakıyor kapının önüne, o da, "Hoş geldiniz," diyor, duruyor kısa bir süre, gülümsüyor, sonra uzaklaşıyor. Kadının hoş gülüşü takılıp kalıyor aklına Fatma'nın. Az önce Kürtçe sorular soran kadın, konuşmasını kaldığı yerden bu kez Türkçe konuşarak sürdürüyor:

"Nereden geldiniz?"

"Köyden."

"Sizin de mi köyünüz boşaltıldı?"

"Bizim?.."

Kadına bakıyor. O an, onun da aynı şeyleri yaşadığını düşünüyor. Yine o sesler, o görüntüler: patlamalar, takırdayan otomatik silah sesleri, alevler, Raşit'in kedi gözleri... Kadın konuşuyor ama onu duymuyor.

1. Sen Kürt müsün?

2. Evet.

3

Geçmiş zamanda bir gün: Alevlerin peşinde

Sabaha kadar sürdü çatışma. Hava daha yeni yeni ağarıyordu ki kadın dürttü kocasını:

"Kalk Raşit, kalk! Kalk bir bak, ne oldu? Sabaha kadar silahlar susmadı. Olacak şey değil, sen nasıl yattın kaldın öyle?"

Raşit doğruldu, bir süre yatağın üstünde sessiz durdu, sonra karısına bir şey demeden usulca çıktı dışarı. Silah sesleri kesilmişti. Avlunun köye baktığı yöne doğru yürüdü. İlk bakışta dumandan başka bir şey göremedi. Onun evi köyün epey dışında, dağın yamacında, yüksekte bir yerdeydi. Bahçe duvarına yaklaştığında sisin, dumanın içinden birkaç evi seçebildi ancak. Bir anda sanki yabancısı olduğu bir yere bakıyor duygusuna kapıldı. "Kayboldu!.. Siste kayboldu hepsi! Aynen rüyamda gördüğüm gibi!.. Yok, rüyamda görmedim! Essahtan gördüm! Rüya değildi!.. Değildi!"

Sis köyün şeklini değiştirmişti. Şimdiye kadar bu noktadan köyünü bu haliyle hiç görmemişti. Evleri, köyün meydanını aradı gözleri, yoktu! Her yer dümdüz, sisin akıp gittiği bir boşluk gibiydi. "Yoklar! Göremiyorum. Benim gözlerime ne oldu?" dedi kendi kendine. Bakışlarını Dumanlı Dağ'ın olduğu yere çevirdi. Orada daha belirgin biçimde yangının izleri vardı. Yükseklere doğru duman dağı taşı yalayarak tütüyordu. Karısının yanına uzanıp da uyuduğunda rüyasında gördüklerini anımsıyordu şimdi. Dağda, yangının içinde koşuyordu. Alevler peşindeydi, kurtulmaya çalışıyordu. Sesini yükseltip bağırmak, yangını duyurmak istiyordu ama sesi çıkmıyordu. Çığlık içinde yankılanıyor, kulaklarını yırtıyordu. Anımsıyor, asılında dağdan evine koşmaya, evi yangından kurtarmaya çalışıyordu. Çünkü birileri bağırıyor, evler yanıyor, evler, diye sesler duyuyordu. Sabaha kadar hep yangınla uğraşıp durmuştu. "Ne geceydi ama!" dedi, sesli sesli. Yine gözleri vadiyi, dağı taradı, gelip köyün üzerinde durdu. Hani nerede?.. Evler niye görünmüyor. Nereden çıkmıştı bunca sis, bunca koyu gölge? Ne yapacaktı şimdi? İnmeli miydi köyün içine? Ortalıkta kimseler yoktu. Sanki herkes çekip gitmiş gibi köy boşalmıştı. "*Gundên hatine valakirin*!"[1] diye geçiriyor içinden. Daha iki gün önce anlatmıştı, kör adam anlatmıştı, oraları, başkalarının boşaltılan köylerini. O köyleri düşündü. "Şimdi sıra bize mi geldi?.. Yanmış, harabeye dönmüş, içinde kurttan kuştan başka bir canlının yaşamadığı köy!" Döndü, evine baktı. Karısı orada, pencerenin önünde, korku dolu bir yüzle ona bakıyordu. Kalktı, kapıya yöneldi, aralığı geçip odanın kapısını açtı, karısına, zor duyulur bir sesle, "Ben bir köye gideyim Fatma. Bakayım bir... Kötü şeyler olmuş. Dağlarda hâlâ duman var," dedi. Kadın pencerenin önünden ayrıldı, adama yöneldi.

"Öyle mi?.. Belliydi kötü olacağı. Git, git bak. Öğren, neydi bu çatışma, kimlerdi, git öğren," dedi.

Raşit kapıyı kapatıyordu ki, büyük oğlan uyandı, babasına seslendi:

"Baba, nereye gidiyorsun?"

1. Boşaltılmış köyler.

Raşit, duyulur duyulmaz bir sesle yanıtladı oğlunu: "*Rakeve kuro, rakeve. Ez ber bi nebaşiyê ve diçim.*"[1] Kapıyı çekip çıktı. Kapı kapandıktan sonra oğlan annesine, "Ne oldu anne? Babam niye öyle konuştu?" diye sorunca kadın, "Kalk, sen de kalk Zahit!" dedi. "Büyük çatışma çıktı, çok büyük. Sabaha kadar silah sesinden uyuyamadım. Hiç böylesini görmemişsindir. Yangın çıktı, her yer yandı. Baban tutturdu savaş çıktı, diye. Bir ara korktum adamdan. Sayıkladı, sonra vurdu başını yattı... Kalk oğlum. Uyuyacak zaman değil. Kardeşlerine göz kulak ol. Ben de gideyim... Bakalım nedir bu felaket, nereden geldi?"

"Ben de duydum. Çok patlama oldu. Yatamadım korkumdan. Nahit de korktu. Yatağın içinde titreyip durdu."

"Kıyametti, kıyamet!" dedi kadın, aceleyle aralığa geçti, ayakkabısını giydi, o da çıktı.

Zahit, kapanan kapının ardından baktı bir süre, sonra yatağa uzandı, gözlerini tavana dikti. "Babam ne diyordu öyle, ne savaşı?" diye sordu kendisine, sonra da bugüne kadar gördüklerini, duyduklarını düşündü. Dağdakilerle askerlerdi çatışan. Başka kim savaşırdı? O da her zaman oluyordu zaten. Çok da önemsemeden, zihninde çatışma görüntüleri, gözleri tavanda, çoğu zaman yaptığını yaptı yine: Bir film izler gibi mekânı köy olan bu çatışma sahnelerini zihninde tavana taşıdı, orada izlemeye koyuldu... İşte oradaydılar! Dağdakiler!.. Ellerinde silahları koşuyorlardı. Asker köyü kuşatıyordu. Bir şafak vakti, orada, köyün meydanında, sokaklarda, yokuş yukarı yolda, dağın yamacında bir görünüp bir kayboluyorlardı. Çok olmuştu çatışma başlayalı. Akşamdan başlamış, hâlâ sürüyor. Herkes gibi onlar da evlerine kapan-

1. Uyu oğul, uyu. Felakete gidiyorum.

mış, sıkı sıkı kapatmışlardı kapılarını. Başka ne yapabilirlerdi? Çıkıp çatışmaya katılacak değillerdi ya! Gülümsüyor. Çıkmazlar. Öldürsen dışarı adım atmazlar. Pencerelere yığılmış, çatışmayı izliyorlar. Patlamalar, silah sesleri kulakları sağır ediyor. Yalnızca köpeklerin sesleri karışıyor silah seslerine. Bir de panzerler, askerî cipler, cemseler, helikopterler... Önceleri daha çok korkuyorlardı. Yine gülümsüyor... Sıçanlar gibi yüklerin ardına girip saklanıyorlardı. Ama şimdi o kadar korkmuyorlar. Olacakları biliyorlar çünkü. Çatışmanın ardından iz kalmayacak. Ne ölü ne diri! Asker ölüleri de alıp gidecek. Alıştılar. Çatışma bitecek, kalkıp çıkacaklar, önce meraklı gözlerle etrafa bakacaklar, askerin gözünden ırak boş kovanları toplayacak, sonra işlerine güçlerine bakacaklardı. Başka ne olabilirdi ki?..

"Abi!"

"Uyandın mı Süsen?"

"Uyandım."

Daha Zahit'in gözleri tavandayken, düşlere dalmış, arada gülümseyip kendiyle konuşuyormuş izlenimi bıraktığında uyanmıştı Süsen. Bir süre öyle hayran bakışlarla ağabeyini izlemiş, sonra seslenmişti. Zahit uzandı, kızın saçlarını okşadı. Uyku mahmurluğunda bir güzel yüzle gülümsedi Süsen.

4

Şimdiki zamanda bir gece: Geriye kocaman bir hüzün kaldı

"Abime diyeceğim, seni öldürecek!"

Adam, bir apartman dairesinin girişinde, kapıyı açmaya çalışırken ardında bekleyen kadın bu sözü söyledi. Adam anahtarı deliğe sokmak için uğraşıyordu, sinirleri tepesindeydi. Bir kez daha, "Abime diyeceğim, seni öldürecek!" dediğinde, döndü, "Ağzına sakız ettin bugün, ha!.. Öldürecek, öldürecek!.. Yeter artık be!" diye bağırdı öfkeyle. "Yoksa rüyanda mı gördün o anarşist abinin beni öldürdüğünü? Sen kimi öldürtüyorsun? Öyle kolay mı adam öldürmek? Bak, dinle!.. Sana kaç sefer söyledim, gene söylüyorum, dinle! Ne olacak biliyor musun? Senin o anarşist abin gelip beni öldürmeden... evet, beni öldürmeden onun leşini bulacaklar... Dağlarda bulacaklar leşini, anladın mı? Bunu böyle bil! Hadi durma, haber sal gelsin!.. Ne yaparsan yap, sus şimdi! Daha çok tepemin tasını attırma!"

"Abime diyeceğim, seni öldürecek!"

"Kes!.. Yeter artık! Papağan gibi tekrarlayıp durma öldürecek öldürecek, diye! Şimdi seni ben aha buracıkta gebertip leşini köpeklere yedireceğim! Bırak kapıyı açayım be! Gözüm görmüyor zaten."

Kadın sustu. İkisinin de alkollü olduğu her halinden belliydi, ayakta durmakta zorluk çekiyorlardı. Gecenin geç saatiydi, neredeyse şafak sökecekti. Adam sonunda açtı kapıyı, "Amına kodumun kapısı!" dedi, tekmeyi savurdu. "Her gece böyle bana eziyet çektiriyor şerefsizin malı!"

Döndü, sinirli, buyurgan bir ses tonuyla, "Hadi gir!" dedi.

Girdiler; sallanıyorlardı; kadın çantasını portmantonun önüne fırlattı.

"Abime diyeceğim, seni öldürecek!"

Uyuşuk bir halde hep aynı sözleri tekrarlıyordu. Belli ki adam bu tehditlere, bu konuşma biçimine alışmıştı. Tartışmayı sürdürmedi. Bu kez sakince, barışmak, gerginlikten kaçınmak isteyen bir tavırla konuştu:

"Tamam, tamam, söyle gelsin öldürsün beni. Kurtulursun... Bir şey demiyorum, haber sal gelsin."

"Abime diyeceğim... gel, diyeceğim, gel bu kavatı öldür."

"Hah!.. Hatırladın işte Süsen Hanım!.. Bravo, hatırladın bak kavatını!.. Bu adı da bana sen taktın: Kavat!.. Senin kavatın!.. Hadi geç, yol ver!"

Süsen ayakkabılarını çıkardı, sallana sallana salona girdi. Dışarıdan sokak lambasının ışığı giriyordu, içerisi yarı aydınlıktı. Yusuf da ardından geldi, kapıdan girdiğinde uzandı, lambayı yaktı.

Bina, dıştan bakıldığında eski, rengi solmuş, sıvaları dökülmüş haliyle oldukça kötü görünümlü, dört katlı bir apartmandı. Dışarıdan onca çirkin görünümüne rağmen, Süsen'le Yusuf'un oturdukları bu küçük daire öyle güzel döşenmişti ki, bu sıcak ortama girip de kendilerini koltuğa bıraktıklarında bir daha dışarıya adım atmak istemiyorlardı. İşte buraya, bu daireye gece yarısından sonra Süsen'le Yusuf sarhoş bir halde girdiler. Kadın kendini yorgun, bitkin bir halde, bir çuval gibi koltuğa bıraktı. Süsen takılıp kalmıştı aynı sözlere. Kızgındı. Dönüp Yusuf'a baktığında dilinden hep aynı tehdit edici sözler dökülüyordu:

"Kavat! Diyeceğim!.. Bir gün gelecek, diyeceğim, Zahit abim seni öldürecek!"

Yusuf yürüdü, artık duymak istemiyordu karısının söylediklerini, banyoya girdi. Süsen hemen yanı başındaki teybin tuşuna bastı. Kasetçalarda bir kadın, "*Nerede kaldın, hayatımı verdim gelmedin, nerede kaldın?*" diye yanık bir arabesk şarkıyı söylerken, karşısında Yusuf varmış gibi, yine kızgın bir ses tonuyla, "Cehennemin dibinde kaldı orospunun çocuğu! İnşallah ölüsü gelecek!" dedi, sehpanın üzerindeki sigara paketine uzandı. Aldı, yaktı, derin bir iç çekti. Canı boğazından çıkacakmış gibi sıkılıyordu şimdi. Bir eksiklik vardı yine bugünde, ama ne?.. "Dönsem, gitsem... Bara gitsem, sabahlasam," dedi içinden, iki soluk çekti sigaradan, sonra kendini zorlayarak kalktı koltuktan, "Ne barı sersem?.. Kapanmıştır... Bu saate bar mı kalır?" diyerek sallana sallana pencerenin önüne gitti. Sigarasından bir kez daha derin bir soluk aldı, alnını cama dayadı, dışarıya baktı; yarı karanlık sokağa, ötesine, büyük parkın ötesinde, çam ağaçlarının, palmiyelerin, salkım saçak söğütlerin, çınarların ötesine... "İşte orada kaldı her şey! Orada!.. Şenlik Mahallesi'nde!" dedi içinden. Şimdi pencerenin ardından baktığında, çok uzak değil, orada, yarım saatlik ötedeydi Şenlik Mahallesi! Rengini, kokusunu, kalabalığını, cıvıltısını gecenin koynuna salmış, derin bir uykudaydı şimdi. Şenlik Mahallesi!.. Oraya, o şenliğin içine yıllar önce annesiyle, babasıyla, "canlarım" dediği kardeşleriyle, bir akşamüzeri geldiler. Yıllar önce!.. Sokaklarına, cıvıltısına, güzelliğine vuruldu. Geldikleri o dağ başındaki köyüne, orada bıraktığı arkadaşlarına benzemeyen çokça arkadaşı oldu burada; kısa zamanda yoluna, toprağına, havasına alıştığı mahallede, Şenlikli'de. Hayalleriydi onu yaşatan; ona umut veren, ayakta tutan... Hepsi birer düş olmuştu. Olmuş, bitmişti.

Geriye kocaman bir hüzün yumağı kalmıştı. "Hayalimde, düşümde," diyerek yaşıyordu gidemediği, sokaklarında artık kahkahalarla gülemediği, havasını, rengini, kokusunu soluyamadığı Şenlik Mahallesi'ni... Onun diliyle, Şenlikli'yi! Ondan öncesi, uzak diyarlar. Dağ başları... Oradaki yaşamları bıçakla kesilir gibi bir günde sonlandırılmış, bir daha ayak basamadığı diyarlar olarak kalmıştı düşlerinde. Uzak diyarlar! Bildiği bir şey vardı o diyara dair, yasak!..

Gözleri uzakta bir noktada bunları düşünürken, kasetçalarda art arda çalan arabesk şarkılar duygularına, iç sızısına eşlik ediyordu. Oraya gidiyordu, Şenlik Mahallesi'ne, az önce kaybolan adamla birlikte gezip tozduğu o günler geliyordu gözlerinin önüne. Güzel günler de yaşamıştı onunla. "Kavatla!" dedi içinden, döndü, koltuğa attı kendini.

Kapı açılıp da Yusuf göründüğünde irkildi. O da çöktü koltuğun birine, sonra da sigara paketine uzandı, alıp yaktı.

"Nasıl, rahatladın mı biraz?"

"Sana ne! Senin yanında çok rahatladım!.. Beynim zonkluyor beynim! Patlayacak!"

Yusuf yine alttan aldı. Ağır ağır, yüzüne bakmadan konuştu:

"Sana kaç kere söyledim, az iç, diye... Sen az iç, bırak masadaki içsin. Eğer canın içmek istiyorsa, sonraya bırak. Eve geldiğinde iç. Hasta olacaksın. Biraz akıllı ol! Bu gidişle sonun kötü olacak!"

"Sen karışma bana!"

"Sen bilirsin. Devam et... Geberip gideceksin böyle devam edersen!"

"Keşke!.. Nerede o günler. Keşke gebersem de kurtulsam bu bok çukurundan! Kurtulsam!.. Senden, bu hayattan, anladın mı?"

"Ben senin iyiliğin için söylüyorum..."

"Ne o, Şenlikli'nin kusmuğu!.. Yoksa yine bir şey mi isteyeceksin? Bakıyorum yine o iyi adam pozuna büründün. İşine bak, işine! Bana karışma!"

Yusuf en çok bu söze, "Şenlikli'nin kusmuğu" benzetmesine bozuluyordu. Kusmuk sözcüğü onu çileden çıkarıyordu. Döndü, yine öfkesini dizginlemeye çalışarak, ama o her zamanki alaylı konuşma biçimiyle, "Yok, öyle kolay ölüm yok!" dedi.

"Var, senin ölümün kolay olacak!"

"Yok, benim değil, senin ölümünü konuşuyoruz... Ölme!.. Sonra ben ne yaparım? Patronun ne yapar? Bak onu unutma, patronunu! Hatta patronumuz ne yapar? Sensiz yaşayamaz, biliyorsun. O babacan patron. Eski filmlerin gazino patronu!.. Ekrem Bora bozuntusu!"

"Kendine bak, kendine! Sen nesin?"

"Sen beni bırak şimdi."

"Öff!.. Kes artık, kafam şişti!"

"Dur daha, sözüm bitmedi. Patronumuzu konuşuyordum... Onu taklit ediyor, Ekrem Bora'yı! Sen Türkan Şoray, o da Ekrem Bora! Peh peh!.. Yeme de yanında yat! Adamdaki hayale bak! Ekrem Bora'yla Türkan Şoray!.. Öyle kaptırdı ki kendini, odasında devamlı o filmin şarkısını çalıyor, *Sürtük* filminin... '*İçin için yanıyor, yanıyor bu gönlüm...*' İçin için yanıyormuş! Vay be!.. Adam hâlâ orada... Ortalıkta gazino mu var? Bir de adına bak adına! "Sürtük Bar"!.. Kerhaneye dönmüş bir birahane bozuntusu bar! Pavyon bozuntusu mu desem? Barmış! Bütün işleri bozuntu... Yapıştırdı dükkânın alnına ışıklıyı, yanıp yanıp sönüyor: "Sürtük Bar!" Sahibi de gazino patronu havasına bürünmüş pezevenk!"

Süsen, Yusuf'un sözünü kesti, şimdi öfkeden mosmordu.

"Sen nesin?" diye bağırdı. "Sen de kabadayı! Ama

dur, kabadayı bile olamadın. Sen de kabadayı bozuntusu! Gazino yoksa kabadayı da yok. Evet, evet, sen de busun, bozuntu gazinonun bozuntu kabadayısı!"

Yusuf, "Yok, yok!.. Gazino bozuntusu da değil," dedi, sakin görünmeye çalışarak, "düpedüz kerhane!.. Evet, kerhane!"

"Orası kerhane değil, bok atma!.. Bar orası, bar! Çalışıyoruz, bir lokma ekmek için sağlığımızı koyuyoruz ortaya... Sen ne anlarsın bundan! Kıskançlıktan geberiyorsun! Onu, Ekrem Bey'i kıskanıyorsun."

"Seviyor seni... Ekrem Bora bozuntusu seni seviyor! Bunu herkes biliyor. Gizleme! Büyük aşk! Senin de öyle bir sevgin var ya hani, '*hayalimde düşümde*' diyorsun ya, işte öyle. Büyük patron ancak *hayalinde düşünde* seviyor seni. Başka ne olabilir, sakat bir sevgiden başka! İşine de geliyor bu değil mi?"

"He, geliyor, ne olacak?"

"Ama böyle değildi. Baştan kızı gibi davranıyordu sana. Ne oldu? Baba-kız rolü çok sürmedi, değişti... Sen değiştirdin. Cilvelerinle değiştirdin. Kızı gitti aşkı geldi, büyük aşk!.. Senin için nasıl da yandığını, tutuştuğunu gizlemiyor... Söyleyecek, açıkça isteyecek, kendine güvenmiyor... Erkekliğine!.. Yattın mı onunla? Hadi söyle, yattın değil mi? Becerebiliyor mu? Hadi söyle, kızmayacağım. Yatmışsındır, öyle değil mi?"

"Ben istesem de o yatmaz kavat! İşte sen busun! Tam bir kavat gibi konuşuyorsun, kavat!.. Yatmaz! Sen anlayamazsın bunu. Ruhun yok! Ölmüş ruhun! Satılmış senin ruhun! Yatmaz!.. Onun gözünde çiçeğim ben, kar çiçeği! Değerimi bir tek o biliyor. Sen anlamazsın! Ömrüm boyunca gördüğüm tek iyi adam. Adam gibi bir adam, anladın mı? Sen, Şenlik Mahallesi'nin kusmuğusun. Orada, o çukurda ağuyla yoğrulmuşsun! Ağuyla kavat!"

"Gir, gir!.. Bir gün zorla gir koynuna... Bunu sen de

istiyorsun, biliyorum. Sen ne yangınsın, bilmez miyim?"

"Kes artık, kes! Yeter, aşağılık herif!"

Yusuf kalktı, yüzü bozuk, cebinden, önceden hazırlanmış "cigaralık"ları çıkardı.

"İster misin?"

"Ver!"

Yaktılar, dumanlandılar. Gün ağarmak üzereydi. Odayı o kesif koku doldurdu. Bir süre hiç konuşmadılar. Yusuf bir şeyler söyledi, Süsen anlamadı ne dediğini. Sonra yatağa yuvarlanır gibi girdiler, Yusuf döndü, altına aldı Süsen'i.

"Kavat! Büyük kavat!" dedi Süsen, duyulur duyulmaz bir sesle. Yusuf kadının apışarasını avuçladı, sıktı. Süsen, tırnaklarını Yusuf'un sırtına geçirdi, soluk soluğa bir sesle konuştu: "Gelecek! Zahit abim gelecek, seni öldürecek!"

5

Geçmiş zamanda bir gün: Gidin, bir daha gelmeyin!

Raşit çıktı avludan, köye doğru ağır adımlarla yürüyordu, karısı koşarak ardından yetişti, "Raşit dur!" diye seslendi. "Ben de geldim, dur!"

Durdu, karısını bekledi. Korkulu gözleriyle adama doğru koşarak geliyordu kadın. Yanına geldiğinde, Raşit, birlikte geçirdikleri onca yıl içinde karısını bu yüzle hiç görmediği ayrımsadı. Döndü, evlere baktı. Avlular boştu, şaşırdı. "Nereye gitti bu insanlar?" diye sordu kendi kendine.

Karısı:

"Raşit, nerede bunlar? Kimse yok ortalıkta?"

"Kalkmadım... Kalkıp bir bakmadım ne oluyor, diye. Korktum! Allah benim belamı versin! Ben nasıl komşuyum böyle? Viran olmuş köy! Nerede bu insanlar? Götürdüler mi?"

"Dur!.. Dur hele! Gitmesek hemen... Bir sorsak, ne olmuş? Sonra seni de alırlarsa?"

"Dön geriye, dön! Ne diyorsun böyle!.. Olacak şey mi gitmemek? Gideceğim, ne olduğunu öğreneceğim. İster beni öldürsünler, ben gene de gideceğim, sen ne diyorsun? Dön sen, gelme!"

"Yok, kurban olduğum, yok... Ben dedim işte... bir sorsak, diye..."

"Soracak bir şey yok! Soracak adam da yok. Bir bulalım... Nerede bunlar?"

Adam hızlandı yokuş aşağı, kadın da etrafa korkulu gözlerle bakarak ilerliyordu. Bir evin kapısından avluya korka korka baktı, sonra seslendi:

"*Gulîzar tu li ku yî?*"[1] Karşılık alamadı, adımlarını açtı, kocasına yetişmeye çalıştı. "Raşit bak, Gülizar'ın evi boş, kimse yok... Aha Mahmut da yok!"

Raşit de gördü, durdu, sonra sağa, bitişik iki eve doğru yürüdüler. Bir garip hava vardı evin avlusunda, adlandıramadıkları, ne diyeceklerini, nasıl yorumlayacaklarını bilemedikleri bir hava. Raşit, Mahmut'un açık kapısından girdi içeri, kimse yoktu, öyle baktı etrafa,

"Mahmut!" diye seslendi. "Mahmut! Kardeşim neredesin?" Yanıt alamadı sorusuna, karsına döndü, "Yürü, çıkalım. Kimse yok," dedi, çıktılar, kapı öyle ardına kadar açık kaldı. Yokuş aşağı, tedirgin, korkarak yürüyorlardı ki sokağın birinden bir cip çıktı. O anda, onlarla birlikte cip de durdu. İçindeki askerler öyle bakıp durdu şaşkın şaşkın. Birisi camdan başını çıkardı, "Gel bakayım buraya, gel!" dediğinde, Raşit ne yapacağını bilemedi. "Dönüp kaçsam mı?" diye düşündü bir an, sonra da, "Nereye kaçacağım? Fatma ne olacak?" dedi kendi kendine. Fatma arkasına gizlenir gibi sığınmıştı. Asker baktı ki Raşit durmuş öyle bakıyor, bir kez daha seslendi:

"Ne duruyorsun? Gelsene!"

Raşit karısına, "*Tu li vir raweste*[2]," dedi, yürüdü askerlere doğru. Aracın yanına geldiğinde, asker, "Nereden geliyorsunuz?" diye sordu.

"Evimizden," diye yanıtladı Raşit.

1. Gülizar neredesin?

2. Sen bekle burada.

"Eviniz nerede?"
"O yukarıda... Tepede."
"Senin köyde olanlardan haberin yok herhalde?"
"Köyde?.. Bilmem vallaha. Köylüler nerede?"
"Bırak sen köylüleri! Adın ne senin?"
"Raşit... efendim."
"Bak, Raşit... Bu köyde olaylar oldu... Köylüler meydanda. Bir kısmı da gitti. Burası artık tekin bir yer değil... Bir-iki gün içinde kimse kalmaz, köy boşalır... Sen de gidersin... Mecbur..."
"Evet, anladım efendim... Nereye gideceğiz?"
"Nereye?.. Vallah bilmem... Bak, istersen korucu olabilirsin... O zaman sana bir köy bulunur, ev verilir."
"Korucu?"
"Evet, korucu... Maaş da alırsın."
"Ben koruculuk yapamam... efendim."
"Yapmaz mısın?
"Evet, yapamam."
"Neden?"
Şimdi ne diyecekti?.. Sanki bu an doğru bir yanıt veremezse hemen burada öldürülecekmiş gibi bir düşünce hızla geçti aklından, titredi. Birden aklına askerliği geldi.
"Çünkü ben askerlik de yapmadım."
"Neden yapmadın?"
"Çürüğe çıktım."
Asker baktı durdu yüzüne. Raşit bir anda rahatlamıştı bu yanıtla.
"O zaman... işte sen de diğerleri gibi başının çaresine bakacaksın. Buralarda görünme, tehlikeli. Her an çatışma çıkabilir... Anladın mı?"
"Anladım efendim."
"Hadi şimdi uzaklaşın!"
Döndü, kadın önde, adam arkada hızlı adımlarla, soluk soluğa yokuşu tırmandılar. Cip gitti mi, yoksa hâlâ

orada mıydı, merak ediyordu, dönüp baktı, cip aynı yerde duruyordu; baktığını gören asker bu kez, "Gidin!" der gibi eliyle işaret etti; koşar adım çıktılar yokuşu, kapıdan içeriye girinceye kadar bir daha arkalarına bakmadılar. Raşit çöktü, kesik kesik, kendi kendine konuştu:

"Bu da mı başımıza gelecekti? Neydi öyle? Kimin askeriydi o askerler? Bizimkilere hiç benzemiyorlardı!"

"Bizim askerlerdi, bizim, kimin olacak? Şaşırdın sen?"

"Yok, yok... Bizimkilere benzemiyorlardı."

Çocuklar yataktaydı, ikisi uyuyordu, Zahit'le Süsen uyanıktı. Zahit, "Dağdakiler olmasın baba?" diye sordu.

"Değil, değildi oğul. Dağdakiler olsa bilmem mi? Hem onların cipte ne işi var? Başka giyinmişlerdi ama bizim dilimizi konuşuyorlardı."

"O zaman bizim askerlerdir demek."

"Değil, diyorum!.. Bizim asker de değil."

Kadın sinirlenmişti.

"Yeter!" dedi. "Bir tutturdun bizim değil, diye gidiyorsun. Bırak askerin kim olduğunu da bizi düşün. Ne yapacağız şimdi?"

"Haklısın, doğru... Bunu düşünmemiz gerek. Ne yapacağız? Asker, başınızın çaresine bakacaksınız, bu köyde kimse kalmadı, herkes gitti, siz de gidin, bir daha buraya gelmeyin, dedi."

Karısı:

"Asker mi böyle dedi?"

"Asker dedi tabii. Kim diyecek?"

"Köy boşalacak, ha?"

"Boşalacak, dedi... Herkes gidecek."

"Nereye gidecek Raşit?"

"Gidecek... İstersen korucu ol, sana ev verelim, dedi."

"Ne işin var koruculukta?"

"Ben de öyle dedim, olmam, dedim... Yapamam, ben ne anlarım koruculuktan."

"Nereye gideceğiz Raşit?.. Evimiz ne olacak?.. Çobanda koyunumuz, kuzumuz var... O nereye gitti? Nasıl bulacağız?"

"Sonra... O sonraki iş. Hele bir bilebilsek, nereye gideceğimizi."

Fatma çocuklarına döndü, "Kalkın," dedi. "Kalkın da yatakları toplayım... Nahit'le Gülcan'ı da kaldırın."

Çocuklar kalktı, adam çıktı, yine avlunun sonuna, duvara doğru yürüdü. İçinden, "Evimin duvarı şimdi bana sınır oldu. O yana geçmek yasak!" diye geçirdi. Orada, duvarın önünde, gözü sisli havada kendi kendine hesaplar yapmaya, çözüm üretmeye koyuldu... "Köye hiç sokmazlarsa ne yaparız, nasıl çıkarız köyden? Neyle taşırız eşyalarımızı? Yoldan gitmemize de izin vermezlerse, nereden gideriz? Gideriz de... Nereye? Kime gideriz, hangi köye, hangi şehre?.. Gideriz de nasıl yaşarız?.. Nerede çalışırız? Çocuklar ne olur, çocuklar?.."

6

Geçmiş zamanda bir gün: Deliksiz bir uykunun koynunda

Kocasına, kamyondan aldığı birkaç parça eşyayı eve taşıyıp bıraktıktan sonra, o telaşın, kente varışlarının yarattığı o ilk heyecanın içinde sordu:

"Raşit, bu nasıl şehir?.. Bu adamlar nasıl adam böyle?"

"Ne var adamlarda?.. Nasıl olacak, adam işte! Neye benziyorlar? Boynuzları var?"

"Yok, öyle demedim... Bir başka buranın adamları..."

"Bekir de yıllardır burada, bu adamlarla aynı mahallede yaşıyor. Korkma, iyi adamlarmış. Bekir dedi, gelin, görün burası iyi bir yerdir, görün seveceksiniz, dedi. Asıl adamlık, insanlık, yardımlaşma burada varmış. Bizim oraların insanları gibi çoğu birbirine düşman, kara cahil değillermiş, böyle dedi... Gece çalışıyormuş, ondan gelemedi. Çocuklarının da haberi yok. Yoksa şimdi gelirlerdi... Neyse, bırak şimdi mahalleliyle uğraşmayı. Komşumuz onlar. İyi geçinmemiz gerek."

"Tamam, tamam, bir şey demedim, kötü demedim adamlara. Bizim ora insanına hiç benzemiyorlar. Şaşırdım görünce."

"Ee, burası büyük şehir. Başka olacak tabii. Bırak bunları da, karanlık bastırıyor, bir an önce yerleşmeliyiz."

İşlerine döndüler. Kadının şaşkın bakışları, eşyayı taşıdığı sürece mahalleye, kadınlara, çocuklara takılıp kaldı. Eşyaları taşıyıp zemin kattaki iki oda, bir salonu olan küçük daireye bırakıp çıkıyorlardı. Fatma bir baktı ki, az önce, "Hoş geldin," diyen kadın da eşyaları taşıyor. Gülümsedi ona, "Sağ ol," dedi. Kadın, "Ne olacak, biz burada birbirimize yardımcı olmazsak kim olacak?" dedi. Rahat, içten, güven veren bir ses tonuyla sürdürdü: "Rahat ol, yüreğini ferah tut. Her şey yoluna girer. Başka çaresi var mı?"

"Sağ ol bacım, sağ ol... Bilmem ki... *Me rojên ew qas erjeng dîtin ku...*"[1]

"Geçer, hepsi geçer. Biz de o kötü günleri yaşadık. Aha işte burada, bu yabancı memlekette alıştık gitti. Unuttuk o günleri. Unutmayıp da ne yapacaktık? Bundan sonrasına bakın siz."

Fatma'nın yüreği ferahladı, derin bir soluk aldı. Tam o anda Süsen bir sevinçle geldi, annesi kolundan yakaladı, "Ana bak, bir arkadaş buldum," dedi, ona kara kuru bir çocuğu gösterdi. "Adı, Yusuf."

Nahit, omzundan yakaladı kızı, çekti, bağırdı:

"Gel bu yana! Arkadaş bulmuş! Kimmiş bu arkadaş? Daha gelir gelmez..."

Süsen ağlayacak gibi oldu.

"Anne!.. Nahit kolumu acıttı."

Kadın, Nahit'i çekti, ayırdı kızdan.

"Bırak oğul, bırak!" dedi.

O ara az önce konuşan kadın girdi araya, Nahit'e: "Koy, arkadaş bulsun bacın, sen de bul... Çok arkadaşınız olsun burada, çok... Yoksa garip kalırsınız."

Çocuklarının geleceğinden kaygı duyan, onlardan gözünü ayırmayan Fatma, bu sözlerden sonra Nahit'e sevecen bir sesle, "Evet ya, doğru söylüyor teyzeniz,"

1. Öyle kötü günler gördük ki...

dedi. "Gidin oynayın, gidin! Çok arkadaşınız olsun, hadi gidin oynayın."

Nahit çekildi, uzaklaştı, az ileriden Yusuf'a baktı. Kızsın mı, yoksa gidip birlikte oynasın mı karar veremedi.

Yerleştiler evlerine. Akşama doğru Bekir, karısı, iki kızı koşarak geldiler. Sarıldılar birbirlerine. Raşit'in karısı yine gözyaşlarını tutamadı. Kadın onu teselli etti. Burada yalnız olmadıklarını, korkmamaları gerektiğini söyledi. Bekir evin anahtarını bakkala bırakıp işe gitmişti. Anahtarı alıp eve taşınmışlardı. O yorgun argın halleriyle Bekir'in, karısının, kızlarının gitmesine izin vermediler. İki kadın, kızlar girdi mutfağa, alelacele ocak yakıldı, köyden getirdikleri haşlanmış etle güzel bir yemek, yanına bulgur pilavı yaptılar. Yeni gelenlerin uyumsuzluğunun, kaygılı, hüzünlü hallerinin içinde kimi zaman suskun, kimi de konuşarak, çokça sorular sorarak yediler yemeklerini. Çaylar konulup da geç saatlere kadar sohbet sürünce açıldılar, yavaş yavaş o hüzünlü havadan sıyrıldılar, hatta ağız dolusu güldükleri de oldu. Raşit, dönüp dönüp Bekir'e sarıldı, onlara sahip çıktığı için minnet duygularını dile getirdi. Bekir, geç saatte kalkıp da çocuklarıyla gittikten sonra yataklarını serdiler, çocuklar, günlerden sonra ilk kez deliksiz uyudular. Raşit'in gözleri tavanda, öyle dalıp gitmişti. Karısı onu izliyordu. Saatler ilerledi, ikisi de bir türlü uyuyamadı. Kadın yaklaştı adama, sarıldı, "Raşit!" dedi.

"Ne var?"

"Sen de uyuyamadın değil mi?"

"Evet, uyuyamadım. Köyden çıktığımızdan bu yana her şey benimle geliyor. İyi ki Bekir burada... O olmasaydı halımız kötü olurdu. Nereye giderdik? Kime sığınırdık? İnsanın bir köylüsünün gurbette olması çok iyi... Onu düşünüyorum, Bekir'i, iyi olacak diyorum ama yine de köy, orada yaşadıklarım peşimi bırakmıyor."

"Ben de öyle. Patlamalar kulaklarımda hep... Silah sesleri. Aha orada, gözümün önünde."

Raşit sarıldı karısına, çekti kendine doğru. Kadın burnunu kocasının koltukaltına gömdü, gözlerini kapadı. Oradaydı hâlâ, yangın yeri köyünde.

7

Geçmiş zamanda bir gün: Karar zamanı

Raşit, iki gün boyunca evle avlu duvarı arasında gidip geldi, dikildi köyü izledi. Yine o yabancı olduklarını düşündüğü askerlerden başka bir canlı görmedi köyde. Üçüncü günün sabahı, erken bir saatte duvarın dibine dikildi, bu kez askerleri de araçlarını da göremedi. Dikkatlice baktı, yarım saatten fazla ayrılmadı duvarın yanından, sonra eve haber vermeden sallandı aşağıya, duvar diplerinden, sine sine köye doğru yürüdü. Ancak çok sürmedi, sanki aynı yerde onu bekliyormuş gibi, aynı sokaktan aynı cip çıktı karşısına. Donup kaldı. "Bu ne? Nereden çıktı bu askerler? Hep burada mı bekliyorlar?" diye geçirdi içinden. Raşit durunca cip de durmuştu. Yine öyle bakıştılar. Bu kez direksiyondaki asker başını çıkardı, sert, kızgın bir sesle, "Sana ne dedik ulan!" diye bağırdı. "Bir daha buraya gelme demedik mi! Belanı mı arıyorsun be adam! Ha de, git!.. Uzaklaş buralardan! Daha duruyor!"

Döndü, koşmaya başladı. Hızlandı. Sanki yokuş yukarı değil de tepeden, evinin olduğu yerden, aşağıya koşuyor gibiydi. Kapıyı o hızla açıp evine girdiğinde karısı şaşırdı, "Ne oldu Raşit?" diye sordu.

Soluk soluğaydı. Oturdu olduğu yere, kilimin üzerine, ağzından tek söz çıkmadı. Çocuklar kahvaltı ediyordu. Onlara baktı, duygulandı, neredeyse ağlayacaktı. Kadın geldi, önüne çöktü.

"Ne oldu söyle! Ne bu halin?"

"*Leşker got, here!..*"[1]

"Sen köye mi indin?"

"İndim... Baktım, epey zaman baktım, kimse yoktu. Gitmişlerdir askerler, dedim kendime, yürüdüm köye doğru..."

"Eee?"

"Aynı askerler çıktı karşıma."

"Ne dedi, ne?"

"Uzaklaş, git buradan, bir daha görünme, dedi."

"O günkü asker mi dedi?"

"Yanındaki..."

"Bu işin artık şakası yok Raşit... Başımıza bir iş gelecek, bundan korkarım... Ya seni alır götürürlerse?.. Allah korusun!.. Ne yaparız? Acele karar vermemiz gerek. Ne yapacağız? Nereye gideceğiz, düşün Raşit!"

"Öyle... Zaten kim var ki? Kalsak kiminle kalacağız? Köy ölmüş! Kimse yok! Gitmemiz gerek, toplanın!"

"Eşyalarımızı nasıl götüreceğiz?"

"Ata, eşeklere yükleriz. Götürebildiğimizi götüreceğiz. Başka çaremiz yok, toplanın... En iyisi gece gitmek... Dağlardan... Dağlardan inmeliyiz bucağa."

Kadın döndü, çocuklara baktı, kahvaltılarının arasında soru dolu gözlerle bir babalarına, bir de annelerine bakıyorlardı. Yürüdü, diz çöktü önlerinde; küçüğün, Gülcan'ın yanaklarını okşadı.

"Biraz acele edin. Hadi güzel kızım, Gülcan'ım. Sen daha bir şey yememişsin," dedi, uzandı, yanaklarından öptü. Baktı diğerleri de ilgi bekliyor, tek tek her birine

1. Asker git, dedi.

uzandı, öptü, saçlarını okşadı. Zahit, annesini izliyordu, gözlerinin nemlendiğini, kendisini zor tuttuğunu gördü. İçinden, "Yol göründü, gideceğiz... Yol göründü!" dedi, buruk bir duyguyla uzaktan onlara baktı: babasına, annesine, kardeşlerine. Onca kaygıya, onca korkuya rağmen üç kardeşiyle, annesiyle, babasıyla kalabalık oluşları ona güven verdi. Yine içinden, "İyi ki kardeşlerim var!" dedi, kalktı sofradan. Yola çıkış hazırlığında yapılacak işi paylaşmaya hazırdı.

8

Şimdiki zamanda bir akşam: "Zahit bizi t'an eyleme..."

Zahit, apartmandan içeri girdiğinde karanlık bastırmıştı. İki gün önce yine bir akşam vakti otobüsten inmiş, doğruca gecekondudaki eve gitmişti. Kapıya yaklaştığında bir polis aracını sokakta görmüş, geri dönüp garın yakınındaki oteller sokağında ucuz bir otelde kalmıştı. Zamanının çoğunu odada kitap okuyarak geçirmişti. Bugündü kararlaştırılan toplantı, diğer iki arkadaşı da ondan bir gün sonra yola çıkmıştı, burada, bir apartman dairesinde az sonra onları görecekti. Polis aracını sokakta gördüğü andan bu âna aklında hep o sorular vardı. Bir terslik olabilir miydi? Polis aracı o gün rastlantı sonucu mu sokaktaydı? Kim bilir? Belki de daha kırsaldan indikleri ilk günden itibaren peşlerine güvenlik güçleri takılmıştı. Olmaz mıydı? Olabilirdi tabii. Şu an apartmana girdiklerini, burada toplantı yapacaklarını, bundan sonrasını da biliyor olabilirlerdi. Hep yaşanmadı mı? Çözülmeler, dağılmalar böyle başlamadı mı birçok örgütte?.. Böyle oldu, böyle!.. İki gün boyunca sık sık bunları düşündü. Bir aksilik olmaz da bu akşam toplantıyı gerçekleştirecek olurlarsa konuyu açacak, önlemleri konuşacaktı. Hafife alınacak, geçiştirilecek bir durum değildi. Gerçi biliyordu, onu yine fazla hassas olmakla, meseleyi büyütmekle suçlayacaklardı. Olsun... Ne derlerse desinler, duyarlı davranmaları, önlem almaları gerekiyor. Dikkatli olmalıydılar, çünkü güçleri zayıftı. Örgütün aldığı büyük bir darbenin ardından daha yeni yeni toparlanıyorlardı. Kimi siyasi yapılar onları, güç toplayamadıkları, seslerini duyurmadıkları için küçümsüyordu. Oysa öyle değildi. Her ne kadar onlara yakın kimi örgütler kadar güçlü olmasalar da, geçmişten gelen bir birikimleri vardı. Eğer doğru politika yürütebilirlerse kısa zamanda toparlanabilir, eski güçlerine kavuşabilirlerdi... Bunları düşünürken bir diğer yandan da kendiyle çeliştiği aklının bir yerinde dolaşıp duruyordu. Aslında burada da rahat değildi. Daha bir yıl olmadı bu siyasi yapının içinde yer alalı. Yıllarca uğruna yaşamını ortaya koyduğu bir başka alanı, mücadele arkadaşlarını geride bırakmıştı. Onlarla kopma noktasına gelip de örgütten ayrıldığında çok üzülmüştü. Yapacağı başka şey de yoktu. Ayrılması gerekiyordu. Ona en yakın siyasi yapılardan biriydi burası. Ne var ki bu da kolay olmamıştı. Yeni bir ruh, yeni yüzler, farklı örgüt anlayışı... Bu yüzden sıkıntı yaşamıştı, şimdi de yaşıyordu. Yaşananlar, alınan kararlar onu çoğunluk rahatsız ediyordu. Bir başka siyasi yapıdan gelip burada yer aldığı için, biraz da bu yüzden fazla ısrarcı olamıyor, düşündüğünü rahat söyleyemiyordu. Bir biçimde engelleniyordu. Kimi de alttan alta kızıyordu. "Burada ne işi var, yarın bizi de terk eder," dediklerini duyar gibi oluyordu. Oysa kendini özgür hissetmek istiyordu. Her konuyu rahatça tartışabilmeliydi. Ama şimdilik çok zor görünüyordu böyle bir konuma ulaşması. Yine de bütün bu olumsuzluklara rağmen umudunu yitirmiyordu. Değişebilir, siyasi yapı da değişebilirdi...

Bunları düşünerek girdi apartmana, üçüncü kattaki daireye ağır adımlarla çıktı, kapıyı tanımadığı biri açtı, arkadaşlarını içeride gördüğünde rahatladı. Sarılıp sevinçle öptü.

"Zeynel! Macit!.. Arkadaşlar!.. İhsan nerede?"
"Buradayım, görmüyor musun, karşında!"
"Haa, evet... Sizi gördüğüme sevindim!"
"Ne olacaktı ya? Görmeyecek miydin?" dedi Zeynel şaşırmış bir yüzle. Ona yanıt vermeye hazırlanıyordu, Macit sordu:
"Yoksa gelmeyeceğimizi mi sandın?"
"Durun, durun! Bir soluklanayım, söyleyeceğim. Ben otelde kaldım."
"Otelde mi? Neden?"
"Gecekondu sakin değildi. Tam sokağa girdim, evin yakınında bekleyen bir polis arabası... Döndüm, ne olur ne olmaz, diye oteller sokağında bir otel buldum, orada kaldım."
Zeynel, "Haa, demek öyle... İyi yapmışsın... Hadi gel, seni buradaki arkadaşlarla tanıştıralım," dedi. İçeri girdiklerinde, "Suat, Engin, Ömer," deyip tanıştırdı Zahit'le evdeki arkadaşlarını.
"Merhaba, ben de Zahit," dedi, tek tek ellerini sıktı. Geçip oturdular divana; üç kişiden yaşlı olanı mutfağa gidip çay yaptı, çaydanlıkla bardakları birlikte getirdi. Toplantı öncesi, çaylarını yudumlarken birisi kentteki örgüt yapısıyla, yürütülen çalışmalarla ilgili kısaca bilgiler verdi. Özellikle ambarlardaki mücadelenin grev nedeniyle sıcak olduğunu, burada çalışmalara ağırlık verdiklerini, bu alanda çalışmalarını daha çok zaman ve imkân yaratarak sürdürmeleri gerektiğini, ambar işçilerinin kentteki en bilinçli, örgütlü işçiler olduğunu söyledi. Grevin dışarıdan müdahaleyle birkaç kez kırılmak istendiğini, ama başarılı olmadıklarını, bu ara kimi işçilerin de yaralandığını, bu nedenle de ambarları önemsediklerini, işçilerin grevine aktif bir şekilde destek verdiklerini belirtti, sonra da önceden belirlenen gündeme geçtiler. En çok Zeynel konuştu. Bir eylem planını bütün detaylarıyla anlattı.

Çaylar bitti, bu kez bir başka arkadaşları çay yaptı. Zahit çok konuşmadı. Daha çok dinleyici konumunda kaldı.

Gecenin geç bir saatinde yapacakları eylem planı konusunda kararlar almış, ne yapacaklarını, nasıl yapacaklarını belirlemiş olarak koltuklarına yaslandıklarında Suat, "Acıkmış olmalısınız," dedi. "Akşam da bir şey yemediniz. İsterseniz kahvaltı hazırlayabiliriz."

Zeynel, "Vallah ne deyim, doğrusu ben biraz acıktım, iyi olur," dedi. Diğerleri de onaylayınca Suat'la Engin mutfağa geçtiler. Onlar çıkınca Zahit eve gelirken aldığı kararı anımsadı.

"Yolda gelirken düşündüm," dedi. "Gecekondudaki polis aracı tesadüfen mi oradaydı, yoksa bizim için bir risk mi söz konusu, bunu da konuşmalıyız. Ortam gergin. Bir yanda cezaevi eylemleri, bir yanda grevler, sokak eylemleri... Dikkatli olmak zorundayız. Bazı kararları yeniden değerlendirip ona göre davranmalıyız. Belki de kimi toplantılarımızı, kimi eylemleri ertelemeliyiz. En azından yer ve zaman konusunu yeniden düşünmeliyiz... Daha yeni yeni toparlanıyoruz. Alacağımız en ufak bir darbe bize çok büyük zarar verir."

"Dur, dur!" dedi Zeynel. "Ne diyorsun arkadaş? Hangi karar? Bir tek kararımız var, ona bağlı bir de eylem. Onun için bu kentteyiz. Onu da buraya gelmeden önce kararlaştırıp öyle çıktık yola. Üstelik bu eylem kararı bize ait bir karar da değil. Örgütün kararı bu... Örgüt bu eylemi çok önemsiyor. Sen ne demek istiyorsun? Bu eylemden mi söz ediyorsun?"

"Aslında bundan değildi... Ben kaygılıyım. Dikkatli olmamız gerekir, diyorum. Araştırma yapalım. Acele etmeyelim. Güvenlik sorunu var mı yok mu öğrenip öyle harekete geçmeliyiz. Bunun için gerekirse bu eylem de geciktirilebilir. Vazgeçelim demiyorum, nedense içime bir kuşku düştü, bunu dillendiriyorum yalnızca."

"Allah Allah!.. Sen ne dediğinin farkında mısın? Artık bu noktadan geri dönüş yok! Bu eylemin ne yeri ne zamanı değiştirilebilir. Kendine gel! Bu tavrınla, kararsızlığınla kafa karışıklığına neden oluyorsun! Mücadeleye zarar veriyorsun, zarar!.. Daha çok konuşmak istemiyorum, yeri burası değil, bu konuyu burada kapatalım!"

"Neden tartışmıyoruz?" diye sert bir tonda sorusunu sordu Zahit. "Ha?.. Neden?! Ne yapacağız? Böyle bir risk varsa bunu görmezlikten mi geleceğiz?"

Macit girdi araya, "Durun arkadaşlar," dedi. "Bu şekilde tartışarak bir yere varamazsınız, sakin olun! Bu konuyu sonra konuşalım, şimdi yeri de sırası da değil. Büyük eyleme gelince... Zeynel'e katılıyorum, yaşanan bu süreçte bizim için çok önemli. Tartışılamaz, değiştirilemez, üstelik böyle bir yetkimiz de yok... Polise gelince... O araç başka bir iş için oraya, o mahalleye gelmiş olabilir. Mademki böyle bir kaygın var Zahit, sen de gecekonduya giderken dikkatli ol. Araştır, hatta bir-iki gün gitme, otelde kal, bak bakalım olay neymiş. Rüstem'le de konuşuruz, o da dikkat eder. Onun da başına bir iş gelmemeli. Ambarlardaki mücadelede Rüstem'in varlığı önemli. Evet, dikkat et, biz de dikkat edelim tabii."

Zeynel sakinleşmişti, o da yumuşak bir ses tonuyla konuştu:

"Macit'in söyledikleri doğru... Tabii ki dikkat edelim. Ama eylem planlandı, ambarlar kadar, hatta ondan daha önemli bir mücadele alanı olarak cezaevleri de önümüzde duruyor." Kendine hâkim olamıyordu, yine sinirlendi, sert bir tonda sürdürdü konuşmasını: "Bu nedenle asla ertelenemez!.. Hatta geciktirilmesi bile imkânsız... Bunu kafamıza sokalım!"

"Ya niye beni anlamıyorsunuz?.. Ben eylemden vazgeçelim demiyorum ki. Öncelikle dikkatli olalım, diyorum. Bunda ne var?.. Ayrıca bazı meseleleri de konuşmaktan, tartışmaktan kaçınmayalım. Benim söylemek istediğim bu kadar açık. Başka yere çekmenin anlamı yok."

"Senin örgütle ilgili sıkıntın, sorunun bu zaten," dedi Zeynel. Yine kendisini zor tuttuğu belliydi, Macit bunu ayrımsadı:

"Yine aynı konulara girmeyelim arkadaşlar! Lütfen kapatalım!"

"Bu tartışmalar bence," dedi Zeynel, bir süre sustu, "arkadaş değişmedikçe kolay kolay bitmeyecek."

Zahit yanıt vermek istedi, vazgeçti. Sustular. Bir süre kimse bir şey demedi. Suat'la Engin ellerinde çaydanlık, tepside kahvaltılıkla içeri girdiklerinde üçü de kalktı, masayı odanın ortasına çektiler, sandalyeleri alıp oturdular. Her biri bir yandan sofranın kurulmasına yardım etti. Kahvaltıya oturduklarında zaman gece yarısını bulmuştu.

Zahit, saate bakıp duruyordu. Bunu ayrımsayan Suat, "Saatine bakıp durma Zahit arkadaş," dedi. "Bu saatten sonra dışarı çıkılmaz. Hepimiz buradayız. Merak etme, yeterince yatak, yorganımız var."

"Sağ ol Suat. İyi olur. Bu saatten sonra ben de dışarı çıkmak istemiyorum."

"Hadi başlayın, afiyet olsun," dedi Suat. Çay bardaklarını önlerine çektiler, sessiz sessiz kahvaltılarını yaptılar. Hep birlikte masayı topladıktan sonra bardaklarına çay koyup oturdular. Çaylarını yudumlarken Macit, Zahit'e dönüp, "Zahit, sana bir şey soracağım," dedi.

"Buyur, sor!" dedi Zahit.

"Aslında hep sormayı düşünüyordum ama işte öyle uygun bir ortam bulamadım... Senin adını, Zahit'i hep merak etmişim. Çok kullanılan bir ad değil, nereden geliyor? Adın neden Zahit?"

Zahit şaşırdı. Önce ne diyeceğini bilemedi. Bu sorunun altında bir başka düşünce mi vardı? Neden durup dururken böyle bir soru sormuş, adıyla ilgilenmişti Macit?.. Geçmişi, aralarında istem dışı da olsa var olan gerginliği, çatışmayı düşündü. Buradan bir başka yere mi gelmek istiyordu?.. Veya önceden kararlaştırılmış yine kendine ilişkin bir meseleyi mi tartışmaya açacaklardı? Bu nedenle kısa yanıtlar verip geçiştirmeye karar verdi:

"Bilmiyorum."

Macit başka bir soru sordu:

"Peki, anlamını biliyor musun?"

"Ee, evet. Biliyorum tabii."

Bu kez soruyu Zeynel'e yöneltti:

"Zeynel, sen biliyor musun Zahit'in anlamını?

"Bilmiyorum... Hiç düşünmedim. Nedir anlamı?"

"Zahit'in mistik bir anlamı var. Sorgulamayan, sofu, dinin buyurduğunu olduğu gibi kabul eden, yerine getiren demektir. Bu anlamı eleştiren bir şiirde de Zahit adı geçiyor. Hatırlayın o şiiri."

"Haa, evet ben biliyorum o şiiri," dedi, İhsan. "'*Sayılmayız parmak ile...*'"

"Evet, o şiir... Bin altı yüzlü yıllarda yaşamış bir Bektaşi şairin şiiri. Bir yerde okudum. Neresiydi, anımsamıyorum... Zahit adı şiirinin ilk dizesinde geçiyor. Müzik olarak da bestelenmiş, şöyle başlar: '*Zahit bizi t'an eyleme...*' T'an, 'ayıplama' anlamındadır... Zahit bizi ayıplama... Zahit sofudur, ayıplayandır, tutucudur, öbür dünyayı gözetir, bu anlamda aynı zamanda çıkarcıdır da... Şiirde bu yanına eleştiri var aslında. Onun nasıl olduğunu, dünyaya bakışını bilerek seslenir: Zahit bizi ayıplama... Yani sen dön kendine bak... Biz hem çoğuz, sayılmayız parmak ile... hem de haklıyız... Dünyaya bakışımız, onu anlayışımız doğrudur. Cennet, Cehennem hesabı yapmıyoruz... Özellikle bizim gibi ülkelerde bu felsefe önemli tabii. Bu nedenle daha ilk karşılaştığımızda, Zahit adını ilk duyduğumda takıldı aklıma... Bu şiirden bestelenmiş bir türkü de var. O türküyü en güzel okuyanlardan biri de Ruhi Su'dur... Bir de Yılmaz Güney *Ağıt* filminde kullanmış bu müziği. Ama orada söz yok. Filmde, Yılmaz Güney bir çatışmada yaralandığında yoldaşları onu alıp sarp kayalara doğru yaralı götürürken mırıldanarak söylüyorlar türküyü. Ne güzel bir sahnedir o sahne... Dayanışmayı, direnci, yoldaşlığı ne güzel anlatır. Birkaç dizesini hiç unutmadım.

Zahit bizi t'an eyleme
Hak ismin okur dilimiz
Sakın efsane söyleme
Hazrete varır yolumuz...

Sayılmayız parmak ile
Tükenmeyiz kırmak ile
Taşramızda sormak ile
Kimse bilmez ahvalimiz...

Böyle uzayıp gidiyor şiir."

Zahit'e döndü:

"İşte bu nedenle konuyu açtım. Merak ediyorum Zahit, bu adın sana verilmesi bir rastlantı mı?.. Yani adının Zahit olması? Düşündüm, dedim belki de baban bu filmi izlemiş, etkilenmiş, bu adı koymuştur sana, ha?.. Hep sorayım, diyordum."

Zahit isteksiz, bezgin bir sesle yanıtladı Macit'i:

"Nereden çıktı bu şimdi Macit?.. Durup dururken benim adıma dair bir sürü söz söyledin. Sanki bir konferansa hazırlanmış gibi konuştun."

"Yok, yok!.. Sakın yanlış anlama! Dedim ya, böyle bir ortamı hiç paylaşmadık. Hep gergin günler yaşadık. Bu nedenle şimdi aklıma geldi de sordum."

"Peki, öyle olsun... Benim de bizimkilere sormak aklıma gelmedi... Sormadım, ama biliyorum anlamını tabii."

Zeynel girdi araya, "İlginç!" dedi. "Bence Macit'in, Zahit'ten yola çıkarak söyledikleri önemli burada. Öncelikle felsefi temeli önemli... Ama bir başka pencereden bakabiliriz olaya. Macit, sen konuşurken düşündüm... Evet, bu isimden, anlamından yararlanabiliriz. Bence bu konuyu biraz konuşalım."

"Ne yararlanması?.. Neyini konuşacağız?" diye sordu Zahit.

"Adını, anlamını."

"Ne var adımda, anlamında?"

"Dur ya! Hemen alınma... Şu anda sesli düşünüyorum. Zahit!.. Direnişçi bir Zahit!"

"Bırak şimdi! Yoksa eğleniyor musun?"

"Hayır!" dedi Zeynel. "Ne eğlenmesi?.. Bu ad üzerinden tartışalım, konuşalım diyorum. Olumlu anlamda tabii..."

"Hayret ya!.. Başka işimiz yok, benim adımın üzerinden bir tartışma konusu açacağız şimdi, öyle mi?"

"Ya, hemen alınma! Önce bir söyleyeceklerimi dinle! Söyleyeceklerimin senin kimliğinle, kişiliğinle ilgisi yok. Zahit'in anlamı üzerinden bir şeyler söylemek istiyorum. Şimdi bu adın sana ait olduğunu unutalım. Ciddi söylüyorum! Anlamı önemli bence... Ben bunu konuşmak istiyorum... Günlerdir hep aynı konuları konuşuyoruz. Eylem tamam, yapılacakları konuştuk... Bir de farklı bir tartışma konusu açacağım. Bakın, göreceksiniz söyleyeceklerim bizim için, örgüt için önemli şeyler. Düşüncelerim kabul görmezse de bir şey kaybetmiş olmayız ki. Bir dinleyin! İşte bazen böyle tesadüfler olur. Konu konuyu açar, hatta çoğunluk bu tartışmalardan iyi şeyler de çıkar. Böyle bir tesadüfle Macit açtı tartışmanın yolunu. Kaç gündür yoldayız, paslandık. Hele birer sigara yakın..." Sigara yaktılar, çaylarını tazelediler, hepsi merakla Zeynel'in ne diyeceğini bekliyordu. Zeynel çayından bir yudum aldı, sigarasını soludu, rahat bir tavırla sürdürdü konuşmasını: "Düşüncem şu: Bir direnişçi düşünün, Zahit anlamına uygun bir direnişçi, bir savaşçı... Neden olmasın?.. Macit konuşurken düşündüm. Bir savaşçı biraz da 'Zahit' olmalıdır, dedim kendi kendime. Evet, Zahit!.. Yani verilen görevi fazla sorgulamadan, amaca yönelik kaygıyı, esası göz ardı etmeden, yapıyı tartışmadan, görevini bir Zahit gibi yerine getirmelidir savaşçı. Böyle bir anlayış, gereksiz eleştirilerin de önüne geçer. Boşa zaman harcanmaz, hedefe ulaşmaktan başka amaç güdülmez. Doğru değil mi?.. Bence..."

Ağır ağır sürdürüyor konuşmasını Zeynel. Zafiyetlere, düşülen hatalara dair örnekler veriyor. Zahit kopuyor bir anda. Uyuştuğunu hissediyor. Kurtulmalı bu duygudan, bu baskıdan... Dinlemiyor, uzağa, en uç noktaya bakıyor. Orada, o sisin içinden bakan biri... Onu görüyor... Süsen'i! Onu düşünüyor. Orada, o karanlık mekânda, Yusuf'la birlikte... Nereden nereye?.. Bir mücadelenin içinde, güzel bir dünya, güzel bir gelecek için yola çıkılmışken en yakınındakiler kayıp gidiyor!.. Ne yaman bir çelişki!.. Çelişki! Hayatında onca çelişki, burada, yaşadıklarında çelişki... Ne yapabilir?.. Buradan, kendi adından çıkarak nereye varacaklar? Sonunda ne edip edip bir biçimiyle eleştirecek, hatta yargılayacaklar. Bu akşam da burada bir yargı kurulu oluşur. Son zamanlarda hep yaptığını yapıyor yine Zeynel. Nereye varmak istediğini kendisinin de bilmediği bir yargılama yöntemi bu aslında. Canı sıkılıyor. Zeynel, rahatsız olduğunu bile bile bu konu üzerine konuşmayı sürdürüyor.

Konuşuyorlar. Şimdi de konuşan Macit... Zeynel'i onaylıyor. Az sonra sözü İhsan alır, o da onaylar. Ardından diğerleri... Bu nasıl anlayış! Nereden çıkıp nereye geliyorlar. Saçmalık!.. Kızıyor. Kalkıp pencereye yaklaşıyor. Perdenin önünde duruyor. Uzaklaşmak istiyor buradan, hemen şimdi!.. Kaçmalı, dışarıya, sokaklara vurmalı kendini. Gidebildiği yere kadar, durmadan, dinlenmeden, soluğu kesilinceye kadar gitmeli... Uzağa, çok uzağa!..

Onlar, arkadaşları, bu konuyu farklı açılardan tartışıyorlar. Biri sözü bırakıyor, diğeri alıyor... İç sesine verdi kendini, onları yine kesik kesik duyuyor. Dışarıya bakıyor... Dışarısı zifirî bir karanlık... Tam o anda şimşek çakıyor. "Yağmur geliyor," diyor içinden. İyice içine dönüyor. Görüntüler çoğalıyor. Neden böyle kendini yalnız hissediyor? Burada, şimdi sırtını vereceği, sığınacağı kimse yok mu? Macit?.. İhsan?.. Yoldaşları değil mi?.. Onlara da mı güvenmeyecek?.. Yok canım!.. Terslik kendinde. Kendine dönüp bakmalı... İçine!.. Neden böyle?.. Neden kalabalıkların içinde kendini hep bir sığıntı gibi hissediyor?.. Neden tutunamadı?.. Tutunamıyor?.. "Tutunamayanlar!" O roman geliyor aklına. "Ben de bir tutunamayanım!.. Evet, bir tutunamayan!.. Hem de böyle bir kavganın içinde!.. Yeni bir dünya kurmak için yola çıkmışken, o yolda tutunamayan..." Neden hep sığınacak birilerini arıyor?.. Eksik olan ne hayatında, yaşadıklarında?.. "Ne değil ki!" diyor içinden, iç sesini neredeyse kendisi duyacak... Son zamanlarda hep bunlar... Kopuşlar yaşadığı, hiçbir şeyin ona yeterli gelmediği düşüyor aklına... Zaman zaman bir çatışmada öne çıkıp öldüğünü düşlüyor. Ölüm!.. "Ne yapıyorsun? Kendine gel! Gideceğin başka bir yer yok!" Kavafis'in o şiiri geliyor aklına... Sevdiği o güzel şiiri. Kent!.. "*Yeni ülkeler bulamayacaksın, bulamayacaksın yeni denizler...*" Orada! Hem gidip hem gidemediği diyar! Orada bıraktıkları geliyor aklına. Annesi, kız kardeşleri, Nahit... Onlarla yaşadıklarına kayıyor düşleri. Şehirli oldukları ilk günlere, bir sabah değişen hayatlarına... Korkuya, gece yarısı hazırlığına, kalkıp yine gece yarısı evlerinden bir kaçak gibi, gizlice, büyük bir korku içinde kaçışlarına...

9

Geçmiş zamanda bir şafak vakti: Bir puhu kuşu yolcu etti bizi: "Puu-huu!.. Puu-huu!.."

Bütün gün sürdü hazırlıkları. Öncelikle bir atla iki eşeğe kaldıramayacakları kadar yük hazırladılar. Bilinçsizce, heyecanla, telaşla topluyorlardı evi. Sanki ne yükleseler alacak, kaldıracak bir kamyon bekliyordu onları kapıda. Zahit arada bir annesine, "Bu kadar eşyayı hayvanlar nasıl götürecek? Çok oldu!" diye uyarıyordu ama onu dinleyen yoktu. Raşit de karısına, birkaç kez, "Acele etme, daha zaman var, gece çıkacağız yola," dedi. Ama kadın duymadı onları. Bir esrime hali içindeydi; kimseyi duymuyor, kimseyi dinlemiyordu. Aklında gidecekleri yer sürekli biçim değiştiriyordu. Kiminde kalabalık şehirler, kiminde ıssız ovalar, soluksuz, kimsesiz köylere dönüşüyordu. Hiçbiri kendi köyünden, ovasından, dağlarından güzel değildi. Oralarda, bilmediği, tanımadığı yerlerde soluğunun kesileceğini, sesinin yitip gideceğini düşünüyordu. Bunları unutmak için durmadan bir şeylerle uğraş içine giriyordu. Kaldırdığı bir yükü yatakların üzerine yeniden atıyor, sanki böyle yaparak gitmekten kurtulacağını sanıyordu. Sonra bakıyordu ki kurtuluş yok, yeniden indiriyor, giysileri yanına koyup bir denk yapıyordu. Bunca karmaşanın içinde aklına bir de dengbej takılıp kalmıştı. Acaba nereye gitmişti, hangi köye, hangi şehre? Oralarda şimdi neler anlatıyor, şimdi kaç

Raşit'in yüreğine korku salıyordu? Dengbejler!.. Onlar biliyordu geleceği, yaşananları, yaşayacaklarını; hayatı, hayatın sırlarını, ölümü... Onlar!.. Dünyayı gezmiş, görmüş adamlardı dengbejler. Duymuştu, anlatmışlardı hep. Adları, söyledikleri dillerde destandı. Destan!.. Dengbej de bir destan yazan, destan anlatan değil miydi?.. İşte gelmiş, anlatmış, onlar da yaşamıştı, yaşıyorlardı. "Dengbej!" diye seslendiğinde, çocuklar durup annelerine baktılar. O anda çocukların yemeğini unuttuğunu anımsadı. Raşit kızdı, kolundan tutup kaldırdı, "Bırak!" dedi sertçe. "Bırak, acıktık!" deyince kendine geldi, sessiz sedasız gidip yemek yaptı.

Sabaha karşı, atla eşeklere kaldırabileceğinden çok eşyayı yüklemelerine rağmen, eşyaların birçoğu geride kaldı. Raşit evin kapısını kilitledi, etrafa göz gezdirdi. Sanki birkaç gün içinde dönüp geleceklermiş gibi dışarıda bir şeyleri unutabileceği duygusunu yaşıyordu. Son bir kez daha dönüp avluyu gözden geçirdi. İşte orada, her biri bir köşede eski bir el arabası, bir kürek, bir de tırmık vardı. Kürekle tırmığı el arabasına koydu, ahıra bıraktı, kapıyı çekip sıkıca kapadı.

"Ha deyin, çıkıyoruz," dedi.

"Çobanda koyunlarımız kaldı. Onlar ne olacak?" diye sordu karısı Raşit'e. Adam durdu, sanki unutmuştu hayvanlarını. Bir süre baktı karısına, sonra da, "Bilmem... On koyunumuz, bir de kuzuları var... Bilmem... Ne yapacağız şimdi? Nerede olduğunu da bilmeyiz ki. Gidelim... Herhal bir çaresini düşünecekler. Belki de muhtara teslim ederler, o da satıp parasını gönderir. Gittiğimiz yerde adresimizi bildiririz. Başka ne yapabiliriz ki Fatma?.. Gidelim, bakalım. Şimdi gidelim," dedi, yürüdü.

Öyle üzgün, öyle kırık bir halde, annenin gözyaşları arasında çıktılar evden.

Evin ardından, yamaçtan aşağı sallandılar. Kadın dönüp evine, köye son bir kez baktı, yüreği ezildi. İşte oradaydı!.. Yanmış, karalar bağlamış köyü orada! Geride kalan ne varsa her şeyi orada! Gidiyorlardı; umutsuz bir geleceğe doğru giderken bütün geçmişini geride, sisler içinde bırakıyordu. Tam o anda bir puhu kuşu öttü: "Puu-huu!.. Puu-huu!" Ürperdi. "Bir puhu kuşu yolcu etti bizi," dedi içinden, açtı adımlarını.

Çocuklar sıkı giyinmişti. Annelerinin yanında, birbirlerine sokulmuş, uykulu gözlerle ona ayak uydurmaya çalışırken, bütün bu olanlara bir türlü akıl erdiremiyorlardı. Nereye gidiyorlardı? Neden bir gece yarısı?.. Bir tek o, Zahit, yaşadıklarının ayrımındaydı. O, köylerini, evlerini terk edip gidişlerine dağdakilerle askerlerin neden olduğunu düşünüyordu. Bu yüzden onlara çok kızıyordu. Kardeşlerinin bu durumu bilmediklerini, evlerinden kopuşlarının nedenini anlamadıklarını biliyordu. İlk fırsatta anlatacaktı onlara. Askerle dağdakiler!.. Başka kim olabilirdi? Silahla mermi, yalnızca askerde, bir de onlarda, dağdakilerde vardı. Onlardan başka kimse akşamdan sabaha kadar çatışamazdı. Bunu biliyordu. Fakat bu kez çıkan bu çatışma büyük bir çatışmaydı. Aynı savaş gibi. Köylerinin yakınında bile bugüne kadar böylesine büyük bir çatışma olmamıştı. Eskiden çatışmalar daha çok köyün dışında olurdu. Bu sefer başka... Belli ki dağdakiler kalabalık gelmişti. Asker de öyle... Şimdi o şiddetli çatışmanın içinde, arkadaşlarını, okulunu, öğretmenini görüyordu. Onlar ne oldu? Arkadaşları, anneleri, babaları?.. Nereye gittiler? Bugünden sonra onları bir daha göremeyecek miydi? Neden?.. Neden böyle oldu? Belki de görürdü. Belki de yolda karşılaşırlardı. Gidecekleri yerlerde, kim bilir?.. Önünde yürüyen annesine bu soruları sormayı düşündü, sonra vazgeçti. Gülcan'a baktı, annesinin omzuna koyduğu başı her adımda sağa sola sallanıyordu. O en küçükleriydi. Daha bu durumu kavrayacak yaşta değildi. Süsen'le Nahit kavrayabilirlerdi. Her ne kadar bir gecede her şeyi atla eşeklere yükleyip aniden evlerini terk etmiş olmalarına şaşırmış olsalar da, anlatınca anlayacaklardı bu ani gidişin nedenini. Evlerini terk edişlerine ilişkin akıllarında birçok soru vardı. Ama sanki onlar da biliyorlardı bu saatte soru sormanın anlamsızlığını, bundan olsa gerek, ağızlarını açıp tek söz etmiyorlardı. Şimdi sormadan, konuşmadan gitmeleri gerekiyordu; onlar da bunu yapıyorlardı, eşeklerin ardında uykulu gözlerle yol alıyorlardı.

Gökyüzü bir tuhaftı. Kapalıydı. Ama arada karanlığa neden olan bulutlar sanki bir anda yok oluyor, ardından ayın şavkı ağır adımlarla terk ettikleri evlerini sütbeyazı bir aydınlığa boğuyordu. Hepsi de o anda dönüp evlerine bakıyorlardı. Eşekler önde, yamacı tırmanırken ağır yükün altında zorlanıyorlardı. Onların ardında, dizgin elinde atla yan yana giden Raşit, sonra da Fatma'yla çocuklar... Evleri şimdi daha da uzaklaşıyor, gitgide gözden kayboluyordu.

Köyden uzaklaşıp da birkaç vadiyi, dağı aşıp yola girdiklerinde güneş uyuşmuş bedenlerini ısıtmaya başlamıştı. Uykusuzluk, yorgunluk bir tül gibi akıyordu üzerlerinden. Çocuklar ayaklarını sürüklüyor, Raşit arada bir eşekleri dürtüyor, bir an önce buralardan uzaklaşmak kaygısıyla yol almaya çalışıyordu. Gülcan annesinin omzunda uyumuş, ince ince soluyordu. Diğerleri, kimi önde kimi arkada, bu belirsiz gidişin düşü, yorgunluğu içinde suskun, bezgin bir halde eşeklere yetişmeye çalışıyordu.

İlçeye gelinceye kadar üç noktada durduruldular. Bütün yüzler sertti. Gerginlik ilk anda yansıdı Raşit'e. Emirlerle, soru üzerine soruyla karşılaştı. O hâlâ bu askerlerin hangi ülkenin askeri olduğu konusunda kararsızdı. Baktığı yüzleri doğru düzgün göremeden, algılayamadan soruları yanıtladı. Kimlikleri kontrol edildi, nereden gelip nereye gittikleri, nedenleri soruldu. Raşit, kısaca, "Büyük şehre gidiyoruz. Bir iş buldum, orada çalışacağım," dedi başka bir şey demedi. Kontroller bitti, yollarına devam ettiler. Öğleden sonra girdiler ilçeye. Doğruca otogara sürdüler atla eşekleri. Yükü bir duvarın dibine indirdiler.

Raşit, karısına, "Siz burada bekleyin, eşeklerle atı götürüp mal meydanında satmaya bakacağım. Ne verirlerse bırakıp geleceğim... Bir de bankada az biraz paramız var, sana diyecektim... onu da çekeyim," dedi.

"Götür Raşit, götür. Bir an önce sat. İyi ki varmış paramız, olsun, söylemezsen de olur... İyi ki varmış... Bir de postaneye git, Bekir'e haber sal. Gör bulabilirsin? Onu bulmadan, haber salmadan gidemeyiz. İnşallah bulursun Raşit. Git, bak."

"Adresini, telefonunu bulurum ben onun burada. Amca çocukları var, onlardan bulurum."

Ata binmek istedi, sonra vazgeçti, yine yular elinde, eşekler önde, otogardan ayrıldı.

Yolda akıllarına gelmişti Bekir. Raşit birden, heyecanla, "O var ya! Bekir!.. Bekir gitti, evi barkı gitti!" demişti. "Nasıl düşünmedik. Onu arar buluruz. Biz de oraya gideriz, yanına... İyi ki Bekir orada!.. İyi adamdır Bekir. Giden herkese kol kanat olurmuş. Babası da iyi adamdı. Kader işte... Bir kan davasına düştüler senelerce önce, babası dağa çıktı, öldürüldü. Babasının ölümü, Bekir'in kurtuluşu oldu. Aldı çoluk çocuğunu, terk etti buraları. İyi de yaptı. Bu günleri, köyün yangınını görmedi... Her yan yangın son zamanlarda. Aslına bakarsan o da, Bekir de bir büyük yangından kaçtı. Kaçtı da kurtuldu, çoluk çocuğunu kurtardı. Kalsaydı ya mezarda olurlardı ya da hapiste... Şimdi sıra bizde... Kaçan biziz şimdi de hanım... Biz!"

"Doğru, biziz... Ne zaman varırız o şehre?"

"Bugün otobüs bulursak yarın oradayız. Bütün mesele Bekir'i bulmak. Onun gelin, demesi."

"Ne yapar ki? Gelmeyin der mi?"

"Sanmam... Öyle adam değildir Bekir. Konuşursak, gelin diyecek. Bize yardım edecek. Soysuz bir adam değil..."

Kadın bunları düşünüyordu. Süsen, "Ana! Acıktım," dedi.

"Ben de," diye atıldı hemen ardından Nahit.

"Oturun!.. Oturun yüklerin üzerine. Ben şimdi hazırlarım. Şükür yolluğumuz yeteri kadar var. Et var, peynir var, ekmek pişirmişim, aha bir çuval doldurdum."

Çocuklar yüklerin üzerine çöktü, kadın, bir küçük bohçayı çekti önüne, açtı. Poşetlere lavaş ekmeği, haşlanmış tavuk, peynir, lor koyup bağlamıştı. Etlerini koydu, dürüm yaptı, önce küçüğe, Gülcan'a, ardından yaş sırasına göre diğerlerine uzattı.

"Hadi yiyin. Karnınızı doyurun, yolumuz uzak," dedi. Kocasını düşündü. "Adam da acıkmıştır, keşke ona da verseydim, akıl etmedim," diye geçirdi içinden, uzandı, Gülcan'ı okşadı. Diğerlerine baktı, gülümsedi. Avurtları şişmiş çocuklar da annelerine tatlı bir gülüşle baktılar; kadın, içinden, "Raşit gelsin, ona da dürüm yaparım," dedi. Bir küçük dürüm de kendine yaptı, yavaş yavaş çiğnerken yine aklı kocasına gitti. Evini düşündü. Şimdi uzaktan köy nasıl görünüyordu? Yakılıp yıkılmış, kimsesiz, ıssız bir köy!.. Bunları düşündüğünde ağzındaki lokmayı neredeyse unuttu, daldı gitti...

Raşit'in gelmesi çok sürmedi. Kadın şaşırdı böyle erken gelişine. Yanına geldiğinde, "Ne oldu?" diye sordu.

Raşit, "Ne ne oldu?" diye şaşkın bir soruyla yanıtladı karısını.

"Çabuk geldin. Hallettin mi işleri?"

"Ohoo!.. Bana Raşit derler Raşit! Cimo'nun oğlu Raşit! Cimo nasıl bir adamdı? Ayağına tez Cimo'ydu değil mi? Ben onun oğluyum, Cimo'nun hanım! Hallettim tabii. Bekir'le bile konuştum. Amcaoğlunun dükkânından telefon ettim. Adresi aldım, 'Gelin kardaşım, gelin. Merak etme. Ben sana önce buradan bir ev bakayım. Bizim burada kiralar çok pahalı değil. Gelin, bekliyorum. Korkmayın, ben buradayım,' dedi."

Kaç gündür ilk kez böylesine coşkulu, gülen bir yüzle gördü Fatma kocasını. Bir anda içi umutla, sevinçle doldu. Birden yerinden kalktı, kocasına sarıldı, başladı hıçkıra hıçkıra ağlamaya. Çocuklar öylesine donup kaldılar. Üzgün bir yüzle, bir annelerine bir de az önce coşkuyla gelen babalarına bakıyorlardı.

"Niye ağlıyorsun Fatma? Amma sulu gözlü oldun ha! Bak işlerimiz düzgün gidiyor. Atla, eşekleri de iyi paraya sattım. Bankaya gittim, parayı çektim. Ağlama!.. Beni dinle şimdi. Parayı ben sana vereceğim. Kendine gel!.. Ağlama artık! Topla kendini! Al bu parayı, iyi bir yer bul, sakla. Aman dikkat et! Geleceğimiz burada. Hadi siz de yemeğinizi bitirin çocuklar. Ben yazıhaneye gidip bilet bakayım, eşyamız da çok ya. Bakalım ne yapacaklar? Otobüslerin çoğu akşam kalkıyormuş. Bilet bulursunuz, dediler."

"Sen de acıkmışsındır Raşit. Dur, sana da dürüm yapayım öyle git."

"Yap, yap... Unuttum, acıktığımı bile unuttum."

Karısı aceleyle hazırladı dürümünü, uzattı. Çöktü karısının yanına, gözleri çocuklarında; gülen, okşayan bakışlarla hemen orada, birkaç dakika içinde yedi, kalktı, yazıhanenin yolunu tuttu.

Uzun bir süre parayı nereye koyacağını düşündü Fatma. "En iyisi belime sarmak," diye geçirdi içinden. Çocuklarına seslendi:

"Zahit gel! Süsen sen de! Önüme geçin. Beni kapatın, kimse görmesin."

Çocuklar kalkıp hemen annelerinin önüne geçtiler. Fatma, Raşit'in verdiği parayı bir eşarba sıkı sıkı sardı, eteğini toplayıp alttan beline doladı, bağladı.

"Tamam, çekilin," dedi.

Tam o anda Raşit yazıhaneden bir görevliyle geldi. Fatma kalktı, eteğini düzeltti. Adam yüklere baktı.

"Çok bunlar, otobüs almaz," dedi.

Raşit, "Peki, ne yapacağız? Nasıl gideriz?" diye sorunca, adam, "Bir kamyona vermeniz gerekir. Siz de otobüsle gidersiniz," dedi.

"Ben bilmem ki... Kamyon nerededir, nasıl bulunur?"

"Gel benimle. Ben sana yardımcı olurum, bir kamyon buluruz. Yalnız senin eşyanı götürse pahalı olur. Ortak yük arayan bir kamyon bulmamız lazım. Bazı kamyonların aldığı yük az oluyor. Yedek yük arıyorlar, öyle birini," dedi, yürüdü. Raşit adamın peşine düştü. Yazıhaneye girdiğinde adam telefonu önüne çekti, birkaç yere telefon etti. Birisiyle daha uzun konuştu. Sonra da gülen bir yüzle Raşit'e, "Bulduk vallaha! Şansın varmış. Çok para da istemiyor. Bugün çıkıyor yola. Bence bunu kaçırma," dedi.

Raşit istenen nakliye ücretini rahatça ödeyeceğini öğrendiğinde sevindi, "Kardeşim sağ ol!" dedi. "Söyle hemen gelip alsın yükü. Ama parasını yükü indirdiğinde veririm ona göre. Sen bizim biletleri de kes. Senin paranı da otobüse binerken veririm, olur mu?"

"Olur," dedi adam, yeniden nakliyecinin telefonunu çevirmeye koyuldu.

Beklediklerinden de kısa sürede geldi kamyon. Yükü kamyona yüklediler, araç otogardan ayrıldığında, Raşit, "Gelin, içeride bir kahve var, orada oturalım. Otobüsün kalkmasına daha çok var," dedi, kalktılar; o önde, karısı, çocukları arkada, yanlarında götürecekleri eşyalarını da alıp kapıya yöneldiler. Nahit annesinin ardındaydı. Kadının elinden bir torbayı çekip aldı.

"Ben götürürdüm oğlum."

"Yok, ben... Bende dursun, senin eşyan çok anne."

"İyi... Hadi gel!" dedi annesi, onlar önde, Nahit arkada, girdiler otogardan içeri.

10

Şimdiki zamanda bir sabah: "Geçti ömrüm sevdalarla..."

İki sokak arasında koridor oluşturan Hacı Şükrü Pasajı'nı geçip Kahraman Sokağı'na girdi Nahit. Hava serindi, sokakta sert esen bir rüzgâr önüne kattığı poşetleri, gazete parçalarını sürükleyip götürüyordu. Bu pek güneş görmeyen sokak genellikle serin olurdu. Hele kışın dayanılmaz olur, sokağa girdiğinde soğuğu iliklerinde hissederdi. Çoğunluk gerisingeri pasaja girer, çay ocağında bir çay içerek ısınır, sonra vururdu yokuş yukarı. Burası boğazdı; rüzgâr kıvrıla kıvrıla sokakla birlikte yukarıya, yokuşa doğru yol alıyordu. Sabahın erken saatinde sokağa giren kundura işçileri tez adımlarla yürüyüp hanların kapısında kayboluyorlardı.

Hana girdi. Çalıştığı atölye ikinci kattaydı. Çay ocağından çayını aldı, çıktı yukarı. Çırak ondan önce gelmiş, bir köşede boyozla, çayla kahvaltısını yapıyordu. Nahit girdiğinde kalktı, "Hoş geldin usta," dedi.

"Hoş bulduk, otur, kahvaltını yap," dedi Nahit, geçti, içeride, bir odada üstünü değiştirdi. Pencereden sokağa baktı, gelip geçenlere. Kalfalara, sayacılara, frezecilere, bir de onlarla birlikte koşturan çıraklara. Çoğunu tanıyordu. Kahraman Sokağı'nın işçileri... İşte onlardan birini gördü. Bezgin adımlarla yokuş yukarı çıkıyordu. Bir gün önce gelmişti atölyeye, ustasının arkadaşıydı.

Epey zamandır işsizdi. Patrondan çekinerek yürümüş, Usta'yla tokalaşmış, tabureyi alıp tezgâh kıyısına ilişmişti. "Öyle bir uğrayıp ne yapıyorsun, bir bakayım, dedim," demişti Usta'ya, özür diler gibi. O da, "İyiyim... Gördüğün gibi, aynı tas aynı hamam gidip geliyoruz. Otur, rahat ol," demişti. Sonra da çırağa, "Oğlum çay söyle bize," dediğinde çırak fırlamış, aradaki megafona, "İsmet Usta'ya iki çay, demli olsun!" diye bağırmıştı. Kısa süreliğine, geçerken öylesine bir uğradığını söyleyen bu eski kundura işçisi, çökmüş tezgâhın kıyısına, oturmuştu uzun zaman. Gözü, Usta'nın kâh iki dizinin arasına sıkıştırdığı kalıpta, kâh iki dudağının arasına tutturduğu bir tutam çivide, usul usul sohbet etmişlerdi... Kim bilir kaç yıllık arkadaştılar; nelere yaşayıp neleri birlikte paylaşmışlardı? Onlara bakarken, dinlerken bunu düşünüyordu. Nasıl da birbirlerine benziyorlardı. Şaşılası biçimde giysileri, konuşma biçimleri, hatta sigarayı içişleri bile birbirine benziyordu. Oturmuş, kalkmayı unutmuştu. Çırağa bakıyordu, çocuğun gözü kulağı ustasındaydı. Usta o kırk yıllık meslek alışkanlığıyla, ezberlenmiş bir biçimde, çırağa, "Çirişi uzat!.. Şu taban astarını çizdiğim yerden kes," diyordu. Hem konuşuyor, hem işini yapıyordu. Çırak isteneni yapıyor, "Tamam Usta, kestim," dediğinde bu kez, "Masat nerede, masat?.. Şu tabana biraz daha ilaç sür, az olmuş ilacı. Sittinsene yapışmaz bu, çabuk ol!" diyordu yapmacık bir sertlikle. Bu ara çayların biri gidiyor, biri geliyordu. Şaşırıyordu Nahit bunların sohbetine. Bunca sözü nereden buluyorlardı? Durmaksızın, sıkılmadan saatlerce sohbet ediyorlardı. Sözün arasında Usta yine çırağa, "Şu teybin düğmesine dokun," demiş, çırak kalkmış, Usta'nın, tezgâhın üzerindeki, kirden, tozdan rengi gitmiş teybinin düğmesine basmıştı. "*Geçti ömrüm sevdalarla, ihtiyar oldum bugün...*" Bu şarkıyı çok seviyordu Usta. Kasedin ilk şarkısıydı. Önce güzel bir keman giriyor, makamına uygun usta parmaklarla bir taksim açılışıyla şarkı başlıyordu. Çoğu zaman geriye sarıp art arda yeniden dinliyordu usta bu şarkıyı. "*Geçti ömrüm sevdalarla...*" Kim bilir nice sevdalar yaşamıştı Usta. Ama anlatmaz, sırdır onun gönül dünyası, sır! Ne var ki, çalışanlar artık bıkmıştı bu şarkıdan. Ama çekinirlerdi Usta'dan. Dinlemekten başka çareleri yoktu. Onlar da çaresiz, bıktıran bu kasedin bir an önce bitmesini bekliyorlardı.

Ne kadar zaman oldu burada çalışalı, Usta'ya çırak gireli?.. Bunu düşündü, iş giysilerini giyip atölyeye geçtiğinde. On yıla yakın. O zamanlar ortaokulda okuyordu. Yazları çalışıyordu, okul zamanı da hafta sonları yardıma geliyordu. Liseyi bitirinceye kadar bütün yazları burada çalıştı. Aklına göre bir üniversiteye giremeyince okuma sevdasına son verdi, kunduracılığı meslek olarak seçti. Biraz da ekonomik koşullardan dolayı üniversiteye veda etmek zorunda kalmıştı. Kim kalmıştı ki evde? Babası alıp başını gitmişti. Ağabey de kendi macerasında üniversiteyi, Türk Dili bölümünü birinci sınıftan bırakmış, yoluna koyulmuştu. Bir tek Gülcan... O okuyordu. Bari bir o okusun, o gitsin bu yolda, diye biraz da bu yüzden verdiği karardan memnundu. İşini de seviyordu; ortamı, Usta'yı, arkadaşlarını... Daha ne olsun ki? Mücadeleyse, o da burada, asıl olması gereken yerde değil miydi? Hayatı güzelleştirmek, yaşanabilinir kılmak, anlam katmak; hem de onlarla, birlikte çalıştıklarıyla, kendi kuşağıyla... Ne olacaktı ki?

Kundura işçiliğinde epey ilerledi. Kalfa değil ama az kaldı, olacak. Usta, yavaş yavaş iş vermeye başladı. "Bu bir takım iş senin sorumluluğunda," diyor. "Dikkat et, eğer bozarsan, takımı yani... bir-iki ufak tefek arızada bile, biliyorsun, patron tamamını hesabımızdan kesip üzerimize atar... Ona göre, dikkat et. Bu model öyle zor bir model değil. Sayayı iyi tuttur, sağını solunu iyice kontrol et, bir-iki monte et, sonra üstesini at." Her seferinde sorunsuz bitirmesine rağmen, yine de bu uyarıları, sayayı demetiyle önüne attığında tekrarlıyor İsmet Usta. İyi adam olduğunu biliyor. Çevresinde seviliyor. Öyle diyorlar: "İsmet Usta sözüne güvenilir bir adamdır. Şanslısın, iyi bir ustaya düşmüşsün." Zamanında, üstte tarafta, Kahraman Sokağı'nın başında kunduracıların hakkını savunmak için bir dernek kurmuş arkadaşlarıyla. Onun için patron ikide bir takılır ona. "Eski kulağı kesik," diyor. Sonra da gülerek, "Senin bu ustan var ya, ustan... Sen bilmezsin bunu. Bu yaman adamdır. Eski komünistlerdendir. O zamanlar bunlar bir dernek kurmuştu. Birkaç tane de kendine benzerlerini alıp yanına, her gece 919 Sokak'a baştan aşağı afiş döşüyorlardı," diyor gülerek. Usta kızıyor, çoğu aynı sözlerle yanıt veriyor patrona. Hep aynı, o günlerden kalma, ezberlenmiş sözler. "Hiçbir şey değişmedi," diyor. "Sömürü devam ediyor. Bu düzen kendi çukurunu kazıyor. Çelişki gittikçe büyüyor, sınıf çelişkisi... Dünya gene kötü, dünya gene adaletsiz... Bir gün buna asıl sahipleri, emeği yaratanlar dur, diyecek! Bu kervan hep böyle gitmez, bunu bilesin." Patron onu kızdırmayı sürdürüyor, damarına damarına basıyor. "Bitti!" diyor. "Bitti senin savunduğun düzen... O düzeni kuranlar vazgeçti, sen hâlâ vazgeçmedin... Uyan artık, uyan!.." Gitgide kızışıyor tartışma, patron aman vermiyor, durmadan konuşuyor. Usta bakıyor kurtuluş yok, "Tamam," diyor, bezgin bir sesle. "Bırak işimizi yapalım, senin dediğin gibi olsun." "Hah şöyle! Yola gel, yola!" diyen patron çıkıyor atölyeden, aralarındaki tartışma bitiyor, ama, o sürdürüyor ardından: "Nah biter!.. Sizlerin de göreceğim sonunu. Batacaksınız, hepiniz batacaksınız, göreceğim!" diyor. Gözleri Usta'nın öfkesine takılıp kalmış çırağa kızıyor bu kez. "Ne bakıyorsun ulan namussuz!.. Öğren bak, bu dünya böyle boktan bir dünya! Ona göre, öğren!.. Uzat şu sayaları!"

Bunları düşünüyordu, Usta girdi içeri.

"Kolay gelsin arkadaşlar," dedi, yürüdü, elindeki yemek poşetini koydu tezgâhın üzerine, hemen orada üstünü değişti, duvara asılı elbiselerini giyindi. Tezgâha yaklaştığında Nahit, "Usta hoş geldin," dedi, çırak gülümsedi.

"Hoş bulduk... Sayalar hazır mı?" diye sordu, çırak kalktı hemen yerinden, iple bağlanmış sayayı getirdi, tezgâhın yanına koydu.

"Benim biraz işim var. Öğlene doğru çıkacağım. Nahit, sen bugün yapabildiğin kadar iş çıkarırsın, yarın geç saate kadar çalışır takviye ederiz."

"Olur, Usta. Sen merak etme. Biz gene de yevmiyeyi tamamlarız, sen işine bak."

"Peki," dedi Usta, saya demetini çekti önüne, açtı bağı. Sonra da tezgâha sıralanmış kalıplardan birini aldı, o an her şeyi unuttu. Üçü de işe hızlı girdiler. Sessiz sessiz işe verdiler kendilerini, kalıbın biri gidip biri geldi. Kısa sürede tezgâhın yanına dağ gibi sayası tutturulmuş kalıplar yığıldı. Bu ara kapıdan giren sayacılar, kesimci, temizlemeciler selam verip hemen işlerine koyuldular. Sabah, gevezelik edip de zaman yitirmeden, kendilerini ne kadar işe verirlerse işin de bir o kadar verimli olacağını, daha ilk günlerde ustasından duymuştu. Onun deyimiyle, bu sözü "kulağına küpe" etmişti. İsmet Usta'nın bu kuralına uymayan çıraklar yanında fazla barınmazdı. Patron da huyunu bildiğinden sabahları başını uzatıp bir, "Kolay gelsin," dedikten sonra pek ortalıkta görünmezdi. Aşağıya, satış yerine iner, öğleden sonra çıkardı yukarıya.

Usta sabah söylediğini yaptı, öğlen sonrası kalktı, üstünü değişti, "Ben gidiyorum, hadi kolay gelsin," dedi çıkıp gitti. Ardından baktı Nahit, "Nereye acaba?.. Nereye gidiyor, ne işi var?.. Söylemez ki... Kadın kız hikâyesi mi?.. Geçenlerde gelen... Eski sevgilisi!.. Göndermişti onu... Bir daha gelme, istemiyorum seni, demişti. Yazık kadına! Gözyaşlarıyla inmişti merdivenleri... O olmasın?.. Buluşmaya mı gitti?.. Kim bilir?.. Kolay kolay söylemez... Eğer o kadınsa vazgeçmez. Kadın vazgeçmez. Kim bilir burada başlayan eski sevgili sevdası nereye götürür İsmet Usta'yı?.. Neyse, biz işimize bakalım."

"İlaç tenekesini sür bu yana Hamido," dedi çırağa, tenekenin kapağını açtı, tezgâhın üzerindeki ilaç çanağını doldurdu, kapatıp saya demetini çekti önüne. Sanki yeni işe başlıyordu; heyecanla, eline aldığı kalıbı okşadı, sonra iki dizinin arasına yerleştirip sayayı oturttu kalıba. O da İsmet Ustası gibi bir tutam çiviyi dudaklarının arasına aldı, sonra art arda kalıba tutturduğu çivilere çekiç inip kalktı.

Öğlen yemeğinden sonra sessiz başlayan gün, akşama kadar öyle sessiz sürüp gitti. Çırakla Nahit soluksuz çalıştılar; akşam, karanlık bastırdığında ellerindeki o günkü plana uygun son çiftlerin de üstesini attıktan sonra, tezgâhı, atölyeyi temizleyip çıktılar.

Hava kararmıştı, annesine kapıdan seslendi, "Ben geldim," dedi. O da mutfaktan seslendi, "Hoş geldin oğul, bir soluklan, bacın da gelmek üzeredir," dedi. Bu, sofrayı hazırlıyorum, Gülcan okuldan gelir gelmez sofraya oturursunuz, anlamına geliyordu. Onu düşündü, Gülcan'ı. Bu okulu, tiyatro bölümünü, daha lisedeyken kafasına koydu, sonunda kazandı. Gözü yükseklerde. Tiyatro oyuncusu olacak, dizilerde oynayacak. Bunları hayal ediyor. Ama düzenin sanatçısı olamayacakmış, nitelikli, sanat filmlerinde oynayacakmış. Olur belki de. Baksana, diziden geçilmiyor...

11

Şimdiki zamanda bir gece: Sürtük Bar'da

Yusuf, loş ışıkların içinde, salonun en karanlık noktasında, neredeyse saklanır gibi geriye çekilmiş, sırtını duvara vermiş. Gözleri ortada, kalabalık masada, öylece dalıp gitmiş. Geçmişi, bunca gürültülü müziğin içinde, bütün sesleriyle, renkleriyle onunlaydı. Sanki şimdi, şu an yalnızca o geçmişe kilitlenmişti. Bundandı içerinin onca gürültüsüne sağırlığı. İşte orada, gördüğü yerde, bir kamyondan inen eşyalar, yanından ayrılmayan çocuklar geliyordu gözlerinin önüne. Orada görmüştü kızı. Ama daha önce erkek çocuğa yaklaşmış, biraz konuşmuştu. Bu giyimi kuşamı, dilleri farklı olan çocuklar ilgisini çekmişti. Bir şeyler sormuştu, konuşmanın, arkadaş olabilmenin yolunu açmak için. O günü hiç unutmuyor. O gün!.. Ah, şimdi ne çok istiyor o günlere dönmeyi... Süsen'le yaşadıkları üzerine sohbet etmeyi ne çok... Mümkün mü? Ağzını açtığında, o serüvene ait tek söz söylemeye kalktığında sözünü ağzına tıkıyor. Bütün kötülükler o çizgide durmuş, orada her şey başkalaşmıştır onun için. Keşke köylerinde kalsaydılar... Ah, keşke!.. Orada, gölgesinin kaldığı o dağ başında. Hiç gelmemiş olsaydılar... Orası, uzak diyar... Bir daha hiç gidemediği, temizliğin, güzelliğin, doğruluğun diyarı... İşe bak, daha uçmasını bile öğrenmeyen kuşlar gibi onları alıp, getirip bu kötülük yuvasına bırakan babası da sonunda alıp başını gitmişti. Üstelik hiç de oranın adamı olmayan bir adamı, Boşnak'ı da yanına alarak. Bir gitmiş, pir gitmişti. Arkadaşıyla birlikte iz bırakmadan, nereye, kime, hangi topraklara gittiği de sır olarak. Köyüne gitmediğini biliyorlardı. Gidemezdi, köy yoktu ki!.. Köy gönüllerinde vardı, orada yaşıyordu. Ama gidip uzaktan da olsa görebilirdi. Gidemiyordu. Belki de hâlâ yasak bölge olduğu için oraya gitmemişti... Bütün bunları Süsen'le tatlı tatlı konuşabilmek... İstediği bu, konuşmak! Ağız dolusu, güle güle, keyifle konuşmak... Güle güle, isteyerek, kavga etmeden, yıpratmadan konuşmak... Bir de incitmeden, acıtmadan, hırpalamadan sevişmek... Esrar çekmeden, akılları başlarındayken, ilk zamanlarda olduğu gibi sevişmek... Ama işte olmuyor... Süsen'deki öfkenin gücünü biliyor. Ondaki öfke kaynayan bir kaynar kazan. Biliyor, kolay kolay soğumaz. Parçalanmanın, yaşadıkları acıların, sıkıntıların, yitirilen gururun, haysiyetsizliğin kaynadığı kazan... Yaşadıkları bunca acının, bunca kötülüğün nedeni o, Yusuf! Zaafları, yanlışları, düştüğü hatalar, kandırılmaları, puştlukları; velhasıl insana dair her türlü kötülüğün nedeni.. Gün gün öfkesini büyütüyor. "Yapabilse bir kaşık suda boğacak beni, boğacak!" diye söyleniyor içinden Yusuf. Düşünüyor, onu, o ilk zamanlar sevdasından öldüğü kadını, Süsen'i... Nasıl da kendisiyle savaşıyor. Kimi zaman da kendine düşman kesiliyor. Kendini suçluyor. "Akılsız başım! Akılsız başım!" deyip başını dövüyor. Yusuf konuşmak istiyor; uzlaşmak, geçmişi silmek... unutmak... Sonra da gece gündüz konuşmak... Ama hep tersi oluyor... Günleri, birbirlerini tüketerek, hırpalayıp yok ederek geçiyor...

O günler, ilk zamanlar, yaşadıkları...

Hep düşünüyor... O ilk karşılaştıkları günü düşünüyor. Dönüp dolaşıp aklına geliyor... O günü, ondan sonrasını. İlkokul sonrası yarıda terk ettiği ortaokul, boya sandığı ve bir karmaşa içinde gecesi gündüzü belli olmayan çalışma günleri. Süsen ortaokula gidiyordu. Onu çantasıyla, okul kıyafetiyle, okula gidip gelirken görüyordu. Ama işte onun da sonu birçoğu gibi oldu. Sürmedi. Bir yerinde o da terk etti okulu. Bir süre işsiz kaldı. Sokakları, kapı önlerini, yol üstünü dolduranların içinde yer aldı. Biraz daha büyüyüp de çalışabilir yaşa geldiğinde, o da sıraya girdi. Bu kez evlere temizliğe; fabrikalara, daha çok üzümde, tekstil atölyelerine işçiliğe; barlarda, pavyonlarda gecelerin kadını, eğlence mekânlarında garsonluğa; çiçekçiliğe, araba camı silmeye, kadın satıcısı, genelev patronu olmaya; bunların hiçbiri olmazsa, çıkmaz sokaklarda yok olup gitmeye aday olanların, hayatları zorunlu olarak bu yöne evrilenlerin içine o da dahil oldu, Süsen!

Önceleri annesiyle birlikte, onun yanında çıkıyordu sabahları evden. Geçen zamanla birliktelik değişti. Babasının hep kararan yüzünü anımsıyor; hep mutsuz, hep uyumsuz adam olarak... Bir de kundura işçisi, çocukluk arkadaşı Nahit... En çok aklında kalan bunlar... Sonra bir geceyi, mahallede yapılan bir düğünü anımsıyordu. O gün Süsen'i bir başka gördü. Büyümüştü, farklılaşmıştı. Bu düğün akşamından sonra aklı hep onda kaldı; zeytin tanesi gözlerinde, siyah, uzun saçlarında, buraların kızlarına benzemeyen halinde, tavrında.

Süsen de Üzüm İşletmesi'nde çalışmaya başladığında aradan epey zaman geçmişti. İşte o günlerde, her akşam iş çıkışında, işletmeye yakın olan evine boya sandığını bırakıp soluğu binanın önünde almaya başladı. Akşamları iple çeker oldu. Kaç kez yanına gitmek, konuşmak istedi, aklına Nahit geldi. Ne derdi, nasıl karşılardı?

Bunları düşünüyordu, Süsen'in kahkahasına irkildi. Kadın, elindeki kadehi yudumlarken arada Yusuf'a bakıyor, sonra unutmuş gibi, Yusuf'u yok sayarak masadaki müşterilerle kadeh tokuşturuyor, kahkahasını yineliyor, yanına sokulmuş adamın göğsüne doğru başını uzatıyor, adam bir koluyla sardığında, sıyrılıp ayrılıyordu adamdan. Ardından hemen yine kadehini kaldırıyor, onunla birlikte masadaki diğer iki kişi de kadehlerini ona uzatıyor, sonra da gecenin loş ışığında, kızaran, bozaran yüzler sırıtarak, çoğu anlaşılmaz sözler söyleyerek içkilerini yudumluyorlardı. Süsen yine çok içmişti, halinden belli oluyordu. Patronu da uzaktan, bardan onu izliyordu. Garsonu çağırdı, ona bir şeyler söyledi. Garson masaya gitti, önündeki boşalan kadehi aldı, kulağına eğildi, Süsen patrona soluk, anlamsız bir bakışla baktı. Adam ona bakmıyordu. Masadan kalktı, yalpalayarak yürüdü, patronla arkaya, odaya girdi.

Bütün bunları uzaktan, sessizce izledi Yusuf. Bir gün önce, gece, patrona ilişkin konuşmaları aklına geldi. Gözleri girdikleri kapıdaydı; çok sürmedi kapı açıldı, Süsen'le patronu gördüğünde rahatladı. Süsen geldi, giyinmişti.

"Hadi, çıkıyoruz!"

Düştü öne, Yusuf arkada, çıktılar. Kapıda, şehrin solgun ışıkları karşıladı onları. Arkadan, kadınlardan biri seslendi:

"İyi sabahlar arkadaşım! Habersiz kaçıyorsun?"

Süsen döndü, "Sana da Alev, sana da Afet. İyi sabahlar. Öyle oldu, görüşürüz," dedi, Yusuf'un koluna girdi, taksiye doğru yürüdüler. Bir anda bugünü unuttu Süsen, Yusuf'un kolunda, o ilk günlerdeki gibi, Şenlikli'ye doğru gittikleri duygusuna kapıldı. Adımlarını açtı, Yusuf da onun hızına yetişmeye çalışıyordu. O ilk günün heyecanını yaşıyordu şimdi; hayatında kalınca iz bırakan, hiç unutmadığı, mahalleye taşındıkları o ilk günün... Kalabalık, sokaklar dolusu çocuklar, kulaklarında kalan uğultu... Oraya gidiyor şimdi! Ama yaşamında hep olduğu gibi "hayalinde, düşünde" gidiyordu yine, heyecanla, nefes nefese.

12

Şimdiki zamanda bir akşam: Gözaltı günlerinde bir toplantı

Nahit, her zamanki alışkanlığını tekrarladı yine, kapıyı açıp da içeri girdiğinde, "Anne, ben geldim," diye seslendi içeriye.

"Hoş geldin oğul," dedi annesi, yine mutfaktaydı, yine tek isteği onunla Gülcan'a güzel yemekler hazırlamaktı. Ayakkabısını çıkardı, odaya geçti, hemen televizyonu açtı. Haber saatiydi, oturdu koltuğa, sehpadan aldığı kumandayla kanalları dolaşmaya koyuldu.

Bugün de yeni kalıplar, yeni model yormuştu Nahit'i. Kaç gündür bu sıkıntıyı yaşıyordu. Bir türlü istediği gibi kalıba oturmuyordu saya. Daha ilk gün bu sayalar geldiğinde, bir tekini kalıba oturtmaya çalışırken bu modelin sakat olduğunu, sıkıntı yaşayacaklarını anlamıştı. Monte etmiş, Usta'ya göstermiş, o da bir-iki yerini düzetmiş, "Hadi göster Şadıman Usta'ya," demişti. O da patrona "Usta" diyordu. Çıraklığa başladığı o ilk günlerde, "Patron da mı çıraklıktan yetişmiş, ondan mı usta, diyor?" diye düşünmüş, Usta'ya sormaktan çekinmişti. Sonra öğrenmişti. Düşündüğü gibiymiş. Patron da bir zamanlar kalfaymış. O günlerde bir tacir ufak tefek malzeme vermiş, bu da öyle başlamış imalata. Öyle zengin bir adam da değil. Kendi yağıyla kavrulan o küçük imalatçılardan. Hafta sonları hesabın başına oturduğunda kararıp durur hep. Toptancının kapısında sabahtan akşama bekler, geldiğinde küfrün bini bir para. "Bekletiyor kapıda dilenci gibi namussuz!.. Kâğıt, kalem önünde, güya hesap yapıyor. Yalan!.. Resim çiziyor, resim! Bekletmekten zevk alıyor pezevenk!.. Artık canıma tak etti... Bir gün gireceğim içeriye, o kalemi alıp gözüne sokacağım alçağın!" Sonra Usta'ya dönüyor, "Asıl sömürgenler bunlardır, bunlar!" diyordu, sanki sorumlusu Usta'ymış gibi ona bağırıyordu: "Oturmuşlar koltuklarına, ne işçi derdi ne kalfa derdi ne sigorta ne de vergi... Oh oh! Gel keyfim gel... Canının istediğinden, istediği fiyata alıyor malı, istemediğini de koyuyor kapıya. Evet, bunlar hepimizin iliğini emiyor bunlar, anlıyor musun?" Usta da önce başıyla onu onaylıyor, sonra da, "Haklısın Usta... Ben sana bu düzen bozuk düzen, kökünden değişmeli, diyorum, hem de otuz yıldır bunu söylüyorum, sen bir türlü kabul etmiyorsun. Dur bakalım daha neler yaşayacağız," dediğinde adam iyice delleniyordu. "Başlarım düzeninden senin!.. Al şu haftalıkları dağıt. Düzen, müzen işine de sen karışma! Bırak düzeltecek pezevenkler gelip düzeltsinler!" Tartışma çoğu böyle biterdi. Usta zarfı alır, haftalıkları dağıtırdı. Patron başlattığı gibi kızgın bir yüzle çıkıp giderdi atölyeden.

Son bir-iki gündür Nahit'in derdi, patronun getirip tezgâha attığı bir yeni model sayaylaydı. İtalyanmış. Toptancı İtalya'ya, ayakkabı fuarına gitmiş, oradan araklamış modelleri. Vitrinde dizilmiş yeni model ayakkabıların fotoğraflarını çekmiş, getirmiş buraya, modelcinin önüne koymuş, çıkar bu modelleri, demiş. O da çıkarmış modeli ama gel de oturt şimdi kalıba! Uydurma iş bu kadar olur! Bugün de boğuşup durmuştu kalıpla. Kaç kez kalıba çekmiş, sökmüştü sonra. Bu boğuşmanın içinde işte her zamanki gibi yine akşam olmuş, yine yokuşu tırmanmış, şehrin kalabalığına karışmıştı. Bazen onca çekiç gürültüsünden sonra caddelerdeki, bulvardaki gürültü, klakson sesleri ona bir hoş gelirdi. Nedim Usta'nın Kırmızı Han'ın girişindeki çay ocağına çöker, sokağı dinlerdi, radyodaki türkülerin eşliğinde. Nedim Usta'nın radyosu hep türkü kanalına ayarlıydı. Sonra kalkar, yanık türküler, oynak havalar kulağında, karışırdı kalabalığa.

Bunları düşünüyordu, kapı çalındı. Kalkıp gitti, açtı, arkadaşı Murat'tı gelen. İlk gözüne takılan kararan yüzü oldu Murat'ın. "Can sıkıcı bir olay var mutlaka," diye düşündü o anda. Murat, "Sana bakmıştım," dedi.

"Gel," dedi Nahit.

Girdi Murat, kapattı kapıyı. İyi görünmüyordu. Girdiler odaya, divanı gösterdi Nahit.

"Otursana."

Oturdu.

"Ne haber?"

"Haşim geldi bu sabah."

"Ne?.. Haşim mi geldi?"

"Evet, geldi... Başı iyice dertte yine."

Haşim, Murat'ın kardeşi. Mimarlık'ta okuyor. O kısa an içinde, birbirlerine durup baktıklarında, son günlerde yaşananları anımsıyor Nahit. Haşim, bu son büyük gözaltı furyasında arananlar listesindeydi. "Ne gündü ama!" diye geçiriyor içinden. Mahalleyi, bütün evleri delik delik aradılar. Terörle Mücadele'de on dokuz kişi günlerce sorgulandı. Beşi bırakıldı, diğerleri tutuklandı. Hep aynı suçlamalar: örgüt üyeliği, yardım yataklık suçu... Son zamanlarda baskılar artmıştı. Baskınların başladığı haberini avukat Fuat iletmişti. Haşim hemen o gün kentten gönderildi. O kenti terk edip de gözaltılar başlayınca burada, Nahit'in evinde toplandılar. Toplantıda, Fuat'ın da bir-iki gün ortalıkta görünmemesi kararlaştırıldı. Çünkü bu son büyük gözaltı da, çoğu zaman olduğu gibi, yine bir kesime yönelik yapılıyordu. Fuat da bu siyasi yapının içinde olduğu için onu da gözaltına alabilirlerdi. Oysa bu karabasan günlerde, avukat olduğu için, en çok Fuat'a gereksinim olacaktı. Gözaltılar, sorgular bittiğinde mahkemeye çıkarılacaktı çoğu. Fuat'ın başına bir iş gelmemeliydi. Fuat da onayladı alınan kararı. Bir süre davalara başka arkadaşları girecek, arananlar listesinde olmadığı kesinleştiğinde ortaya çıkacaktı.

Burada, Nahit'in evinde toplandılar o akşam. Annesi şaşkındı. "Bunlar niye kaldılar? Neden gitmediler evlerine?" diye soruyordu içinden. Şaşkın şaşkın baktı kaldı. Çünkü gece yarısı olmuş, onlar hâlâ oturuyorlardı. Bu ara Gülcan da çökmüştü dizlerinin dibine, kimsenin kalkıp gittiği yoktu. Bilmiyordu ki, yanlarında avukatları, en güvenli yer bugün bu evdi. Nereden bilecekti? Kalkıp bu evden çıkmak, yalnız kalmak gözaltını, sorguyu, işkenceyi anımsatıyordu. Bu nedenle hepsi burada, birlikte olmaktan memnundu.

Mutfağa, annesinin yanına gitti Nahit, "Anne!" dedi, kaygılı gözlerle baktı kadın oğluna. Bir şeyler vardı, ama ne? Soru dolu dili akşamdan bunu soruyordu. Nahit'in duraksadığını görünce, "Ne var söyle?" dedi.

"Anne, misafirlerimiz bu gece bizde kalacaklar."

"Niye ki?.. Evi uzak mı avukat beyin?"

Nahit'in arkadaşlarının çoğunu tanıyordu annesi. Onlar kimi zaman gelip böyle geç saatlere oturup kaldıklarında gitmelerine izin vermezlerdi. Kalırlar, sabah Nahit'le birlikte evden çıkarlardı. Ama avukat ilk kez kalıyordu. Bu nedenle hemen avukatı sordu. Aslında Nahit annesinin buna benzer soruları soracağını biliyordu. Yanıtını önceden hazırlamıştı:

"Yok, uzak değil ama başka bir sıkıntısı var... Karısıyla kavga etmiş Fuat Bey. Kadın bunun elbiselerini sokağa atmış, defol git demiş," dedi, bu söylediklerine, abartısına kendi de şaşırdı.

"Ayıp ayıp!.. Niye öyle yapmış ki karısı? Koskoca avukat... Utanmamış bu terbiyesizliği yapmış?"

"Yapmış işte! Ne yapsın adam? Demek haram süt emmiş biri!" Neler diyorum böyle, diye geçirdi içinden. Kendine şaşıp kaldı. Annesinin yine de gönlü razı olmuyordu Fuat'ın evinden uzaklaşmasına.

"Olur, olur... Evlilik halidir, kavga da olur, küserler de birbirlerine, yine de gitsin evine oğul. Çekip konuşsun. Ayıp değil?.. İnsan da kocasını sokağa atar mı? Böyle şeyler yapmasın, kocasına sahip çıksın... Sen bunları söyle avukat beye."

"Yok!.. Gitmez anne! Çok kızmış. Belki de boşayacak karısını."

"Öyle şey olur mu? Öyle bir kavgadan adam karısını boşar mı?"

"Boşar, boşar... Belli mi olur. Dedim ya, çok kızmış. Birkaç gün evine gitmeyecek."

Kadın çaresiz, kabullendi. Yürüdü gitti, arada, uzaktan Fuat'a acıyan gözlerle baktı durdu. O gece geç saatlere kadar sohbet ettiler, sık sık gözaltında olan arkadaşlarını andılar.

Birkaç dakika içinde bunları düşündü. Bu ara Murat da susmuştu, kim bilir neler düşünüyordu. O da bir anlık suskunluklarını, dalıp gittiklerini anımsadı, ardından hemen bunu dile getirdi:

"İkimiz de daldık... Can sıkıcı günler yine başladı."

"Eh, pek eksik olmuyor ki. Biri bitmeden bir başkası başlıyor. Benim de aklım geçen günlerde yaşananlara gitti. O arkadaşlar içeride, yenisi her an gelebilir. Tam bir av zamanı... İyice bilendi kılıçlar. Evet, yaşananları düşündüm. Ne günler, değil mi ama?"

"Evet, zor günler. Bu çocuğa bir türlü laf anlatamıyorum. Sonunda yakalanacak."

"Arkadaşlarla konuşalım. Yine uzaklaştırmanın yolunu arayalım. En doğrusu buralardan uzak durması."

"Bence de öyle. İkna edelim gitsin. İstanbul daha büyük, karmaşık. Orada izini kaybettirir."

"Evet, doğru. En iyisi İstanbul... Bizden insan da çok orada, korurlar. Gitsin bakalım, biraz yine durulsun ortalık. Sıcak günler bu günler. Sonra bakarsın arkadaşı da tahliye olur."

"Evet, doğru," dedi Murat. "Bana izin, ben kalkıyorum, geç oldu. Gidip bakayım, nerelerde şimdi. Haberin olsun, diye geldim, önce ben konuşayım, sonra toplanırız."

"Peki... Görüşürüz."

Murat'ı gönderdi, döndü. Annesi sofrayı hazırlamıştı. Gülcan'ı beklediler, çok sürmedi, şen şakrak girdi kapıdan. Önce annesini, sonra ağabeyini öptü.

"Geberiyorum açlıktan, hadi oturun!" dedi, çöktü sofranın başına. Yemeğini yedi, bir süre sevdiği dizilerden birini izledi. Arada annesine sarılıp yanaklarından öptü. Sonra, "Hadi, hadi, kıskanma, uzat bakayım yanağını," dedi, kendisi uzandı, ağabeyini de öptü. "Ben yatıyorum, geç oldu, yarın erken kalkacağım, hadi baay!" dedi, yürüdü odasına doğru. Nahit ardından:

"Dilimizi konuş dilimizi. Ne öyle baay falan!"

"Peki, abicim... Türkçe mi konuşayım yoksa Kürtçe mi?"

"Baayı, maayı bırak da hangisini konuşursan konuş, fark etmez."

"Olur, ağabeycim, emredersiniz!"

"Hadi yat artık! Yeter şımarıklık."

"Yatıyorum... İyi geceler."

Annesi uzaktan onları gülerek keyifle izliyordu. Bir yanı ezikti, eksikti. Ama bu iki çocuğunun varlığı onun hayata tutunma nedeniydi, bunu söyleyip duruyordu kendine. Sanki Nahit de kadının hissettiklerini, duygularını anlamış gibi kalktı, gidip sarıldı annesine, yanaklarından öptü.

"İyi geceler anne, ben de yatıyorum."

"İyi geceler oğlum, iyi geceler."

Odasına doğru yöneldiğinde, aralıkta, telefon sehpasının üzerine bırakılmış bir defter sayfası ilişti gözüne. Aldı, çevirdi, bir anda okudu sayfaya yazılanları. Süsen, Yusuf'tan söz ediyordu. Yine kim bilir ne fırtınalar yaşamışlar, diye düşündü notu okurken. Belli ki öfkeyle yazılmıştı, son tümceler zor okunuyordu: "Yarın okula sana geleceğim, anlatırım bak göreceksin... bir gün bu itin ölümü benim elimden olacak benim elimden bacı," diye bitiyordu. Bıraktı sehpanın üzerine, odasına geçti; aklında o, kınalı kız, Süsen, sırtüstü uzandı yatağa, uzun zaman uyuyamadı.

13

Şimdiki zamanda bir şafak vakti: Sürtük Bar'ın üç gülü

Gecenin sonunda, sabaha karşı, üç kadın, Süsen, Afet, bir de Alev, Sürtük Bar'dan çıktılar, o alışık oldukları halleriyle; yarı sersem, sarhoş, temiz havayı soluyup öyle bir süre soluklandılar. Kendilerine "Sürtük Bar'ın Üç Gülü" adını takmışlardı. Birbirlerinden bir gün bile ayrı kalmaya dayanamazlardı. Birisi bir gün gelmezse, diğer ikisi sararıp solardı. O gece mutlaka barda müşterilerle kavga çıkarırlardı. Bu nedenle patronları Ekrem Bey, onların "Ekrem Borası", ne yapıp edip bir adamıyla diğerini getirtirdi bara.

Dışarıya çıktılar, Süsen:

"Yusuf delirdi vallaha... Adam neden korkuyor biliyor musunuz en çok?"

Taksi yanaştı, soruya verilecek yanıta ara verildi, Afet öne, şoförün yanına, Süsen'le Alev de arka koltuğa oturdu. Afet, "Ercan, bana gidiyoruz, benim evime çek," dedi.

"Tamam abla."

Alev:

"Yusuf'u diyordun kız?.. Neden korkuyor?"

"Sonra, sonra anlatırım."

Taksi, sabahın sakinliğinde lambaları bir bir geride bırakarak ilerliyordu. Farkında olmadan üçü de geride bıraktıkları geceyi düşündü; Süsen içine gömüldü, Alev camdan sokaklara bakıp içini çekti, Afet geriye dönüp baktı, sıcak bir yüzle gülümsedi...

Bu gece çok gülmüşlerdi. Bazen, arada böyle eğlendikleri bir iş gecesini de sonlandırıp sabaha çıktıklarında, hafiflemiş, rahatlamış olurlardı. Bu akşam yine gelmişti Şair. Bu kez yanında iki arkadaşı vardı. Onun masasından bir şey çıkmayacağını biliyorlardı; Ekrem Bey de biliyordu ama ses çıkarmıyordu. Şair çok sık gelmezdi bara. Haftanın kimi günleri sakin olurdu. Çoğunluk bu günleri seçerdi. Süsen, onun için geldiğini düşünüyordu. Bu nedenle olsa gerek bir gözü Şair'de olur, oturduğu masadan müşteriler kalktığında, hele bir de o gün gönlünce hasılat yapmışsa, son kadehini ağır ağır, küçük yudumlarla içer, neredeyse tamamını Şair'in masasına saklardı. Müşteriler kalkar kalkmaz bir başka masadan çağrılmasına fırsat vermeden hemen Şair'in masasına geçerdi. Onun şiirlerini severdi. Bir de ses tonunu, ağzından dolu dolu çıkan sözcükleri. Bir bakıma Şair'in yaşamı da kendi yaşamına benziyordu. Zorluklar, sıkıntılar, üzüntüler içinde geçen bir yaşamdı onunki de. O gece dinledi onu, sabaha karşı, onun evinde, Yusuf koltukta horul horul uyurken. Sabaha karşıydı, o gün de çok içmişti. İlk kez onu öyle sallanırken görmüştü. Başını Süsen'in omzuna koymuş, anlatırken gözyaşlarını tutmamıştı. O gece bir peçeteyle gözyaşlarını sildiğinde, yanaklarına dokunduğunda bir başka duygunun içine yuvarlandı. Çabuk sıyrıldı bu duygudan. Çekildi, uzaklaştı hemen. Korktu bu farklı duygu sarmalından. Bundan sonra, bunca acıdan, yıpranmışlıktan, Yusuf'tan sonra bir başka serüveni yaşayamam, diye düşündü... Akşamdan anlatıp durmuştu Şair. Yaşamının bir ağustos gecesi nasıl kırıldığını, nasıl değiştiğini anlatmıştı. O gece!.. Yerle göğün bir olduğu gece... Orada, mahşeri yaşamıştı. Orada, biricik gülü, biricik varlığı, hayatının anlamı, varlık nedeni kızıyla karısı yıkıntıların altında kalmıştı. Kurtulduğuna bin pişman olmuştu. Keşke kalsaydı, onlarla birlikte kalsaydı o yıkıntıların altında. Onlarla birlikte gömülseydi... Uzun zaman bir ruh gibi yaşamıştı. Buna şaşıyordu. Ayakta duramayacağını, kızının, karısının olmadığı bir dünyada yaşayamayacağını sanıyordu. Yaşamıştı işte! Hem de yavaş yavaş yokluklarına alışarak... Demek ki yaşanıyormuş. Demek ki ölenle ölünmüyordu, soluk alınabiliyordu... Soluk aldı, yeni yaşamına alıştı ama orada duramadı. Nereye gitse kızının, karısının izine rastlıyordu. Kaçtı. Çok durmadan kaçtı. Sonra pişman oldu kaçtığına. Bu pişmanlık içine çöktü, kemirmeye başladı. Kara gözlü kızına, karısına ihanet ettiği duygusuna kapıldı. Buna da alıştı yavaş yavaş. Yavaş yavaş, zehre alışır gibi alıştı. Yılda bir kez, yıldönümünde gidiyordu; tavaf eder gibi, taşlarına yüzünü sürüyordu... O gece anlatmıştı. Öncesi vardı... Dönüp dönüp kızını, karısını nasıl özlediğini, bunun nasıl da tarifi imkânsız bir acı, bir sızı olduğunu söyledi; sonra yanaştı, yine başını koydu omzuna, beline sarıldı, uyudu. Titriyordu, eli saçlarına gitti, kırlaşmış saçlarına, yanağına dayadı yanağını, onun inceden solumasını dinledi.

Masasına gittiğinde Şair'in okuduğu şiirleri o bu gözle, bu duyguyla dinliyordu. Ama diğerleri, arkadaşları farklı bakıyordu. Şair sanki onları anlatıyordu. Onları anlatıyordu ama yalnızca bu yaşadıklarını değil, başka hayatları da; sokaklarıyla, evleriyle, çarşısı pazarıyla, gecekondusu, lüks semtleriyle bütün bir hayatı anlatırken de onları anlatıyormuş duygusuna kapılıyorlardı. Bunun içindir ki şiirlerinin her dizesinde, her sözcüğünde kendilerini buluyorlardı. Bundandı onu çok sevmeleri, kendilerine onca yakın bulmaları.

Bu akşam iki arkadaşıyla birlikte gelmişti bara. Onlar da şairdi. Gecenin yarısına doğru, bar tenhalaştığında, önce Süsen, ardından da Alev gelip yanlarına oturmuştu. Bu gece, neredeyse sabaha varan birlikteliklerinde, yine çok farklı anlar yaşamışlardı. Hayatlarında dinlemedikleri, duymadıkları güzel şiirler dinlemişlerdi. İşte bu şiirlerin birinin ardından, Alev kulağına eğilmiş Süsen'in, "Kız onu bana ayarla!" deyince, içinden, "İnşallah benim Şair'i demiyordur," diye geçirmiş, sonra böyle düşündüğü için pişman olmuştu. "Nereden senin oluyor salak! Saçmalama gene!" diye kendine kızdığında öyle bakıp durmuştu Alev'e. Sonra da, "Kimi kız, hangisini?" diye sormuştu. Alev, "Kimi olacak kız, bizim Şair'i diyorum. Ona kanım kaynadı. Benim olsa hayatım güzelleşecek. Onu evime alacağım, benim olsa!.. Düşündükçe heyecan basıyor vallaha! Ne olursun kız bana bu iyiliği yap!" demişti. Bakıp kalmıştı bir süre. Şairlerden kısa boylu, kel olan şimdi bir şiir okuyordu. Barda sanki bütün sesler kesilmiş, herkes onu dinliyordu. "Şuna bak!.. Kız sen genç, yeniyetme mahalle kızı mısın ki, sana ben sevgili ayarlayayım? Kendin niye ayarlamıyorsun?.. Zor iş mi?.." Alev kulağına eğildi, gözü Şair'de: "Bilmiyorum vallaha! Söyleyemem, neden bilmiyorum... İmkânı yok ona diyemem benim sevgilim ol. Diyemem!"

Gecenin sonuna doğru uzun boylu, zayıf, saçları kısa kesilmiş olan şair içkiyi biraz fazla kaçırmış, hesap geldiğinde sertleşmiş, garsonla tartışmış, hesap ödenebilir bir seviyeye çekilince, sorun çözülmüştü.

İşte sonunda, sabaha karşı önce Şair'le arkadaşları, ardından onlar çıktılar.

Evdeydiler...

"Kız Afet, koltukları yenilemişsin," dedi Süsen.

"Evet, eskisi gibi zor değil koltuk almak, biliyorsun. Adama zorla veriyorlar, taksit taksit... Bu gidişle bizim işimiz de taksitle olacak vallaha!"

"Doğru," dedi Alev. "Bu gidişle adamı da taksitle satacaklar, kadını da." Süsen'e döndü, "Süsen!.. Şair'i de bana taksitle alsana. Ona gece gündüz şiir okuturum, taksitle!"

"Taktın sen de Şair'e ha!.. Ne olacak ondan? Bizimkinden beter kaymış hayatı, neyine yarar?"

"Çay koyuyorum," diye seslendi Afet mutfaktan.

"Koy, koy," dedi, Alev. "Doğru kız... Kaymış, bizden, benden beter... Daha iyi ya... İki hayatı kaymış bir evde, bir yatakta... Nasıl kayarlar?"

"Nasıl mı?.. Sen iyi bilirsin bu işleri ama Şair bilmez... O saf, bilmez... Sana ayak uyduramaz, hayatı iyice kayar."

"Yok, yok! Neden kaysın, neden? Ben onun hayatını güzelleştiririm... Onun... Acılarını unuttururum... Ben!.."

Onu düşünüyordu şimdi, şu an, Alev anlatırken onu düşünüyordu. Alev'in anlattıklarını, ne dediğini duymuyordu artık. Şimdi sadece onu, yaralarına kendisi merhem sürüyordu, iyileştiriyordu, mutlu oluyordu, dünyanın en mutlu kadını. Ona bakıyordu, kırlaşmış şakaklarına, kalın dudaklarına, gür kaşlarına, gür bıyıklarına, iri, kara gözlerine... Kelimeleri bastıra bastıra söylemesine, uzaklara, hep sonsuzluğa takılıp kalmış bakışlarına... Bunları düşünüyordu.

"Hoop!.. Neredesin? Sana anlatıyorum," dediğinde Alev, bu dalgınlıkla, hiç düşünmeden, "Tamam, tamam... Konuşacağım, senin için," dedi.

"Benim için mi?.. Gerçekten yapacak mısın?"

"Ne yapacağım?"

"Ne olacak, Şair'i bana ayarlayacaksın, değil mi?"

"Tamam dedim ya! Tamam, bakacağım!"

Alev sarıldı, öptü Süsen'i.

"Şuna bak şuna!" dedi, elinde tepsiyle içeri giren Afet'e, "Sanki on yedisinde, liseli kız. Kafayı yemiş bu!"

"O hep öyleydi, senden önce de... Ohoo!.. Kimlere

âşık oldu, ne acılar çekti ben bilirim. Şimdi bir takıldıysa Şair'e... yandık vallaha. Başımızın etini yiyecek. Gece gündüz sayıklar durur artık, ona göre... Sen en iyisi bu Şair'i gönder gitsin."

Tepsiyi sehpaya koyan Afet'in saçlarından yakaladı Alev.

"Ne diyorsun sen bakayım?.. Nereye gönderecek? Vallaha ikinizi de gebertirim!"

"Dur kız! Şaka yaptım... Göndermeyecek, tamam!"

Bıraktı saçlarını Afet'in.

"Hah şöyle yola gel... Şair'i istiyorum, hem de bir-iki günlüğüne değil, sürekli, uzatmalı istiyorum, ona göre!"

"Uzatmalı ha?.. Demek öyle istiyorsun?" dedi Süsen. Oturdular koltuklara, bir an bir sessizlik oldu, sustular; sanki üçü de aynı anda geçmişi düşündü. "Bizim hayatımızda uzatmalı ancak benimki gibi olur. Uzatmalı hastalıklı! Uzatmalı işkenceli! Uzatmalı ömür tüketen!.. Bak da gör, gör işte!.."

Bunları düşünürken, gözünün önünde iki erkek vardı. Biri Yusuf, diğeri de Şair. İki ayrı insan, iki ayrı dünya... Biri diğerinin tersi, biri çekilmeli hayatından, düşlerinden, diğeri kalmalı, ama hangisi?.. Tam o anda bir üçüncünün de düşlerinde hep varlığını sürdürdüğünü ayrımsıyor. Bir üçüncü!.. Bakışları içine işliyor, ürperiyor. O!.. Zahit!.. Öfkeli!.. Zahit!.. Abisi!.. Uzun zamandır yok olan, uzaklaşıp giden, ortadan kaybolan abisi... Kızgın abisi. Bir hayal peşine takılıp giden abisi... Sabahın erken bir saati, alt katta, kendi evlerindeler. Babası bağırıyor, öfkeli, söyleniyor, sonra orada, ayakta duran Zahit'in suratına üst üste iki tokat iniyor. "Çıldırdın mı adam!" diye araya giriyor annesi. Nahit erkenden gitmiş işe. Az sonra annesiyle o da gidecek. Günlerden sonra, bir gün önce aniden çıkıp gelen ağabeyi ile bir saatten fazla bir zamandır tartışıyor babası. Ağabeyinin söylediklerini pek anlamıyor. Kendi kavgasından söz ediyor, "Sizin için," diyor, "sizin için mücadele ediyorum, bunu anlayın," diyor. Anlayamadığı daha çok söz çıkıyor ağzından. Babası dinledikçe öfkeleniyor, yüzünün rengi değişiyor, sonra sözünü üst üste indirdiği tokatlarla ağzında tıkıyor Zahit'in. Zahit kapıya yürüyor, annesi kolundan yakalıyor, "Yapma, dur! Gitme yavrum!" diyor. O dinlemiyor, kapıyı açıyor, son bir kez bakıyor yüzlerine; hüzünlü bakıyor, üzgün üzgün bakıyor, sanki bakışlarıyla özür diliyor hepsinden, sonra çekip gidiyor... İşte yıllardır aklından çıkmayan, donup kalmış bir görüntüdür usunda bu an. Donup kalmış! Bundan sonra hayatlarının bir daha o eski hayat olmadığını, bundan sonra dağıldıklarını, bir daha toparlanamadıklarını düşünüyor...

"Ne derler bu durumda, bilir misiniz?" diyor Alev. Sonra yine kendisi yanıtlıyor sorusunu: "Kız oldu, derler, kız... Kız oldu, yani kız doğdu, herkes sustu... Evet, daha doğarken susulur, konuşulmaz, hoş geldin bebek, denilmez... Neden erkek gelmedin, diye sorulur aslında susularak... İşte böyle bir kader çizilir, elinize bu verilir... Şimdi ben, doğduğumda susulan ben Alev, konuşmak, konuşturulmak, hem de güzel konuşturulmak için, gelecek için, bu tavşankanı çayı kaldırıyorum, hadi dokundurun, hadi, Şair'e!"

"Aklını aldı Şair," dedi Afet. "Bunun sonu iyi olmaz, bak buraya yazıyorum. Sen kaçır Şair'i."

"Sen kendine bak!.. Sana ne demeli Afet Hanım?.. Ne için katlanıyorsun?"

"Sahi, Afet, seninki ne âlemde?" diye soruyor Süsen.

"Ne olacak?.. Bir bende, bir sevgili karısında. Bir türlü terk edemediği karısının koynunda. Yok, akrabasıymış, çok garipmiş, ondan arada bir onda kalmalıymış... Alev haklı, bir tutuldun mu, bir bağlandın mı, bir suskunlar konuşmaya başladı mı, ömrün gidiyor, ömrün!"

"Olsun, sana saygılı ya," diyor Süsen. Öylesine, düşünmeden söylüyor. Kendisinin de inanmadığı, hoşlanmadığı bir söz olarak kalıyor ortada. Boş bir laf... Devam ediyor aynı hiçlikle, boşlukla: "Bu da bir şey... Benimkinin karısı falan yok ama neye yarar? Ömrümü yedi. Ne gidiyor ne kalıyor. Tüketti beni, tüketti!"

Bir kez daha bardaklara koyu çaylar doldu, Süsen o anda annesini düşündü; sabah kahvaltılarını, kardeşlerini, annesinin doldurduğu çayları. Babasının aceleyle, avurtları dolu dolu kahvaltıdan kalkışını, işe geç kalacağı kaygısıyla telaşını, koşarak evden çıkışını... Bu görüntülerin, sabahın bu erken saatinde, bir bardak demli çayla aklına düşmesi onu hem sevindiriyor hem de inceden bir hüznün içine çekiyor. İçinden, "Ne yapıyorsunuz şimdi, neredesiniz? Zahit!.. Neredesin abi?" diye soruyor.

14

Şimdiki zamanda bir gün: Gecekonduda bir akşam

Bir gece yarısı Zahit, yatağa uzanmış, gözleri tavanda, bugünü düşünüyordu. Daha buraya gelmeden, akşam, duraktan ayrıldıktan bakkala girmiş, sigara almış, "Başka ne alsam?.. Eli boş boş gitmek olmaz," diye düşünmüş, sonra aklına Rüstem'in küçük oğlu Cengiz gelmişti. Ona çikolata almış, bakkalın bir anda kalabalık olduğunu gördüğünde fazla oyalanmadan çıkıp yola koyulmuştu. Her geldiğinde konuk olduğu Rüstem'in evine gidiyordu yine. Rüstem'i, karısı Aysel'i, küçük Cengiz'i düşündü. Sevimli, güzel bir aile... Aysel bir tekstil atölyesinde makineci olarak çalışıyordu. Onunla tartışmaktan hep kaçınmıştı bugüne kadar. Nedense ondan biraz çekiniyordu. Bir tartışmaya girse başa çıkamayacağını düşünmüştü hep. Belli ki çalıştığı atölye kadın ağırlıklıydı, konuşmalarında kimilerinin adını anıyordu. Kimi zaman damarına basmak, kızdırmak için, bir konu bulup Zahit'le, çoğu inatlaşarak tartışıyordu. Tartışma uzayıp da hava gerildiğinde Rüstem giriyordu araya. İkisi de biliyordu ki Rüstem araya girip de karısının haklı olduğuna dair bir şeyler söylemeyecek olsa iyice hırçınlaşacaktı. Ne yapsa yaranamıyordu Aysel'e. Haklı olduğunu söylediğinde, onu onayladığında da kızıyordu, tersi tavır gösterdiğinde de. "Benim düşünceme saygınız olmadığı için tartışmayı kısa kesiyorsunuz. Erkek milletisiniz işte! Kadınla ciddi meseleler anca bu kadar konuşulur! Ne olursanız olun tepeden bakmaktan kurtulamıyorsunuz. Uzat tabağını!" diyordu kızgın bir ses tonuyla. Onu anlamakta zorlanıyordu. Kimi zaman da o hırçın halinden uzaklaşıyor, coşkuyla, onlara güzel yemekler yapmak için mutfaktan çıkmıyordu. O hırçın hali, onunla durmadan çatışması, sonra tam zıddını yapması... Ne yapacağını bilemiyordu Zahit. Susuyor, yanıt vermekten çoğunluk kaçınıyor, tedirgin bir yüzle gülümsüyordu yalnızca.

Gecekonduya doğru yol alırken, bir sürü soruyla birlikte iç sesi ona eşlik etti. "Evet, bakalım bugün neler söyleyecek, nasıl davranacak. Yine bir yerden yakalayıp tartışır mutlaka, göreceğiz..."

Hızlı adımlarla akşamın karanlığında yokuş yukarı, gecekonduların içine girdi. Sokağa girmeden önce yine o gün gördüğü polis aracı geldi aklına. "Yok canım!" dedi içinden. "O gün mutlaka bir başka olay için buradaydılar. Sonrasında kaç kez geldim, dolaştım mahallede. Takip olsaydı çoktan almışlardı beni." Toplantı akşamından sonra iki gün daha otelde kalmıştı. O iki gün boyunca hem Suat'la bir arkadaşı mahallede araştırma yapmış, hem de kendisi birkaç kez gelip mahallede dolaşmış, kahvelerde oturup gözlem yapmıştı. Sonra da ambarlara gitmişti. Rüstem'le, çalıştığı ambarda birkaç kez görüşmüş, sohbet etmişti. Onların biriminde toplusözleşme anlaşmayla sonuçlanmış, imzalanmıştı. Anlaşma yapılamayan ona yakın işyerinde grev vardı. Çok fazla ortalıkta görünmeden çalışmalara destek veriyordu.

Bu düşünceyle birkaç sokağı geride bıraktı. Gecekondu sakindi. Buraya, bir vadinin iki yakasına kurulmuş evler hâlâ o eski, seksen öncesi gecekondularının aynısıydı. Büyük şehirlerin varoş denilen, önceden gecekondu olan mahalleleri şimdi çok değişmişti. Dört-beş katlı apartmanların arasında tek katlı, bahçeli evler neredeyse yok denecek kadar azdı. Oysa şu anda yokuşunu tırmandığı mahalledeki evler tam da o günlerin gecekondusuydu. Bir vadinin iki yanına, aşağıya, dereye doğru yapılmış bu gecekondu evleri, orta kesimin oturduğu apartmanlarla kuşatılmıştı. Burada, bu evlerde Zahit, kendini biraz daha güvende hissediyordu. Sanki onu bir tek bu evlerde oturanlar, yoksullar bütün tehlikelere karşı koruyacaktı. Böyle düşünüyordu sokakları geride bıraktığında. Garip bir biçimde bir başka Zahit'ti o an. Bir ıslık tutturdu, sırt sırta vermiş bu şirin gecekonduları bir bir geçtiğinde kuş gibi hafifti.

Bu duygular içinde evin kapısına geldi, kapıyı vurdu, Aysel açtı, Zahit'i kapıda gördüğünde şaşırdı, "Sen miydin?" diye sordu.

"İyi akşamlar... Evet, aslında otelde kalıyordum... Sonra bir süre de bir evde kaldım..."

"Rüstem evde, gir... Ne gereği vardı otelde kalmanın?"

"Bazen böyle gerekiyor."

"Peki, sen bilirsin, buyur."

Girdi içeri, Rüstem de kalkmış, kapıya gelmişti.

"Hoş geldin Zahit, geç geç. Biz de tam yemeğe oturuyorduk."

Ardında küçük oğlan, babasının ayağının dibinde belirdi, küçücük yüzünü babasının bacağının ardına gizliyordu. Zahit ayakkabılarını çıkarırken, "Ne haber Cengiz?" dedi, çocuğun yanağını okşadı, cebinden çıkardığı çikolatayı çocuğa uzattı. Cengiz aldı çikolatayı, hemen açmaya çalıştı. Babası, "Ver ben açayım, ver... Amcası sağ ol. Zahmet etmişsin," dedi, çikolatanın kâğıdını yırttı, çocuğa uzattı. "Bugün biraz ateşi çıkmış. Teyzesi sağlık ocağına götürmüş, doktor şurup vermiş. Şimdi iyi."

"Geçmiş olsun," derken Zahit önde, ardında Rüstem, eli çocuğun elinde, salona girdiler. Aysel gözünü Zahit'ten ayırmıyordu. Sanki onu inceliyordu. Bunu bakmadan hissetti Zahit.

"Çıkar ceketini," dedi Rüstem. Zahit çıkardı, Aysel uzandı almak için.

"Yok, sağ ol, ben kendim koyarım odaya," dedi.

"Ver canım ver Aysel'e, sen otur hele."

Aysel, ceketi aldı, Zahit'in yattığı odaya gitti, somyanın üzerine koydu, çıktı.

"Hadi, geç otur. Nerede kaldın, kaç gündür bekledim gelirsin diye," dedi Rüstem. "İyi ki geldin, canım sıkkındı... Vallaha sohbet edecek bir arkadaşı nasıl da gözlüyordum bilemezsin."

Rüstem'in sözleri Zahit'i rahatlattı, dostça dokundu arkadaşına.

"Benim de... Benim de şöyle ev sıcağında bir sohbete çok ihtiyacım vardı."

"Dünya kötü oldu, bozuldu Zahit. İnsanlar da... Önceden insanlar birbirlerini arayıp sorardı. Evlerde toplanıp o sıcak, demli çayların eşliğinde gece yarılarına kadar sohbet ederdi. Şimdi herkes ininde. İşinden döner dönmez inine kapanıyor, kapılarını da kimseye açmıyor..."

Aysel salona girmiş, iki erkeğin konuşmalarını dinliyordu. Cengiz televizyonun karşısında yerini almış, çizgi film izliyordu. Rüstem karısına, "Yemek hazır değil mi?" diye sordu. "Ben acıktım, Zahit de yoldan geldi, o da açtır."

"Yok, ben aç değilim. Öyle uzak bir yerden gelmedim, biliyorsun."

"Olsun, açsındır, beraber yiyeceğiz. Üzerinde de bir güzel çay demleriz... Dur ama çayı ben demleyeceğim bu sefer. Ambardan bir arkadaş, Doğulu bir arkadaş, geçenlerde kaçak çay verdi bana. O gün demledik içtik, çok güzel! Bugün ben sana o çaydan yapayım gör nasıl çaymış."

Zahit gülümsedi.

"İyi olur."

Aysel, Rüstem'e, "Sen Cengiz'le ilgilen, ben yemeğe bakayım," dedi, mutfağa yöneldi. Zahit ardından baktı, nereden aklına geldiyse bu konuşmaların arasında kız kardeşlerini düşündü; iki güzel kızı: Süsen'le Gülcan'ı. Sanki onlar da Aysel'in peşine düşüp onunla birlikte girdiler mutfağa.

15

Şimdiki zamanda bir akşamüzeri: Düşlerimden vazgeçtim

Hep böyle hissediyordu: Sanki bütün gün o konuşmuş gibiydi; derste, dışarıda, yolda. Beyninin yorgun, düşüncelerinin yorgun düştüğünü hissediyordu. Halsiz, hiçbir yere gitmek istemeyen bir ruh hali yaşıyordu. Hiçbir yere!.. Eve, sokağa, çarşıya... Hiçbir yere! Tek arzusu yalnız kalmaktı. Yalnız!.. Evde, sokakta, okulda yalnız!.. Yalnız kaldığında da çoğunluk onu düşünüyordu, Ali'yi... Peki, ne yapacaktı?.. Nasıl başa çıkacaktı?.. Kırabileceği, üzebileceği biri değildi ki... Bir tek o, Ali!.. Çalgıcı!.. Mahallenin sevgilisi, Kemancı Ali!.. Karaoğlan! Kara gözlü, kara kaşlı, güzel sıcak yüzlü, yüreği dünyanın güzeli... Çocukluk arkadaşı... Ali!.. Sokakta, evde hep kavga ettiği, saçlarını yolduğu; bütün bunlara, eziyete rağmen daha o günlerde ona dokunamayan, onu kıyamayan, onu koruyan Ali!.. Çocukluk arkadaşı... Aynı kalabalıkta, aynı curcunalı mahallede, Şen Mahalle'de birlikte büyüdüğü Ali!.. Büyüdüler... Hiçbir şey değişmedi. Bir evin iki çocuğu gibi zaman geldi küstü, zaman geldi saçını çekti, tokat attı çocuğa. Her türlü nazlandı ona. Ağabeylerine nazlanamadığı kadar ona nazlandı. İstediğini, ne olursa olsun, ânında yerine getirdi Ali. Daha ilk günlerden, sessiz, durgun, içli Ali!.. Ne yapacaktı şimdi? Düşünüyor, bunu düşünüyor nice zamandır. Ne olacak ki? Önce ne yapmıştıysa şimdi de onu yapacaktı. Nereden bilebilirdi ki kendisinin duyamayacağı, hissedemeyeceği duyguları onun duyacağını? Nereden?.. Ali!.. Çalgıcı Ali! İlkokula kadar okuyabilen, sonra baba sanatı çalgıcılığı seçip orada kalan Ali!.. Düğünlerde, gece kulüplerinde çalgıcılık yapan Ali! "Keşke ben de onun yaptığı işi yapsaydım," diye düşünüyor zaman zaman. Ali'nin yanında solist olsaydı. Onunla beraber diyar diyar, kent kent dolaşsaydı. Ona âşık olsaydı. Onun kendisine olduğu gibi. Onu sevseydi, deli olsaydı onun için. Onunla başını alıp gitseydi. Uzak diyarlara... Ablasını görmeseydi, babasının nerede olduğunu bilseydi. Yollara düşseydi. Dağlara gidip bir umudun peşine düşen ikinci kayıpları, Zahit abisini bulsaydı. Onun boynuna sarılıp sakallı yüzüne sürseydi yanaklarını. Terini solusaydı. "Abi bak, bu Ali! Anımsadın mı?.. Karaoğlan! Hani hep gülümserdin ya bizi sokakta gördüğünde. Birlikte evde, salonda, kavga ederken, benim öfkeden çıldırıp tokatladığım Ali. Anımsadın mı?.. Karaoğlan!.. O benim şimdi sevgilim oldu! Ben Güzel Sanatlar'ı bıraktım. Dizi film yönetmeni, oyunculuk düşlerimden vazgeçtim. Ali'nin yanına düştüm, şarkıcı oldum ben abi!.. Ali de uğruna öleceğim sevgilim. Onunla şehir şehir dolaşıyoruz. Barlarda, pavyonlarda, birahanelerde programa çıkıyoruz. Her gece yüzlerce el beni alkışlıyor, Ali'yi alkışlıyor. Abi, onu çok seviyorum. Seni de abi! Ne yapıyorsun? Seni iyi gördüm, güzel gördüm abi... Süsen?... Onu sorma abi. O da barlarda, biliyorsun. O ayrılmadı, orada kaldı. Hani o bir zamanlar sevdalısı olan, yangını... uğruna ölümlere gittiği Yusuf'uyla birlikte. Şimdi Yusuf onun eteğinin dibinde. Yusuf'u her an yok etmeye hazır. Ama yapamıyor. Arada bana geliyor, okula. Hep aynı yere, biraz kuytuya çekip beni, sarılıyor, başlıyor ağlamaya. Sonra da çantasından çıkardığı buruşmuş paraları zorla elime tutuşturup uzaklaşıyor. Nahit abim bir gün bunları evlerinde çok kötü dövdü. Sonra da pişman oldu, çok pişman. Bana söyledi, yapmayacaktım, dedi. Çok üzüldü o hale düşmelerine. Onları suçlamaktan vazgeçti. 'Bu yaşam biçimi onların seçimi değil. Düzen böyle kötü bir düzen. Kimsenin geleceği yok. Kimin ne yapacağı, hangi çıkmaza gireceği belli değil,' dedi. Onun partisini biliyorsun, örgütünü... Çalışmalarını orada yapıyor. Çok okuyor abi. Güya ben Güzel Sanatlar'da okuyorum ama o benden çok okuyor. Ne zaman uyansam lambası yanıyor. Bir de arkadaşı var, Murat. Hele o da geldi mi var ya, yatmak bilmiyorlar. Bana, okumasında, bilinçli olmasında, hayata böyle bakmasında senin rolünün olduğunu söylüyor. Abim benim! İkinizi de çok seviyorum. Ben de şimdi farklı düşünüyorum. Nahit abimle bazı akşamlar, gece yarılarına kadar siyaset konuşuyoruz, sanat konuşuyoruz, senin kulaklarını çınlatıyoruz sık sık... Babam? Bildiğin gibi, gitti. Boşnak arkadaşını da aldı yanına, gitti... Gitti!.. Sen ne zaman geleceksin? Ne zaman seni göreceğim? Zahit abi!.."

Yanına, koltuğa biri oturunca, düşlerinden sıyrıldı, o anda aklına Ali geldi. "Ne oluyor bana?.. Neden abime Ali'yi öyle anlattım? Onu seviyorum, doğru... Ama biliyorum, bu aşk değil. Bu kardeşçe bir sevgi... Kardeşçe..."

Bunları peş peşe sıralarken, aklının bir yanında da soru işaretleri vardı. Sorularla indi otobüsten, Şenlik Mahallesi'ne, sokağa yöneldi; akşamüzeriydi. Sokak, apartman önü, balkonlar yine o ilk günkü gibiydi. Cıvıl cıvıl çocuk kaynıyordu. Renk renk giysiler balkon iplerinde sere serpe... Baktı, Ali'yi düşündü, görür gibi oldu odanın birinde. Açtı adımlarını, o eve yöneldi, Ali'nin evine. Sanki bir an babasını gördü. İleride, sırtı ona dönüktü, gidiyordu, açtı adımlarını.

"Baba!"

Adam döndü:

"Buyur kızım."

O değildi.

"Şey... babama benzettim."

Adam gülümsedi, dönüp gitti. Bu kez içinden, "Baba!" diye seslendi. Yine duygulandı. Ali'nin evine yaklaşmıştı, durdu, kendini toparlamaya, sakinleşmeye çalıştı. Gözlerini sildi, yürüdü.

16

Geçmiş zamanda bir gün: Ben de bir dengbej oldum

"Yarın işe başlarım hanım, yarın! Sonunda ben de Üzüm İşletmesi'nde işçi oldum... Eh, artık ben de yarın sabah erkenden, işe giden komşularla çıkıp işletmenin yolunu tutarım... Artık ben de ay sonunda aldığım parayla dönerim eve. Bundan sonra korku yok. Bu akşam çok sevindim. Size baktıkça... sana, Zahit'e, Nahit'e, Süsen'e, Gülcan'a... yüreğim kabardı. Artık bir işim var! Senin kocanın!.. Devamlı iş! Hem de en büyük üzüm işletmesinde! Üzüm işçisi oldu kocan!.. Zor günleri, korktuğumuz günleri geride bıraktık... Bu şehirde, bu güzel insanların içinde, korkusuz yatarız biz de. Çocuklarımız okur, meslek sahibi olur. Sen de iş bulursun. Belki sen de üzüme girersin. Sen de sabah erkenden kalkıp Şenlikli'nin kadınlarıyla, başın dik, onlarla... onların içinde yola düşersin. Konuşursunuz artık fısır fısır... Kim bilir kimi?.. Sonra kıs kıs gülersiniz... Kim bilir neye, kime gülersiniz, biz nereden bilelim?.. Bizden birisi basar küfrü karısına. Belli ki sabah evden kavgalı çıkmış. Bozar ağzını, daha düzelmez... İşte böyle hanım... Bundan sonra korkusuz yaşarız... Bu güzel komşularımızla, bu iyi adamlarla burada, bu güzel mahallede kavgasız, gürültüsüz yaşayıp gideriz. Çekinmeden... Acep ne yedirir, ne içiririz demeden misafir çağırırız evimize... Ben sana bugüne kadar demedim hanım... İşim olsun o zaman derim, dedim... Bak!.. Bu mahalleyi ben daha ilk günden sevdim. İyi adamdır buradakiler!.. Öyle deme, kötüsü de var elbet. Ama iyisi daha çok... İşte onlardan biri, en iyisi Boşnak... Gözüm benim!.. Ne çok uğraştı beni üzüme aldırmak için bilemezsin. Bu Boşnak'ı çok sevdim ben. Vallaha adam gibi bir adam... Öyle yapışmış ki ustabaşının yakasına, adamı bezdirmiş. İhtiyaç yok, işçi alamam, patron istemiyor, demiş ustabaşı ama bu gene de peşini bırakmamış. Ustabaşı bakmış ki kurtuluş yok, sonunda, getir arkadaşını, bıktırdın beni, getir, demiş de öyle kurtarmış yakasını Boşnak'tan... Dedim ya hanım, ben bu adamı çok sevdim. Hele bir anlatırken dinlesen... Sanki kardeşini aldırmış işe, öyle sevinmiş, bir görsen gözlerin dolar, ağlarsın anlatırken... Bak sana anlatıyım, bu adamları tanı, nereli olduklarını, nereden geldiklerini bil... Bunların geldiği memleket de yaman memleketmiş ha!.. Oradan işte böyle, güzel adamlar çıkarmış. Tam güveneceğin, kardeş, yoldaş olacağın adamlar... Boşnak'ı tanımadan önce bana dediler zaten, bu Boşnak da hepsinden beter, dediler... Tuttuğunu koparan bir adam senin anlayacağın benim bu arkadaşım... Öyle, arkadaş olduk. Hem de has arkadaş!.. Bunlar da gurbetçi, aynı bizim gibi. Bunlar da zamanında göçüp gelmişler, buralara yerleşmişler... İyi ki tanıdım bu adamı, iyi ki... Yoksa nasıl girerdim üzüme, kim alırdı? Bilirsin çok bekledim Üzüm İşletmesi'nin önünde. Gelene, gidene baktım, işçilere... Tam benim çalışacağım bir iş, dedim. Mahalleden çalışan çoktur burada. Gördüm, çıkışlarında, şaşırdım. Bir de ben girsem buraya, derdim hep. Bildim bir gün bu işi bitirecek Boşnak, bildim... Bu akşam, kapıdan çıkıp da beni gördüğünde yüzü güldü. Gülerek, sevinçle geldi yanıma, 'Hadi gözün aydın, sen de Üzüm'cü oldun Raşit! Yarın işe başlıyorsun!' dedi. Ne yapacağımı bilemedim...

Sarıldım boynuna, gözyaşlarımı tutamadım. Bilirsin, günlerdir bu haberi bekledim. Sonunda getirdi haberi Boşnak... Dönüp dönüp sarıldım. Sağ ol, senin bu iyiliğini unutmam, dedim... Ya işte böyle... Sonunda ben de üzüm işçisi oldum, işçi!.. Bir bilsen ne çok fabrika gördüm rüyamda... Gördüm!.. Fabrikalar gördüm, büyük mü büyük... ben deyim bin, sen de on bin... fabrikalar gördüm, o kadar çok işçi çalışırdı, ben deyim on bin, yirmi bin, sen de otuz bin... fabrikalar gördüm, şehri sarmışlar büyük mü büyük, kapıları sonuna kadar açık... fabrikalar gördüm, kapıları devin ağzı, içine gireni yuttu bir bir... fabrikalar gördüm, şehrin öbür ucundan duyulan zilleri vardı, bir çalar bir çalardı ki gönlün şenlenir... fabrikalar gördüm, paydos zili çaldığında içinden güler yüzlü, renk renk giyinmiş işçiler döküldü dışarı... fabrikalar gördüm, önünde kocaman kocaman grev yazan yazılar vardı... fabrikalar gördüm, önünde işçiler davul zurnayla halaya durmuştu... Ben mi? Dengbej mi oldum? Aynı dengbej kimin anlattım değil mi? Öyle... Dediğin gibi hanım, ben de bir dengbej oldum!.. Hem de şehirli bir dengbej!.."

17

Şimdiki zamanda bir gün: Kemerli Han'da Şair'le buluşma

Hanın kemerli kapısından içeri girdiğinde durdu, dikdörtgen biçimindeki bahçenin ortasına kurulu tentelerin altında oturan kalabalığa baktı bir süre, sonra yürüdü, küçük masaların birinin önündeki alçak tabureyi çekti, oturdu. Etrafı gözlerken garson geldi, bir şey içip içmeyeceğini sordu. "Çay," dedi. Garson uzaklaştığında, cebinden çıkardığı bir küçük şiir kitabını açtı, ortasından bir sayfadan şiirleri okumaya koyuldu. Şiirlerin dünyasına daldığında, dizeler onu alıp götürdü, bir süre sonra çevresiyle ilişkisi kesildi. Şimdi, sanki o kalabalığın, onca sesin içinde oturup duran o değildi. Garsonun çayı önündeki masaya koyduğunu da ayrımsamadı, nice sonra bir sayfayı daha çevirirken gördü bardağı, aldı, yudumladı.

Kemerli Han, Büyük Cami'nin hemen yakınındaki eski bir taş yapının bir eklentisiydi. Çok bilinen bir yerdi. İki kemerli kapısından sürekli birileri girip çıkıyordu. Alanı çevreleyen dükkânların çoğunda antika eşya, kadınların kullandıkları takı, gümüş, eşarp satılıyordu. Bir kitapçı da hanın sonuna doğru dükkânların arasına sıkışmıştı. Kitabevinin hemen girişinde duran hoparlörden nice zamandır duymadığı eski günlere dair şarkılar çalınıyordu. Eskilere dair çoğu bilinen gruplar, çoğunluk farklı kültürlerin müzikleri bu kafeye bir başka hava veriyordu. Okuduğu bir şiiri bitirdiğinde veya ara verip de bir soluk aldığında, bu şarkılar onu alıp çok uzaklara götürüyordu.

Şair üçüncü çayını söyledi garsona, elindeki kitabın bir sayfasını daha çevirip yeni bir şiir okurken aklı Süsen'deydi. Akşam geç bir saatte bardan telefon etmişti:

"Yarın dışarı çıkacağız, bardan bir arkadaşımla. Sen de bizimle gelir misin?"

Önce durup kalmıştı. Nereden çıktı bu şimdi, diye düşünmüş, sonra da, "Olur tabii... Ama ne oldu, bir şey mi var?" demişti.

"Yok, yok... Bu akşam düşündük... Daha doğrusu nice zamandır ben düşünüyordum bunu. Seninle hep loş ışıkların altında konuşuyoruz... Gürültüden birbirimizi doğru düzgün duyamıyoruz bile. Bir de dışarıda oturalım istedim. Bir arkadaşım da bizimle olmak istiyor."

"Tamam," dedi Şair, sonra da bu çayevinde buluşmayı kararlaştırdılar.

Şimdi, çayını yudumlarken Süsen'le gelecek arkadaşını düşünüyordu. "Hangisiyle gelecek acaba?.. Başka bir şey var. Öylesine bir sohbet için değil bu buluşma isteği. Bakalım altından ne çıkacak, göreceğiz," dedi içinden, tam o anda iki kadının hanın kapısından girdiğini gördü. Süsen'i gördü önce, sonra yanındakini. Onlar da gördü, Süsen arkadaşına bir şeyler söyledi, Şair'e doğru yöneldiler. Birlikte geldiği kadın Alev'di, yanına geldiklerinde biraz da şaşkınlıkla baktı iki kadına. Barda gördüğü kadınlardan ne kadar farklıydılar. Bunu düşünürken elini uzattı Süsen'e.

"Merhaba, hoş geldiniz," dedi.

"Merhaba hoş bulduk... Geldik işte, umarım seni çok bekletmedik."

"Yok, değil," derken Alev'in elini sıkıyordu. "Buyurun, oturun."

Kadınlar birer tabure çekip oturdular. İkisi de kot pantolon giyinmişti. Pantolona, montlarına uyumlu bluzları ve belli belirsiz makyajları onu şaşırttı. Bu halleri aklına takılı kaldı. Şu anda ikisi de burada oturan kadınlardan farklıydı. Farklılıklarını etraftaki kadınlı erkekli oturanlar da ayrımsadı, alttan alta ilgiyle izleyenler oldu. Süsen gülümsedi, "Ayol ne oldu? Bizde bir acayiplik mi var?" dedi.

"Eh, biraz değişiksiniz," dedi Şair, güldü.

"Dalga geçme bizimle! Ne değişikliği?"

"Sen biliyorsun Süsen."

"Tamam, tamam, biz farklıyız, ne yapalım. Kötü mü? Herhalde seni utandırmadık?"

"Yok canım, nereden çıkardın?.. Niye utanayım ki?"

"Anlaşıldı Şair Bey... Neyse... Ne yapıyorsun? İyisin değil mi?"

"İyiyim... Şimdi düşünüyorum da iyi yaptınız, beni de dışarı çıkardınız. Hep evdeyim... Hele burası, bu bina, çayevi çok güzel."

Alev bir genç kız gibi utangaç, suskun oturuyordu. Garson geldi, ikisi de çay istedi.

"Alev istedi... Aslında hep konuşup duruyorduk, bir gün çıkalım, şöyle güneşli bir gün... bu şehri altından vurup üstünden çıkalım, diyorduk. Ama olmadı işte... Alev olmazsa... yani o istemeseydi yine olmayacaktı. O istedi seninle buluşmayı. Benim de hoşuma gitti... İyi ki istedin kız!"

Alev, Şair'e baktı, o ilk anki utangaçlığından uzaklaştı. Biraz daha sokuldu, belli ki kendini konuşmaya hazırlıyordu. Şair de bunu hissetti, yine içinden, "Dur bakalım, ne çıkacak altından!" dedi. Ona baktı... Ne kadar farklıydılar. Şu kadınlar! Nasıl da değişebiliyorlardı. Makyaj!.. Onları hemen bir başka şekle sokan maddeler, gülümsedi. Kadınların ikisi de şaşırdı.

Süsen, "Ne oldu?" diye sordu.

"Hiiç... Aklıma bir sürü şey geldi birden. Neyse, siz bana boş verin. Anlatın, dinliyorum."

Alev konuşmak istiyordu ama bir anda Şair'in "anlatın" demesinin üzerine tıkandı. Sonra kararlı bir biçimde, kimi zaman adamın gözlerinin içine bakarak, kimi zaman saçlarıyla oynayıp gözleri önünde, bir şeyler arıyormuş gibi bir havayla konuştu. Sesi titriyordu konuşurken:

"Bizim için farklı birisiniz. Hepimiz bunu biliyoruz... Ben istedim... Dışarıda sizinle oturmayı ben..."

"İyi yaptınız... Dedim ya, ben de epey zamandır buralara gelmemiştim. Severim bu hanı. Burada okumayı, kendimle baş başa kalmayı... Bundan sonra da sık sık gelmeyi düşünüyorum... Hele iki güzel kadınla birlikte olunca!"

Güldü ikisi de, öyle bir süre suskun kaldılar. Gururları okşanmıştı, yüzlerinden keyifli oldukları anlaşılıyordu.

Süsen, "Hadi canım sen de!.." dedi. "Dalga geçme bizimle şimdi! Etrafa baksana beyefendi! Nice güzeller var... Daha kim bilir bizim bilmediğimiz nerelerde dolaşıyorsunuzdur... Ne hatunlar vardır etrafınızda... Biz... biz bu şehirde yaşıyoruz ama buralı değiliz ki." Gülümsedi. "Aklıma o şarkı geldi... '*Biz gecelerin kadınıyız, gecelerin! Gündüzler bizden uzak. Aydınlık, insan yüzleri...*'"

"Güzel... Aydınlık, insan yüzleri ha?.. Evet, bir şiirden dizeler. Ne güzel böyle güzel sözler etmen," dedi Şair, Süsen'e dokundu. Ürperdi Süsen. Ama öylesine, bir dost elinin dokunduğunun ayrımındaydı. Alev de o an, o elin ona dokunmasını ne çok isterdi.

"Sizlerden öğrendik efendim bu güzel sözleri," dedi Süsen, Şair'in saçlarını okşadı. Alev kızardı, içinden, "Ne yapıyor bu?" dedi, Süsen'e baktı, o aldırmadı.

Şair sürdürdü konuşmasını:

"Biliyorsun sen Süsen. Nasıl yaşadığımı, yaşamımı...

Ama işte gönlünü eğlendiriyorsun tabii... Benim için çok uzakta sözünü ettiğin yaşam biçimi. Yani hatun falan... Geçti... Gerçekten, çok zamandan beri aklımın köşesinden bile geçmiyor. Benim için kadın... Neyse, sizler neler yapıyorsunuz?.. Yani işinizin dışında?"

"Bizim işimiz ağır iş... Gelip gördünüz. Sonu olmayan... Sizi nereye götüreceği belli olmayan bir meslek... Hatta meslek denilebilir mi? Çünkü hiç kimse öyle demiyor," dedi Alev. Sustu, içini çekti. Üçü de konuşmadı. Alev, soruyu ona sormuş gibi algıladı. Çünkü Süsen'i daha yakından tanıyordu. Ne yaptığını, nasıl yaşadığını biliyordu. "Bir de... Evet, bir de mutsuz olursan, yalnız, kimsesiz... İşte o zaman daha da zor."

"Bazen kimsen olduğunda da çekilmiyor," dedi Süsen, hüzünlü bir ses tonuyla. "Bu işte de çekilmiyor, başka işlerde de."

Sustular. Etrafta konuşanların sesi şimdi bir uğultuydu. Süsen, aslında kendini, yaşamını anlatmıştı bu iki tümceyle, ikisi de biliyordu.

"Öyle deme Süsen," dedi Alev. "Hayat gitgide zorlaşıyor... İnsanlar değişti, insanlar kötü oldu, kaba oldu... Karşısındakine acı çektirmekten zevk alıyorlar. Bizim hayatımız daha da kötü. Bunun için yanında birinin varlığı iyidir."

Şair, içinden, "Bu kız da en az lise mezunudur," diye geçirdiğinde açık açık sordu Alev'e:

"Alev, bir şey sorabilir miyim?"

Alev irkildi. Sanki onu sıkıştıracak bir soru gelecek gibi, acaba yanlış bir şey mi söyledim, diye geçirdi içinden.

"Buyurun!"

"Ben senin eğitim düzeyini merak ediyorum... En az ortaokul, hatta lise mezunusun gibime geliyor, tahminim doğru mu?"

"Evet, doğru," dedi, gülümsedi. Gururu okşanmıştı,

ışıl ışıl bir yüzle sürdürdü sözünü: "Okudum... Başıma gelen bazı kötü işler olmasaydı... yani kimi kötü şeyler yaşamasaydım, üniversiteyi de okuyacaktım... Kötü olaylar mı demeliyim?.. Şimdi bir yerlerde ben de adam gibi bir işe sahiptim. Neyse, bunu sonra anlatırım."

Süsen bir çimdik attı Alev'e, "Şimdi de bir meslek sahibisin kız!" dedi, güldü sevecen bir bakışla. "Ne olmuş yani?.. Biz de gece işçisiyiz, değil mi?"

"Yaa, ne demeli!.. Gece mezesiyiz!.. İçkilere, adamlara... Parası olana mezeyiz... Her yanına oturduğumuz gecenin sonunda bizi götürüp koynuna sokmak ister... Mezeyiz ya!.. İçkide olduğu gibi, yatakta da meze yapmak haklarıdır para harcadıkları, içki ısmarladıkları için... Götürmese bile masasına oturduklarımızın saatlerce tacizine uğrarız. Adam oracıkta keyfini getirmek için olmadık şeyler yapar, biz de sahte gülüşlerle karşılarız bu tacizi."

Yine birden sustu. Bir yanlışın ayrımındaymış gibi ikisine de baktı, "Dağıttım yine!" dedi içinden, neredeyse kendini tokatlayacaktı, "Ne yapıyorum? Ağız bozmanın sırası mı şimdi sersem!"

"Doğru, söylediklerin doğru," dedi Süsen. "Bunları sonra konuşsak, ha? Bak dışarı çıktık, hani işi konuşmayacaktık, unutacaktık?"

"Evet, haklısın... Biz bunun için, güzel bir gün geçirmek için çıktık... Kusura bakmayın. Ben istemiştim buluşmayı. Yine ben berbat edecektim az kaldı."

Çayları yenilendi, Şair, "Bu da hayatımızın bir parçası," dedi, sonra da ağır ağır, gözleri bir noktaya takılı sürdürdü sözünü: "Çalıştığımız, yaptığımız iş... İnsan dönüp dönüp en iyi, en çok bildiği üzerine konuşur. İşiniz... Siz de bunu yapıyorsunuz. Konuşmalarınızda, sohbetlerinizde en çok bu yanınızdan söz etmeniz kadar da doğal bir şey yok... Bir de şu var: Sizin işiniz farklı bir iş, başka işlere benzemeyen bir iş olduğu için, dışınızda olanlar da sizden bunları anlatmanızı, bu konuda sohbet etmenizi bekler. Bu da doğal."

"Olsun, olsun... Biz gene de başka şeyler konuşalım," dedi Süsen.

"Bence de... Hadi konuyu değiştirelim. Siz ne yapıyorsunuz?.. Sizin günleriniz nasıl geçiyor?"

Alev gençlik günlerine dönmüş gibiydi; çok heyecanlı, bir anlam çıkarmak isteyen, bunu vurgulayan bir ses tonuyla konuşmuştu.

"Hadi artık asıl meseleye gel!" dedi Süsen.

"Sus kız!"

"Benim..."

Şair'in sözünü kesti Alev.

"Hem sizin yalnız olduğunuzu nereden biliyoruz ki? Affedersiniz, sizi hep yalnız gördüğüm için, yani yanınızda bir kadınla..."

"Evet, ben de yalnızım. Hem de uzun zaman önceden... Bu benim seçimim. Kimseyi istemedim."

"Bana sorsan kız," dedi Süsen. "Ben biliyorum onun yalnızlığını." Baktı Şair'e, kır saçlarına, istem dışı, onun şakaklarını, kırlaşmış saçlarını okşadı. Parmakları yanaklarına değdi. Yine aynı duygu! Ürperme! Hemen çekti elini. Kızdı kendine. İçinden, "Ne oluyor bana? Alev'i getirdim ona!" dedi, sonra sesli sesli, "Hem sen yalnız değilsin ki... Biz varız, ben varım, Alev var... Alev!.. Alev seninle yakın olmak istiyor... Kaç gündür başımın etini yedi," diye devam ettiğinde, birden sustu. Sanki pişman olmuştu. Onlar, ikisi birbirlerine şöyle bir baktılar, sonra bakışlarını kaçırdılar; önce biri, sonra diğeri. Bunu gördü Süsen. "Bakıştılar!" dedi içinden, "İlk bakışmalar... Başka bir bakışla!"

Şair'in beklemediği bir istekti bu. "Mesele anlaşıldı! Demek bunun için beni çağırdılar konuşmaya. Öyle gezmek falan bahane... Sizi gidi şeytanlar!" Önce birine, sonra diğerine baktı, gülümsedi. Alev, hemen o anda isteklerivle geldikleri yerin çeliştiğini, inandırıcılıktan uzaklaştıklarını ayrımsadı, bunu düzeltmek için, "Lütfen yanlış anlamayın!" dedi. "Yalnızca bunun için sizinle olmak istemedik. Gerçekten bir günü de dışarıda, yanımızda güvenebileceğimiz, rahat edebileceğimiz bir erkekle geçirmekti aynı zamanda amacımız."

"Belli, belli!" dedi Şair, gülümseme hâlâ yüzüne yayılmış öyle duruyordu. Süsen'e baktı, "Seni cadı!" der gibi saçını çekti. Süsen bir başka duygu sarmalına yuvarlandı. Hem dostluğu, hem de bir başka isteğin arzusunu yaşadı o bir anlık harekette. Şair, ağır ağır, sesinin tonu, duruşu, bakışları değişerek konuşmasını sürdürdü: "Bakın arkadaşlar, benim yalnızlığı, arkadaşsızlığı, daha doğrusu kadınsızlığı seçimim bilinçli bir seçim. Neler yaşadığımı en iyi Süsen biliyor... Ben bu defteri yıllarca önce, bir gece kapattım... Yeni sayfalar açacak gücü de bir daha kendimde bulamadım. Hayat böyledir işte. Size öyle yollar açar, önünüze öyle yollar koyar ki dün yaşanması, yapılması çok kolay olan eylemler, yaşam biçimi bir anda olmaz hale gelir. Bunu değiştiremezsiniz. Ben böyle bir hayatın içinden çıkıp geldim. Haa, sizinle tanıştığıma memnunum, bu ayrı mesele... Çalıştığınız yeri tanıdığım için de... Aslında bir kez yolum düştü. Benim bu gibi mekânlarla yolumun kesişmesi de olacak şey değil ya, dediğim gibi bir kez yolum düştü, sevdim sizleri, diğer çalışanları, hatta patronunuzu bile... Bu saatten sonra ben orada, yalnızca o mekâna girdiğimde sizinle olduğu gibi orada çalışanların hepsiyle olsa olsa ancak dost olurum, başka bir şey olamam."

Alev, aceleyle girdi araya, ama ağır ağır, sözcükleri seçerek konuştu:

"Belki de bana ait olan isteği yeterince dile getiremedik... Başka türlü bir arkadaşlık burada oturup birkaç dakika içinde dile getirilmez. Yanlış başladığımız yer burası... Gerçeği söylemem gerekirse, bugün için benim bir dost olarak da, bir arkadaş olarak da sizin gibi birine çok ihtiyacım var... Sizi anlıyorum, çok iyi anlıyorum... Biz zaten sizinle arkadaşız, hepimiz..." dedi Alev, konuyu erken açtığı için Süsen'e kızdı. "Sizi seviyorum, yanlış anlamayın ne olur!.. Benim için çok değerlisiniz... Farklısınız. Bu dünyada arkadaş olmak için bile, bir kadının düzgün bir erkeği bulması o kadar zor ki... Evet, arkadaşlık!.. Sohbet edebilmek, paylaşmak, gönül rahatlığıyla sıkıntılarını paylaşabilmek, içinizi dökebilmek... Bizim için bunun anlamı çok büyük. Bunları şimdi düşünüyorum. Evet, sizinle her şeyimi gönül rahatlığıyla paylaşabilirim. Şimdi düşünüyorum, dedim ama sanki şimdi değil, sizi ilk gördüğümde böyle bir duyguya kapılmıştım."

Birden sustu Alev. İçinden, "Çok şey mi istedim?.. Çok mu erken istedim?" diye geçirdi, Şair Alev'in pişman olduğunu anladı.

"Yok, hayır!.. İsteğiniz, duygularınız güzel, gerçekçi. Arkadaşız zaten. Konuşuruz, paylaşırız, bir isteğiniz, bir sorununuz olursa yardımcı olmaya çalışırım. Zaten ben Süsen'le, Yusuf'la da arkadaşım."

O da sustu. Bardaklarına uzandı üçü birden, dumanı tüten çayı yudumladılar. Hepsi sustular, içlerine döndüler yine. Süsen, ne olduğunu pek anlamamıştı. Hem seviniyor hem de kaygılanıyordu. Şair'i kıskanıyordu, bu çok açıktı. Ama ne için?.. Ona karşı hissettiği neydi? Âşık mı oluyordu? Yoksa başka bir duygu, birliktelik mi istiyordu? Bunu tam anlamlandıramıyordu. Bir yanıyla bir sevinç yaşıyordu. Şair, Alev'in sevgili olma isteğini geri çevirmişti. Bir yandan da bir burukluk hissediyordu. Her şeye rağmen bazı sözler verilmişti. Yakınlaşmışlardı. Şair'i tanıyordu. O kolay kolay birinin isteğini geri çevirmezdi. Alev'in de isteğini geri çevirmeyecekti. Bir gün, hadi bana gidelim, diyecekti, istemese de Alev'in ısrarına dayanamayacak, girecekti kapısından içeri. Gidecekti, belki de koynuna girecekti! Ya evine gide gele ona âşık olursa?.. Ya ona âşık olup da kendisini hayatından çıkarırsa?.. Ya kendisiyle görüşmezse?.. "Ben neler düşünüyorum!" dedi içinden, sesini duydu. "Onu arkadaşıma sevgili olsun, diye çağırmadım mı?.. Anlarsa, hissederse, ne der bana?.. Asıl o zaman hayatından çıkarmaz mı beni? Saçmalıyorsun Süsen!.. Bok hayatından kurtulmak için yalpalayıp duruyorsun. Aklını başına topla!.." Bu düşüncelerden sıyrılmak isteğiyle, "Ha deyin artık!" dedi, çantasını aldı, "Çaylarımızı içtik, hadi ne duruyoruz?.. Deniz kenarına, sahile çıkalım. Karanlıklarda, pis havadan küflenmiş ciğerlerimiz bari bir gün temiz hava alsın, çıkalım hadi!"

"Tamam, çıkalım," dedi Şair. Alev da hemen kalktı. Şair'in ısrarına rağmen çay parasını Süsen ödedi. Şair'i aralarına aldılar, handan çıktılar. Yandaki sokağa girdiklerinde Süsen, Şair'in koluna girdi, sokak kalabalıktı, tam o anda gördü Nahit'i. Biraz ileride, yanında bir arkadaşı, sohbet ederek onlara doğru geliyorlardı. Durdu, Şair'i kolundan çekti, "Biraz duralım, biraz!" dedi. Titriyordu, Şair hissetti.

"Ne oldu Süsen?"

"Hiiç!.. Biraz durun... Hatta dönelim ne olursun, arkadan gidelim!"

"Ne oldu kız? Birini mi gördün?" dedi Alev.

Süsen, "Hadi, dönün, arkadan gidelim, çabuk!" dedi.

Şair iyice şaşırdı, ne olduğunu nasılsa sonra anlarım, diye düşündü, döndüler, hızlı adımlarla sokağı terk ettiler.

18

Şimdiki zamanda bir öğleüzeri: Gözleri kapıda kaldı

Nahit'le Murat, sokağı dönüp de kunduracılara doğru yöneldiklerinde, henüz Süsen'le arkadaşları ortada yoktu. Süsen'i, uzaktan da olsa, bu sokakta göreceği aklına gelmezdi. Ağır adımlarla yürüyorlardı. Zaman zaman öğlen yemeğinde bir araya gelip bu kısa sürede birbirlerine gelişmeleri aktarıyorlardı. Bugün de bu amaçla sokaktaydılar; önemli gelişmeler vardı, ayaküstü de olsa bir değerlendirme yapmaları gerekiyordu. Birkaç gün önce avukatla gece yarısına kadar süren toplantıda kimi kararlar alınmıştı. O günden sonra yaşananlar ne gibi gelişmelerin olacağı konusunda bilgi veren avukatı doğrulamıştı. Art arda operasyonlar yapılıyordu. Önce birçok alandan işçi, sendika yöneticisi, sonra da önemli bir meslek örgütünden gözaltına alınanlar olmuştu. Onların hedefi kendi meslek örgütlerinde çalışmalarına yoğunlaşmak, bu çalışmalarla örgüte destek vermek, sempatizan kazanmaktı. O birimde illegal çalışmalar yapan bir partili zaman zaman toplantılara katılmıştı. Öncesinde bu ilişki tespit edilmiş, sonra da gözaltılar başlamıştı. Hâlâ sorgudaydılar. Murat da bir marangoz atölyesinde çalışıyordu. Öğleüzeri gelmiş, birlikte çıkmış, köftecide karınlarını doyurmuş, yaklaşık yarım saattir de dar sokaklarda dolaşarak durum değerlendirmesi yapıyorlardı.

Murat, "Bazı arkadaşlar şehirden ayrıldı, başka yerlere gittiler. O toplantıda iyi ki bu karar alındı değil mi? Yoksa durum çok daha kötü olurdu," dedi.

"Vallaha biliyorsun, bu konularda ben biraz acemiyim Murat. Ama doğru bir karar olduğu ortada. Önemli olan, bu süreçten çok kayıp vermeden çıkmak. Bence de iyi oldu."

"Nasıl iş anlamıyorum ya! Onca dikkat edilmesine, özen gösterilmesine rağmen yine de bir biçimiyle açığa çıkıyor çalışmalar. Ulan nedir bu, diyorum kendi kendime, yoksa Emniyet içimize ajan mı soktu?"

"Yok canım!.. Olur mu öyle şey? Bizden, içimizden kim ajan olur?"

"Sen bilmiyorsun. Geçmişte neler yaşandı, neler."

"Gene de aklım ermez. Hiçbir arkadaşımıza bunu yakıştırmam."

"Neyse... Umarım senin düşündüğün gibidir. Ama ne var ki Emniyet de çok güçlendi. Eskisi gibi değil. Ona göre örgütlendiler. İllegal çalışma, evet.. ama hani, nerede? Bir yerlerde bir terslik var. Başka çalışma biçimleri denemek gerekir... Bilmiyorum. Belki de en doğrusu diğerlerinin, legal yapıya dönüşenlerin yaptığını yapmak. Çağımız bir başka yere doğru gidiyor... Ama bizde mümkün değil... Anlatamazsın."

"Neden?.. Kimi zaman konuşulduğunu, tartışıldığını görüyorum."

"Konuşuluyor, doğru. Ama kimse net değil. Kolay değil tabii. Onca mücadele, onca kayıp... Ardından hemen bir başka örgütlenme, mücadele şekline dönüşmek. Gerçi bu süreç bunların konuşulacağı süreç de değil. Zamana ihtiyaç var. Bakalım gelecek bize ne gösterecek."

"Doğru... Bu süreç farklı. Baksana bir sürü sorun yaşanıyor. Beklemek gerekiyor... Demin Haşim'i soracaktım, araya başka konular girdi. Ne haber? Neler yapıyor?"

"Bildiğin gibi. Bir değişiklik yok. Hâlâ buralarda."

"Yahu, birden korkmaya başladım bizim evden... Sanki çevrede bilmediğim, tanımadığım adamlar görüyorum. Akşam, sabah yabancı yüzler ilişiyor gözüme. Dikkatli olmalıyız."

"Haklısın... Ben de aynı kaygıları duyuyorum. Sanki yine çember gittikçe daralıyor. Eşek herif, gelmekle iyi etmedi. Kız arkadaşı, Aslı da tutuklandı biliyorsun, onun için geldi. Neredeyse üç ay oldu değil mi o ilk büyük operasyondan bu yana?"

"Evet, üç aya yaklaştı."

"İşte o günden bu yana Aslı cezaevinde. Bu duruma dayanamıyor bence. Bunun için çıkıp geldi. Burada olmak istedi. Hem mücadelenin içinde hem de arkadaşına yakın olmak... Ama bence asıl derdi Aslı... Aslı'dan uzakta olmaya dayanamıyor. Yoksa mücadele her yerde yapılır değil mi?.. Burada, yakınında olacak, gelip gidenden haber alacak, haber salacak, ben yakınındayım, diye. Asıl onu buraya çeken bu isteği. "

O geceyi düşündü Nahit, avukatın da evlerinde kaldığı geceyi. O gece kararlaştırmışlardı, ne yapacaklarını, Haşim'in nerede barınacağını. Gitmeyeceği belliydi. Gülcan gelmişti okuldan. Ardından gözü her zamanki gibi yine kapıda kalmıştı. Yine o duygu sarmıştı benliğini. Şimdi, Murat konuşurken o bunları düşünüyordu. "Şimdi babam girecek kapıdan!" diye düşünmüştü. Koca adam!.. Gönlünden yurdunu, doğduğu toprakları silemeyen, çıkıp giden, ardına bakmayan adam... Sana da bu yakışırdı koca adam!.. Zaman zaman böyle bir duygu sarardı benliğini. O gece de gelmeyeceğini bile bile, Gülcan'dan sonra babasını gözledi. Bu duyguyla oturdu sofraya. Murat gitmek istedi, bırakmadı. Oturttu, onun aklı başka yerdeydi; kardeşinde. Arada bir annesinin de gözleri kapıya kaydı. Yemekten sonra Haşim konusunda bir karara varmışlardı. Haşim'i koruyacaklardı, yakalanmaması için ellerinden geleni yapacaklardı, taa ki bu dava sonuçlanıncaya kadar. Bunun için çoğunluk onlarda, arada dayısında, halasında, kimi zaman da aynı siyasi yapıdan başka insanların evinde kalacaktı.

"Evet, çok dikkatli olmalıyız. Son büyük toplantı da ertelendi biliyorsun. Belgesel film muhasebecilerden birinin bürosunda izlenecekti, sonra ardından dar kadro toplantı yapılacaktı... Neyse, Nahit, sen de dikkatli ol... Gerçi dikkatli olsak ne olacak, o da ayrı bir soru ya. Sonuçta bu kentte yaşıyoruz, bir yerlerden, mücadelenin bir noktasından buraya geldik, olacaklar olacaktır, akışı durdurmak mümkün değil... Önemli olan gözaltına alınanların direnişi. Gözaltında çözülme olmazsa bir şey çıkmaz. Ama konuşan olursa kötü olur. Kahretsin, çoğu zaman tarih tekerrür ediyor. Her operasyondan sonra bir çözülme yaşanırsa örgüt büyük zarar görüyor... Umarım bu kez böyle bir sonuçla karşılaşmayız. Onca emek, onca örgütlenme, toparlanma yara almaz."

"Evet, hepimiz dikkatli olmalıyız... Ben bu ara evden işe, işten eve yapıyorum, geri çekilme zamanı... Zaten biliyorsun, önemli toplantılara pek katmadılar beni. Ne de olsa hâlâ ben bir çömezim değil mi?"

Güldüler, ayrılırken sarıldılar, "Hadi görüşürüz," dedi Murat.

"Görüşürüz, güle güle."

Murat tam köşeden döndü, geriye doğru yürüdü. Nahit ardından baktı, aklının bir yanında her an çıkıp gelecek duygusundan kurtulamadığı babası, bir yanında ağabeyi Zahit... Arada Süsen ona bakıyor, bir şeyler anlatmaya çalışıyordu. Bunları düşünürken az ileride giden, sırtı dönük iki kadınla bir adamı gördü. Kadınlardan birini Süsen'e benzetti, bir anda içinden bir şeyler aktı sanki, "Yok canım!.. Benzettim, o değildir herhalde," diye söylendi, adımlarını açtı. İleride, sağa, sokağa saptı kadınlarla adam. Açtı adımlarını. O anda ne kadar özlediğini düşündü Süsen'i. "Bir tek onu mu?" diye geçirdi içinden. "Değil... Üçünü de özledim. Üç kayıp!" Aklında onlar, yüreğinden akıp giden bir sızı, atölyeye doğru hızlı adımlarla yürüdü. Yanındaydılar, önünde, ardında, onunla birlikte girdiler sokağa, atölyeye, tezgâhın başına oturup da bir kalıbı eline alıp incelemeye koyulduğu âna kadar ayrılmadılar düşlerinden.

19

Şimdiki zamanda bir gün: "Yeni ülkeler bulamayacaksın..."

Zahit oturdu karşısına Rüstem'in, ağır ağır Aysel'in sofraya taşıdığı yiyeceklerde gözleri, arada bir onları yerleştirerek derin sohbete daldılar. Cengiz küçük kara gözlerini arada bir Zahit'e çevirip sanki ilk kez görmüş gibi dikkatli dikkatli bakıyor, gülümsüyordu. Ama daha çok gözü televizyonda oynayan çizgi filmdeydi. Aysel her içeri girip de masaya yiyecekleri koyduğunda, alttan alta Zahit'i inceliyordu. "Ne yapıyor?.. Nerelerde dolaşıyor bu adam?.. Sır bunlar, sır! Anlatmaz da!.. Bir sevgilisi var mı acaba?.. Nereden olacak? Yoktur... Bunlar o işe bakmazlar... sevgili falan... O işini nasıl hallediyordur?.. Cinsel arzularını?.. Kadınsız, sevdasız, aşksız bir hayat!.. Bu da çekilir mi?" Kendi de sandalyeyi çekip oturduğunda bir kez daha baktı Zahit'e, son gidişinden bugüne geçen zamanda ondaki değişikliği anlamaya çalışıyordu. Sanki çökmüştü biraz. Kendisine bakmadığı belliydi. Gözlerinin altı morarmıştı, sakalı birkaç günlüktü.

Yemeklerini ağır ağır, sohbet ederek yediler. Rüstem bu kez işyerini, son zamanda yaşadıkları olayları, sıkıntılarını anlattı. Ambarlar en sıkı yerlerdi. Herkes gözünü buraya dikmiş, neler olacağını, mücadelenin nereye kadar, bu biçimiyle, keskin bir seyri izleyip izlemeyeceğini merak ediyordu. İş sendikayla bitiyordu. Sendika, sınıf bilinciyle hareket ederse, mücadeleyi doğru düzgün yürütürse başarıya ulaşmayacak grev, mücadele yoktu... Uzun uzun yaşadığı sıkıntıları anlattı. Bu ara kaçak çay yapacağını da unutmuştu. Zahit'in aklına geldi, bir-iki kez anımsatmak istedi vazgeçti. Yemek bitmek üzereydi, Rüstem anımsadı, "Yahu hani ben çay yapacaktım?.." dedi. "Daldık gittik, dur hemen yaparım."

"Sen otur, ben yaparım," dedi Aysel, sofrayı topluyordu.

"Bu çay başka çay... Sen bunun ayarını bilmezsin, ben yaparım."

"Çayın neyini bilmeyeceğim?.. Ne olacak, bildiğimiz çay işte, otur sen!"

"Yok, yok... Sen suyu koy, kaynadığında bana haber ver, ben demlerim. Bu çayın demlenmeden yıkanması gerekiyor, sen beni dinle, bırak bana, gör nasıl çay içeceksiniz..."

"Aman!.. Demle, sen demle!.. Başka zaman olsa mutfağa adım atmazsın, tutturdun ben ha ben!"

"İnsaf Aysel, insaf!.. Yahu kaç kez o mutfakta salatayı ben yaptım, kaç kez!.. Yani diyorsun ki bir daha mutfağa girme!"

"Aman girme!.. Kırk yılda bir bir salata yaparsın, duyan da diyecek Rüstem mutfaktan çıkmıyor."

Zahit gülüyordu, Cengiz de acaba annemle babam kavga mı ediyorlar, yoksa şaka mı yaptıkları, bir türlü anlam verememiş, öyle şaşkın şaşkın onlara bakıyordu. Rüstem'in, "Ben yapacağım çayı, dedim, fazla ısrar etme," demesinin ardından Aysel söylenerek mutfağa girmişti.

Rüstem, "Zahit, kaç kez şahit oldun. Ya Cengiz'e bakıyorum ya da mutfağa girip yardımcı oluyorum, değil mi?" diye sordu.

"Yok, öyle değil," dedi Zahit, gülümsedi. "Daha çok,

çocuğa bakıyorum bahanesiyle kaytarıyorsun! Mutfak işleri, sofra kurmak hep Aysel'e kalıyor; benim gördüğüm bu."

"Yapma ya!.. Kaç kez salatayı ben yaptım, gözünle gördün."

"Evet, gördüm, salata yapıyorsun."

"Ee daha ne olsun, salata yap, çocuğa bak, bazen sofrayı topla, daha ne?.. Benim işi biliyorsun, ne kadar yorucu, ne kadar ağır bir iş... Bunu da düşün!"

"Tabii haklısın... Senin öyle, ama herhalde Aysel'in de farklı değil... Onun da zordur... Aslında bu eleştirileri biraz da kendime yapıyorum. Ben de bu evde bir türlü misafir halinden kurtulamadım... Benim de yardımcı olmam gerek."

"Yok, yok!.. Sen misafirsin hâlâ... Olmaz canım, biz yaparız. Sen bundan sonra Cengiz'e göz kulak ol, ben girerim mutfağa... Ne yapalım, yardım ederim Aysel'e."

Zahit yine güldü.

"Kürek mahkûmu gibi konuşuyorsun, ha!"

Rüstem, "Evet, haklısın... Biraz fazla abarttım bu işi galiba," dediğinde, mutfaktan Aysel seslendi:

"Su kaynadı, çaycı başı gelebilirsin!"

İkisi de kahkahayı koyuverdi, Rüstem, "Geldi çaycı başı, geldi!" dedi, kalktı, mutfağa girdi. Zahit hâlâ gülüyordu. Cengiz yine o saf, temiz yüzüyle, "Ne oluyor ya?" der gibi bakıyordu. Zahit indi divandan, Cengiz'in yanına oturdu, "Gördün babayı?.. Baba çaycı başı oldu," dediğinde, Aysel girdi içeri.

"Arkadaşının maharetini göreceğiz şimdi. Çay nasıl bir çay olacak acaba?.. Çay işte, ne var bunda, çok koyarsın demli olur, çok kaynatırsın yine demli, az da koyarsan açık olur... Tutturdu ben yapacağım, diye... Siz erkekler hep böylesiniz. Bir şeyi büyütmekte üstünüze yoktur... Yaptığınız her şeyde bir böbürlenme var... Al işte, gör!.."

Zahit yine korktu. İçinden, "Eyvah!.. Şimdi ben bununla nasıl konuşsam?" diye geçirdi, "Haklısın," dedi. "Gerçekten haklısın!" İnandırıcı olmaya çalışıyordu.

"Ya ya!.. Haklıyız!.. Haklıyız ama alacağımız yok!.. Ne güzel de yanıtladın! Haklısın, dedin, işin içinden sıyrıldın!.. Ne olacak şimdi? Rüstem Bey bir çay yapmakla nasıl da yine üstün olduğunu ispatlayacak değil mi?.. Evet, yine güçlü olan o olacak!.. Öyle mi?.. Bu iş bu kadar kolay! Aslında hiçbir şey yapmadan yine hem haklı hem de güçlü olduğunu ispatlamak... İşte bu!.. Sizin kadın-erkek eşitliği dediğiniz bu!.. Bu kadar!.. Anladınız mı Zahit Bey!.. Sakın bana bir daha haklısın, deme!"

Zahit, susup kaldı. Tam, "Haklısın," deyip bir şeyler anlatmaya başlayacaktı ki Aysel sözünü ağzına tıktı, öyle kaldı. Şimdi ne yapacaktı?.. Aysel durmuş, bunca eleştiri üzerine bir şey diyecek mi, diye bakıyordu Zahit'e. Bu bakışlardan ürktü. Bu kadını hiçbir zaman anlayamayacağını bir kez daha derinden hissetti. Tam o anda, onu bu çaresiz durumdan Rüstem kurtardı. İçeri girip de ikisinin de konuşmadan birbirlerine baktığını gördüğünde, yine Aysel'in Zahit'i sıkıştırdığını anladı. Çünkü Aysel'in kızgın hali yüzünden okunuyordu, Zahit'se sus pus öyle kıvrılıp kalmıştı.

"Ne oldu?.. Yine tartıştınız mı yoksa?"

Zahit, "Ne olacak?.. Senin çayı ben yapacağım ısrarın bana pahalıya patladı. Aysel erkeklere verip veriştirirken karşısında ben vardım, sen değil!" dedi.

Rüstem güldü, sonra gelip Zahit'in yanına oturdu. Aysel buna daha çok kızdı, "Sırıtıp durma!.. Ne oldu, o meşhur çayını demledin mi?" dedi.

"Demledim karıcığım, demledim... Sen az sonra getirebilirsin."

"Öyle yağma yok! Çayı koydun, kendin getireceksin, servisi de kendin yapacaksın!"

"Olur, getiririm... Merak etme, ben sana mutfakta hep yardım ederim, biliyorsun."

"Benimle dalga mı geçiyorsun?"

"Yok canım!.. Ne dalgası?.. Gerçeği söylüyorum... Zahit'e de söyledim mutfağa girmeden. Cengiz engel oluyor, yoksa yemek bile yaparım."

"İnandım, inandım ben de!"

"Eh, ne yapayım artık. Ne desem inanmıyorsun."

"Neyse, yeter artık, siz oturun, çayı ben getiririm," dedi Aysel, kuşkulu gözlerle. "Bunlar şimdi arkamdan kim bilir neler konuşacaklar, nasıl dalga geçecekler," diye düşündü, ikisinin de üzerinde bir göz gezdirdi, sonra mutfağa yöneldi. İçeri girer girmez Rüstem kıs kıs gülmeye başladı. Zahit, "Dur!" dedi. "Gülme! Görürse canına okur!"

"Doğru, doğru... Bugün yine bir şeylere tepesi atmış ama kim bilir neye?.. Belki de yine işyerinde kadının birine takılmıştır. Hiçbirini beğenmiyor beraber çalıştığı kadınların. Hepsi kuş beyinliymiş. Kendince onları bilinçlendirmeye çalışıyor ama ben biliyorum, en çok erkeklere, kocalarına karşı etkilemek istiyor onları. Daha bu kavramı bilmeden benim karım feminist oldu Zahit. Bakalım benim sonum ne olacak?"

"Sen içerideyken neler söyledi bir bilsen. Verdi veriştirdi bizlere. Senin bu karın yaman kadın, işin de zor... İşin şakası bir yana da, bizim de istememiz gereken bu değil mi?.. Hakkını arayan, dirayetli, kadın kimliğinin bilincinde olan kadınlar..."

"Tabii canım!.. Bizimki latife... Bir yandan da bundan, Aysel'in bu kimliğe sahip olmasından tabii ki memnunum... Bence işyerinde kadınları bilinçlendirecek, en azında kafalarında soru işaretleri oluşmasını sağlayacak. Düşünmeye başlayacaklar. Bunları gördük, birçok alanda gördük..."

Daha sözünü bitirmeden Aysel elinde çaydanlıkla girdi salona. Rüstem'in sözünü kestiğini gördüğünde, "Ne o?.. Beni mi çekiştiriyordunuz?" diye sordu.

"Yoo!.. Değil karıcığım, niye seni çekiştirelim, başka bir konu üzerine, sendikayla ilgili konuşuyorduk."

"İnanayım mı şimdi?" diye sordu, Zahit'e baktı. Bu sorunun ona sorulduğunu düşünen Zahit, "Evet, doğru... Başka bir şey konuşuyorduk," dedi, hemen gözlerini kaçırdı.

"Peki, öyle olsun," dedi Aysel, çaydanlığı masaya koydu, tekrar mutfağa girdi.

Rüstem epey zaman yaptığı çayla övündü. Bu kez Aysel onunla dalga geçti. Cengiz televizyona dalmıştı, onlara baktığı yoktu. Çaylarını yudumlarken, Aysel yine kadın-erkek ilişkisini tartışmak istedi ama ne Zahit ne de Rüstem yanaştı buna. O da içinden, "Yüreksizler!" dedi, konuyu kapattı. Zahit siyasi meselelere, örgüte ilişkin tek söz söylemedi. Rüstem'le Aysel de bir şey sormadı. Hiç düşünmedikleri boyutlara gitti sohbet. Rüstem çocukluğunu, Bulgaristan'dan göçen ailesini, hayatını, Aysel'le nasıl tanıştıklarını, evliliklerini anlattı.

"Aysel'le çocukluk arkadaşıyız... Birlikte büyüdük Bulgaristan'da. Aysel'in babası çok hünerli bir adamdı. Bulgaristan'da, devrimden sonra bağ-bahçe işi, aşılama, hayvan yetiştiriciliğinde üstüne yokmuş. Gençmiş o zamanlar tabii, gece gündüz çalışır, yorulmak bilmezmiş. Doğru düzgün bir eğitim de alamamış. Ama işte çekirdekten yetişme olduğundan özellikle bağlarda, aşı işini ona vermişler. O da gençleri seçip onları yetiştirmiş ziraat işinde. Kısa zamanda bizim bölge üzümcülükte bir numara olmuş. Bu ara son zamanlarında en iyi şarabı da o yapardı. Her yıl ton ton şarap üretirdi. Ben de onun yanında yetiştim. Aysel'le evlenmek istediğimizi söylediğimde çok sevindi. Beni biliyordu, kızı için en iyi eş herhalde benim olacağımı düşündü. Değil mi Aysel?.."

Aysel baktı, dalgındı şimdi. Belli ki Rüstem anlatırken uzaklara gitmiş, hâlâ oradaydı.

"Ne dedin?" diye sordu.

"Baban, diyordum. Bizim evlenmemize memnun oldu, beni de çok sevmişti."

"Evet, doğru," dedi, sustu.

"İlginç," dedi Zahit.

"Yaa öyle... Aysel o adamın kızı. Hiç okuma yazması olmamasına rağmen devrime büyük emek vermiş adamlardan biriydi... Neyse, şimdi şiir faslına gelelim. Mutlak senin Kavafis'in şiir kitabı yanındadır. Cebinde mi?"

"Evet, ceketimin cebinde."

Aysel hemen atıldı:

"Ben getireyim."

"Olur," dedi Zahit. Aysel aceleyle kalktı, geçti aralığa. Ceketi aldı yatağın üzerinden, ceplerinde kitabı ararken kokuyu hissetti, götürdü burnuna, kokladığında ürperdi. Hemen attı yatağın üzerine. Bir süre öyle kaldı. Rüstem seslendi içeriden:

"Ne oldu Aysel?.. Bulamadın mı kitabı?"

Yanıtlamadı Rüstem'i. Uzandı cekete tekrar, sağ cebindeydi kitap, aldı, çıktı. Kavafis'in o küçük şiir kitabını uzattı Zahit'e. Zahit, kitabın sayfalarını karıştırdı, önce bir kısa şiirini ağır ağır okudu, sonra diğerlerine geçti.

"'Kent' şiirini oku, 'Kent' şiirini," dedi Rüstem. Zahit o sayfayı buldu, şiiri gecenin sessizliğine okudu. "Gece!" diye düşündü dizelerin arasında. "Kim bilir nelere gebe, kim bilir?" Şiire döndü: "*Yeni ülkeler bulamayacaksın...*"

Aysel'in gözleri Zahit'teydi. Rüstem kaç bardak çay içtiğini unutmuştu. Bardağı boşalır boşalmaz dolduruyordu. Zahit'in okuduğu şiirler, burnundaki o farklı kokuyla onu Balkanlar'a, o uzak, çocukluğunu yaşadığı topraklara götürüyordu.

Zahit kitabın kapağını kapattığında vakit epey ilerlemişti. Aysel, boşalan bardağını doldurduğunda, "Yoo! İçmeyeceğim, çok içtim, sağ ol Aysel," dedi. Daha ilk bardağı dudağına götürdüğünde gözü Aysel'e ilişmiş, hemen kaçırmıştı bakışlarını. Aysel'in bakışları hep üzerindeydi, ona kızdığı için mi öyle bakıyordu, yoksa bir başka nedeni mi vardı, anlayamıyordu. Başlarda üzerinden ayrılmayan bakışlarından rahatsız oldu, sonra buna da alıştı, hatta güldü, arada bir Aysel'le, inatçılığıyla ilgili bir şeyler söyledi, dalga geçti. Aysel hemen tepki gösterdi. Gece keyifli başladı, keyifli bitti. Cengiz divanda uyudu, annesi yatağına taşıdı. Televizyonu kapattılar, bu kez de radyoda türkü kanalını buldular, eşlik ettiler türkülere, sonunda, gecenin geç bir saatinde ağırlaştılar, uyku bastırır oldu, Zahit, "Yatalım artık, geç oldu, sen de yorgunsun," dedi Rüstem'e.

"Evet, yorgunum... Aslına bakarsan bu günlerde herkes yorgun, yatalım, sabah konuşuruz."

Aysel bardaklara uzandı, bir tepsiye koydu, çaydanlığı da alıp mutfağa girdi, ardından Rüstem'le Zahit de kalktılar. Zahit, "İyi geceler," dedi, yandaki odaya geçti. Somyaya, Aysel'in önceden hazırladığı yatağa uzandı. Bir süre mutfaktan sesler geldi, sonra kesildi. Lambalar söndü, kapılar kapandı, yine o sessizlikteki ses, derinden gelen kentin uğultusu doldurdu odayı.

Zahit, az önce girdiği yatakta bunları düşünüyordu, döndü sağ yanına, derin derin esnedi, gözkapakları indi, daldı... "Uyudum," diyen sesi duydu, "uyudum, aylardan sonra... rahat bir uyku... ooh!.. yatakta!.. rahat uyku..." Kıvrıldı... Şimdi oralardaydı, sarp dağların başında, mağaralarda... karda, kışta, boranda... bağırarak sesleniyorlardı ona: "Zahit!.. Zahit!.. Geride kaldın, geride! Yürü!.. Geride!.." Koşuyorlardı, gittikçe araları açılıyordu... Adımlarını açtı, koşmaya başladı ama gidemiyordu. Aynı yerinde duruyordu. Bağırdı: "Durun! Beni bekleyin!" Sesi çıkmıyordu! Kendisi de sesini duymuyordu! "Durun!" Duymuyordu! Ortalık ıssızlaşıyordu... "Gittiler, tepeyi aştılar... Ben kaldım! Beni unuttunuz, durun!.." Sesini duymadı. Ne kendisi duydu sesini ne giden arkadaşları. Kimse duymadı. Kıvrıldı, derin bir soluk aldı... "Uyumalıyım! Uzak yoldan geldim, yorgunum... Buraya bir yatak ser hancı! Uyumalıyım!.. Yalnız uyumalıyım!.. Hayır, istemiyorum! Onu istemiyorum! Beni rahat bıraksın, uyumalıyım!.." Tam o anda, arkadan, altına aldığı yorganın kalktığını gördü! "Sırtımdaki eli nasıl gördüm? Hayret!.." Usulca yorganı kaldırdı, girdi yanına. "O!.. Aysel!.." Yatağın kıyısına doğru çekilmek, uzaklaşmak istedi, gidemedi. "Düş bu, düş!" Bağırmak, düş olduğunu söylemek istedi, sesi yine çıkmadı. O, Aysel arkadan sarıldı, eli karnından yukarıya doğru okşayarak ilerledi. "Ne yapıyorsun sen?!" Yine sessizdi. Ama onun sesini duydu: "Sana geldim, koynuna girdim, istemiyor musun?.. İstiyorsun, biliyorum, istiyorsun!" Yine uzaklaşmak istedi, o izin vermedi. "Nereye? Dur, daha gece yeni başlıyor!" Kızdı, eli tuttu, itti. "Kalk! Kalk! Hastasın sen! Delirdin mi? Ne yapıyorsun, çık! Geç odana, saçmalama! Bu yaptığın yanlış!" El sarılmak istedi, engelledi. "Pişman olacaksın!" Aysel elini kurtardı, sıkı sıkı doladı beline, sonra okşamaya başladı. "Hayır, asla! Pişman olmayacağım! Hiçbir zaman!" Eli aşağıya doğru kaydı, yine yakaladı, sertçe itti, "Yapma! Konuşma, sus!.. Çık şimdi!" dedi, yine kendi sesini duymadı. Ama o duyuyordu, Aysel, "Çıkmam!" dedi. Döndü, dikeldi, tam o anda Aysel kalktı, hemen değişti. O inatçı kadın bir anda yok oldu, daha uysal, daha duygulu bir kadın geldi yerine. Gözyaşlarını gördü, ağlıyordu. Bir süre öyle baktılar birbirlerine. Ne diyeceğini bilemedi. Aysel yine değişti. Sildi gözyaşlarını,

"Ağlamayacağım!.. Çıkıyorum şimdi. Ama yine geleceğim! Biliyorum, istiyorsun, geleceğim... Geleceğim... geleceğim!.." Kapıya doğru gitti, dönüp baktı: "Unutma! Geleceğim! Ben artık iflah olmam! Sensiz olmaz Zahit!" dedi, çıktı, kapı kapandı. O anda Süsen'i görür gibi oldu! "O! Süsen!" dedi, hâlâ sesi yoktu. Odadan çıkan oydu, Süsen'di! Seslendi ardından: "Süsen! Dur!" Kapı açıldı, o girdi, Süsen!.. "Az önce çıkan sendin değil miydin?" diye sordu. "Hayır, ben değildim, Aysel'di. Sizi gördüm, konuşmalarınızı dinledim. İyi yaptın abi! Doğrusu buydu," dedi. "Ne arıyorsun burada?" diye sordu Zahit, yine sesi içerideydi, duymadı. "İşe gidiyorum, Üzüm İşletmesi'nde işe başladım, annem söylemedi mi, işe başladım!" dedi sevinçle, gülümsedi, dönüp çıktı. "Süsen'di, Süsen!" Bu kez sesini duydu. Açtı gözlerini, usunda Süsen'in güzelliğine güzellik katan gamzeleri vardı.

20

Geçmiş zamanda bir sabah: Yanağında sıcak bir öpücük

Süsen, arkadaşlarıyla şakalaşarak, sabahın erken bir saatinde şen şakrak Üzüm İşletmesi'ne doğru gidiyordu ki, yine onu gördü köşede, Yusuf'u. Bu kaçıncıydı? Ne yapmaya çalışıyordu bu salak? Kızdı, "Dur bakayım, ben sana gösteririm şimdi!" diye geçirdi içinden, açtı adımlarını. Kaç gündür her sabah, sanki bir yabancıymış gibi oraya, kolunda boya sandığı, sokağın köşesine dikiliyordu. Süsen, bir grup arkadaşıyla gelip de önünden geçinceye kadar öyle dikilip bakıyordu. Kimi zaman Süsen'den önce arkadaşları fark ediyordu onu, koluna dokunup, "Kız bak! Seninki yine köşeyi tutmuş," diyordu biri, hep birlikte gülüyorlardı. "Seninki" olmuştu nice zamandır. Onunki!.. Süsen'in bekleyeni. Yalnızca bekleyeni. O günden, çocukluğundan bildiği, tanıdığı Yusuf. Abisi Nahit'in arkadaşı... Ne düşünüyor? Neden evde, sokakta bir şey demiyor da, gelip her sabah bu sokağın başında bekliyor? Neden bekliyor, neden her geçişinde gülümsüyor? Neden?..

Bunu, bu beklemenin nedenini çok sonraları öğreniyor. Bir film izlemiş, bir yabancı film. Filmden çok etkilenmiş. O filmde de fabrikada çalışan bir kız varmış, bir de her sabah onun yolunu sokak başında bekleyen bir erkek. Kız her geçtiğinde yalnızca gülümsüyormuş, tek söz etmiyormuş. Filmin o sahnesi aklına çakılıp kalmış. "Benim sevgilim de her sabah işe gitmiyor mu?" demiş kendi kendine. "Ben neden onu her sabah bir gülücükle, günaydın deyip işe göndermiyorum?" Karar vermiş, o günden sonra, her sabah, hep aynı yerde bekleyecek. Ne var ki filmin sonu kötü bitiyordu. Kızın ağabeyi bir sabah oğlanı köşe başında, kız karşıdan gelirken, onun, diğer işçilerin gözünün önünde bıçaklıyordu. Kız koşup oğlanın kanlı bedenine sarılıyor, oğlan kızın kollarında ölüyordu. Bu sahneden çok etkilenmişti. Belli olmaz, belki de bakarsın birlikte Şenlikli'nin sokaklarını arşınladıkları, "gaco" peşine düştükleri çocukluk arkadaşı Nahit çıkar karşısına, belinden bıçağını çeker, bir bıçak darbesiyle o da yere yığılır kalırdı. Belli mi olur? Süsen görürdü yığıldığını, koşup gelir, yüzü allak bullak, "Ne yaptın abi! Nasıl kıydın benim sevgilime!" deyip ağabeyinin göğsünü yumruklardı, kim bilir? Belki de Nahit pişman olurdu yaptığına, en semimi arkadaşını bıçakladığına. Nahit elini kana bulamış, hem de en sevdiği arkadaşını, çocukluk arkadaşını bıçaklayarak... İşte, en çok sevdiği sahne, bundan sonraki sahneydi. Gözünün önüne getirdiğinde heyecandan tüyleri ürperiyordu. Süsen nasıl dayanırdı bu acıya?.. Bir yanda sevgilisi, bıçağı yemiş yerde can çekişiyor, öbür yanda çok sevdiği ağabeyi, katil olmuş, rengi uçmuş, kanlı elleri titriyor. Nasıl dayanırdı?.. Sarılırdı Yusuf'un kanlı bedenine, "Ölme!.. Ne olursun Yusuf ölme!" diye haykırırdı. Gözyaşları!.. Ah o gözyaşları!.. O güzel gözyaşları yüreğine akardı, yüreğine... Süsen!.. Buraya kadar çok güzel de önemli olan bundan sonrasıydı. Gönlü buradan sonrasının filme benzemesinden yana değildi. O güzel sahneyi gördükten sonra ölüp gitmek istemiyordu. Hayır, hayır! Sonu film gibi ölümle bitmemeliydi. Neden ölüm olsun ki?.. Önemli olan bundan sonrasıydı. Süsen'le bir hayatı paylaşması... Bu işte, istediği böyle bir hayattı. Göğsünü gere gere Şenlikli'de karım diyebilmeliydi. Bir ambulansla hastaneye kaldırılmalıydı, yanında da Süsen. O sıcak, yumuşak elleriyle onu okşamalıydı. Evet, evet!.. Tam böyle olmalıydı. Bunları yaşamak için bir bıçak darbesine hazırdı. İşte bunun için köşedeydi.

Ama olmadı işte! Düşlediklerinin hiçbiri gerçekleşmedi! Ne Nahit gelip onu bıçakladı ne de Süsen üzerine kapaklanıp gözyaşlarını yüzüne akıttı. Bir sabah Süsen dikildi karşısına, kızgın bir yüzle şöyle dedi:

"Sen kafayı mı yedin Yusuf?.. Nedir bu pozlar böyle, ne yapıyorsun burada? Niye her sabah arkadaşlarımı bana güldürüyorsun? Ne bu yaptığın?.. Her sabah yolumu gözlüyorsun. Aklını mı kaçırdın? Bir şey mi diyeceksin?.. Derdin ne senin, söyle!"

İşte ancak o zaman açıkladı duygularını. Eğer Süsen gelip önüne dikilip de bu konuşmayı yapmasaydı asla bunları söyleyemezdi.

"Seni seviyorum Süsen!" dedi, üzgün, kırılmış bir sesle. "Hem de çocukluğumdan, ilk karşılaştığımız günden beri, anlıyor musun?"

"Biliyorum salak!.. Bunu bilmeyen mi kaldı?"

"Biliyor musun? Nereden?"

"Yalnız ben değil, bütün mahalle biliyor beni sevdiğini. Herkes biliyor, bir sen bilmiyorsun."

"Nereden biliyorlar? O zaman Nahit de..."

"Tabii o da biliyor. Hem de ne zamandır... Benimle dalga geçiyor. 'Bu Yusuf sana tutkun,' dedi geçenlerde. 'Ama ben onu bilirim, o yürek yok onda, gelip sana söyleyemez,' dedi."

"Yok ya!.. Demek biliyor... Ben nasıl bakarım şimdi onun yüzüne?"

"Bakarsın, bakarsın... Açık açık konuş."

"Neyi?"

"Beni sevdiğini söyle, neyi olacak?"

"Konuşamam... Mümkünü yok! Bundan sonra onun yüzüne de bakamam. Ben ne yaptım?"

"Neyi ne yaptın? Yoksa pişman mı oldun beni sevdiğine?"

"Yok yok! Pişman olur muyum hiç? Peki sen?.. Beni sev..."

Konuşmasını yarıda kesti Süsen, "Sus sus! Arkadaşlar beni bekliyor bak, gitmem gerekiyor," dedi, uzandı, Yusuf'un yanağına sıcak bir öpücük kondurdu. Yusuf'un şaşkın bakışlarının arasında gülerek arkadaşlarına doğru koştu. Kızlar da şaşkın, Süsen'e bakıp kıkır kıkır gülüyordu.

Süsen, arkadaşlarıyla bir sabah daha, bir iş gününe, Üzüm İşletmesi'ne doğru, böylesine mutlu, böylesine sevinçli bir yüzle yürüyüp gitti.

Yusuf donup kaldı. Hâlâ olanlara inanamıyordu. Bir düş müydü şu an yaşadıkları? Elini yanağına götürdü. Dudağın bıraktığı ıslaklığı hissetti, orada şimdi bir başka duyarlılık vardı. Bu duyarlık bütün benliğini sarmıştı. Yerden boya sandığını aldı, geriye döndü, hızlı adımlarla uzaklaştı oradan.

21

Şimdiki zamanda bir gün: Şenlik Mahallesi'nde Ali'yle ilk temas

Kapı her zamanki gibi ardına kadar açıktı. Böylesi sıcak günlerde Ali'nin annesi içeriyle dışarıyı hep bir yapardı; içeriden çok dışarıya, sokağa yakın komşu kadınlarla boş zamanlarında sohbete oturur, mahalleye, çocukların işlerine, gece çalışmanın zorluklarına dair konuşurlardı çokluk. Arada bir birilerini çekiştiren, hakkında dedikodu yapan olursa hemen sustururdu bunu yapanı. İyi niyetli, herkesin iyiliğini düşünen, kötülükten, fesatlıktan, dedikodudan hazzetmeyen bir kadındı. Bu nedenle mahallede en çok sevilen kadınlardan biriydi Ali'nin annesi. Kocası daha gençken, çocuklarına doymadan verem hastası olmuş, onca özenli bakımlarına rağmen iyileşmemiş, kadını üç çocuğuyla bir başına bırakıp göçüp gitmişti. Mahallede önceleri, birçoğunun olduğu gibi, o da müzisyendi. Keman çalardı, oğlu Ali de baba mesleğini sürdürmüş, kemanı da babasından miras kalmıştı. Bunları düşünerek kapıya geldi Gülcan. Açık kapıdan seslendi içeri:

"Ali!"

Solda, dipte bulunan mutfaktan yemek kokusu geliyordu, beklediği gibi Ali'nin annesi kafasını uzattı:

"Gülcan!.. Gir kızım."

"Ali'ye bakmıştım Dilber Teyze."

"Daha gelmedi. Gonca'yla Esengül içeride, geç istersen, otur onlarla. Hazırlanıyorlar işe gitmek için. Ali de neredeyse gelir, gir kızım!"

"Peki, gireyim," dedi Gülcan, çantasını hemen önünde duran askılığın üzerine bıraktı. Dilber adı, nedense ona hep gizemli bir duygu verirdi. Bu adı seviyordu. Dillendirdiğinde içinden, keşke benim de adım Dilber olsaydı, derdi. Hatta ileride oyun, roman veya öykü yazacak olursa, bu adı kullanmayı düşünüyordu, Dilber Sönmez!.. O, bunları düşünürken kadın içeriye seslendi:

"Gonca!.. Kız çıkın, Gülcan geldi."

Dipteki odanın kapısı açıldı, gülen yüzüyle kızlardan biri çıktı, hızlı adımlarla geldi, "Hoş geldin Gülcan," dedi.

"Hoş bulduk Gonca."

Sarıldılar, Gonca, "Gel hadi, Esengül de içeride," dedi, yürüyüp girdiler içeri.

Bir de bu isim, Esengül!.. Bunu da çok beğeniyordu. Bu ismi de mutlaka yazacağı yapıtlardan birinde bir kadına, tabii ki önemli bir karaktere verecekti. Ne güzel, Esengül!.. Gonca da öyle. "Ne güzel adlar koymuş Dilber Teyze çocuklarına," diye düşündü. Bunu ne çok düşünmüştü. Nereden geliyordu bu adlar?.. Sonra öğrendi, Esengül, halk tarafından çok sevilen bir şarkıcının adıymış. Trajik bir yaşamı olmuş. Bir trafik kazasında ölmüş. Ama sevenleri onu, terk ettiği sevgilisinin öldürttüğüne inanıyormuş. Dilber Hanım'ın da gençliğinde en çok sevdiği şarkıcılardan biriymiş Esengül, bu nedenle kızının birine onun adını vermiş.

Odada, bir divanda oturuyordu, aklında Ali, içine doğmuştu sanki, "Şimdi gelir," dedi. Ali'nin çok sevdiği iki ablası şu anda karşısındaydı. Yine içinden, "Gece işçileri," diye geçirdi. "Gece işçileri... Çıkacaklar... Süslenip çıkacaklar, birahaneler onları bekliyor." Güzel Sanatlar' daki arkadaşları kıskanıyordu Gülcan'ı; hayatını, hayatındaki insana dair zenginliği, farklı kimlikleri... Bunları yazacaksın, bunlardan senaryolar, filmler çıkaracaksın, diyorlardı. Bunlardan!.. Evet, onlarla kendisini, yaşadıklarını, hayatını, geldiği toprakları, şu an yaşadığı bu Şenlik Mahallesi'ni, bu mahallede yaşayan çocukluk arkadaşlarını, ülkenin her yanından gelmiş, hem buralı olmuş hem olamamış komşularını, yüzlerini, yaşam biçimlerini, dünyaya bakışlarını, algılarını, namus anlayışlarını... hepsini çok iyi biliyordu. Biliyordu, çünkü onlardan biriydi... Onlarla büyüdü, onlarla aynı havayı soludu... Sonuçta söyledikleri doğruydu. Arkadaşlarıyla, birçoğuyla kendini kıyasladığında çok daha şanslı olduğunu düşünüyordu. Ama şu da bir gerçekti: Bu, bilerek, isteyerek seçtiği bir yaşam değildi. Bu yaşam, onun için daha doğmadan var olan bir yaşam biçimiydi. Bu kentin neredeyse hiçbir yerine benzemeyen, böylesine çok kimlikli yanıyla hiçbir semtine benzemeyen bir semtti Şenlikli. İşte böyle bir şey yaşam... Kimine daha doğmadan renkli hayatlar hazırlanır, kimine de zorlukların göğüsleneceği bir hayat. Ama yine de şimdi kendisiyle, o renkli hayata doğanlar arasında farklı bir bakış söz konusuydu. O renkli hayatları çok da kıskanmıyordu. Hiç özenmedim, derse yalan olurdu. Zaman zaman özeniyor, istiyordu. Ama bu duygudan çabuk kurtuluyordu... Oralarda yaşayamazdı. Uyum sağlayamazdı. Mutsuz olurdu, evet, evet, mutsuz!.. Önemli olan buydu... "Ben şanslıyım!.. İyi ki şu iki kızı, şu iki gece işçilerini tanıyorum," diye geçiriyor içinden.

"Ee, nasılsın Gülcan?" dedi Gonca, "Okul nasıl gidiyor?"

"İyi... Her zamanki gibi, gidip geliyorum... Sizin işleriniz?"

"Bizim de işte," dedi öteki, küçük olan, Esengül,

"öyle git gel... Bazen güzel oluyor, sıkıntısız, ama kimi gün de bir bok herif geliyor, geceni zehir ediyor. Bir bira içip seni satın almak istiyor... Kimi de sanıyor ki hemen çıkıp gideceksin onunla. Öyle davranıyor. Hazırlan, diyor, seni kaçırıyorum. Ulan pezevenk!.. Nereye kaçırıyorsun?.. Diyemiyoruz tabii. İdare ediyoruz, olur canım, gideriz, deyip oyalıyoruz."

"Bende biri var, benim tutkunum, bu bir haftadır, her gün gece yarısına doğru geliyor, daha geldiğinde sarhoş giriyor kapıdan, sallanarak, sonra oturuyor, beni yanına çağırıyor, öyle kibar biri ki anlatamam Gülcan, tam bir beyefendi valla... Oturuyorum yanına, masayı donatıyor, ne kadar içsem hayır demiyor. Dokunmuyor bana, elimi bile tutmuyor. Hep benim konuşmamı istiyor. Yalnızca dinliyor. Bir gün, iki gün önce anlattığım başımdan geçen bir olayı, bir daha dinlemek istiyor. Anlattığım birçok şeyi tekrar dinlemek istiyor. Ağır ağır içiyor. Bazen anlattıklarımdan, bazen de bu bizim mahalleden söz ettiğimde çok duygulanıyor. Gazeteci gibi... Sanki anlattıklarımı gizli gizli bir teybe kaydediyor gibi, aklıma bunlar geliyor. Ama bakıyorum üzerinde bir şey yok. Biriki de sordum, yoksa senin üzerinde teyp mi var, dedim, öyle baktı yüzüme. Sonra da, benim teybim aklımdır, beynimdir, oraya kaydediyorum, dedi. Ne iş yaptığını hâlâ bilmiyorum. Sorduğumda geçiştiriyor. Ama işte, patron da çok memnun, ben de."

"Kız nerede bende öyle şans," diyor Esengül. "Hep kırıklar, kafayı yemişler geliyor bana."

"Bizim işimiz bu. Bu hayat böyle kızım. Ne demiş büyüklerimiz, ya bu deveyi güdersin ya da bu diyardan gidersin, hesabı."

Gülcan iki kızı dinlerken, onların yaşadığı ortamı, hayatlarını düşünüyor. "Zor iş. Aynı ablamın hayatı. Ne çok kadın var böyle yaşayan, benim çevremde... Çevrem!" O çok iyi bildiği, içinden geçip geldiği çevresi, mahalle... Çevresini düşündü, dışarıya kulak verdi. Sesler de burada, bu mahallede yaşamlar gibi renkli. Renkli sesler, renkli yaşamlar... Ama görünenin aslında göründüğü gibi olmadığını da biliyor. Renklerin ardındaki renkler... Griler, siyahlar... Ardındaki gerçek. Görünenin öteki yüzü... Yokluk, yoksulluk, trajedi, kıyımlar, mutsuzluklar... Bunlar, bunların hepsi de burada yaşananlar değil mi? Ama farklı. Başkalarına, başka yüzlere, yaşananlara benzemiyor. Tamam da, bütün bunlara rağmen, böylesine şen şakraklık nereden geliyor?.. Nasıl olup da onca acıyı kolayca bastırabiliyorlar?.. Hayret!.. Çocuklara bak, nasıl da büyükleri taklit ediyorlar! Hemen hemen hepsi de ablaları, ağabeyleri gibi. Ve ancak dikkatli bakıldığında yüzlerine, gözlerine, acının izi görülebiliyor. Hepsini tanıyor. İçlerinde büyüdü. Ruhlarını biliyor... Şimdi gelir Ali. O geldiğinde ablaları çıkar. Nereye gittiklerini, nasıl zorluk yaşadıklarını bilir. Giden ablaların sabaha karşı nasıl döneceklerini de. Ama bu onlar için doğal... İşleri bu. Yaşamlarının bir parçası... Hoşuna giden yanı da bu, doğallıkları... Bu da bir hayat, bir yaşam biçimi... Aynı ablası gibi... Ablası!

Bunları düşünüyordu kızları dinlerken, izlerken. Onlar süsleniyordu. Geceye, gece işlerine, ağır işçiliklerine hazırlıyorlardı kendilerini. Tam o anda annenin sesini duydu: "Gülcan geldi, içeride, ablanlarla oturuyor, seni sordu." Kısa bir sessizlik oldu. Belli ki Ali, annesinin söylediğinin gerçek olup olmadığını düşünüyordu. Kaç gün oldu görüşmeyeli? "Epey zaman," diye geçirdi içinden. Bu düşüncesiyle Ali'nin odaya doğru gelmekte olduğu düşü birbirine karıştı. Düşü daha bitmemişti ki, kapıda uzun, ince boyuyla Ali göründü.

"Hoş geldin!"

"Gülcan seni bekliyordu," dedi Gonca. "Ama iyi

oldu, ne zamandır biz de onu görmemiştik, iyi oldu görüştük. Geç sen, oturun, biz de çıkıyorduk."

İkisi de ayrı ayrı sarılıp Gülcan'ı öptüler, "Hadi iyi akşamlar, görüşürüz canım," dedi küçük olan, çıktılar.

Ali karşısında, divana oturmuştu. Odadan çıkan ablaların keskin parfüm kokusu hâlâ odada bütün ağırlığıyla duruyordu. Durgundu Ali. Sanki küsmüş gibi bir hali vardı. Öyle sessiz oturdu.

"Nasılsın Ali?"

"İyiyim, bildiğin gibi... Yeni bir yere geçtim, bir meyhane. Taş Plak, belki duymuşsundur, orada çalıyorum."

"Biliyorum, güzel bir yer... Ben de gelirken, okulda aklıma geldi, çok zaman oldu görüşmedik."

"Evet, öyle... Senin okulun nasıl?"

"Eh işte, gidip geliyorum."

İkisi de sustu. Sanki ortak bir suçu paylaşmışlardı, öyle kaldılar. Biri diğeri için, "Ne düşünüyor şimdi?" diye geçirdi içinden, rastlantı bu ya, diğeri de aynı anda öbürü için aynı şeyi düşündü: "Ne düşünüyor şimdi?"

Ali birden, sanki bir şeyi unutmuş gibi, "Daldım ya!" dedi. "Hani sen bir şey içmemişsin?.. Akıl etmediler mi ablamlar? Hayret!"

"Yoo dur, ben istemedim, seni bekledim, gelirsin birlikte içeriz, diye."

"Peki, birlikte... Ne içersin, çay yapayım mı? Çay yapıyorum, oturursun değil mi? Ne zamandır konuşmadık... Kavga da etmedik. Kim bilir, belki de yine kavga ederiz," dediğinde, Gülcan yerinden kalktı, Ali'nin yanağına bir küçük tokat vurdu.

"Al sana kavga!" dedi, sonra da saçlarını avuçladı, yaslandı, küçük göğüsleri Ali'nin burnunun dibindeydi, ürperdi. Koku!.. Gülcan'ın kokusunu bilirdi. Bu kokuyu ilk kez soluyordu; değişmiş, eskisinden çok farklı bir kokuydu şimdi soluduğu. Kızın elleri hâlâ saçlarındaydı,

"Al sana kavga! Ben de bu kavgayı özlemiştim," dediğinde, Ali kalktı, o anda dokundu Gülcan'a. Kız saçını bıraktığı gibi geri çekildi. İkisi de suç işlemiş gibi hissettiler kendilerini. Ali, "Ben hemen çay koyayım," dedi, hareketlendi.

"Koy, koy. Daha benden çekeceğin var," dedi Gülcan, yanakları al aldı. Ali çıktı, o çöktü divana kaldı. İçinden, "Nasıl oldum öyle?" diye geçirdi. "Nedir bu? Cinsellik mi? Bundan mı böyle oldum? Elim, ayağım kesildi... Ne oldu bana?"

Çok sürmedi, Ali girdi içeri, "Annem aldı elimden çaydanlığı, ısrar ettim ben yaparım, diye, dinletemedim. Birazdan olur çay, alırım," dedi. Hemen ardından başka bir konuya girdi. Gülcan, yandan, sanki onu ilk kez görüyormuş gibi dikkatli dikkatli bakıyordu. "Şenlikli'nin iyi yürekli çocuğu... Şenlikli'nin!" dedi içinden. Ali işini, işyerini anlatırken o dalıp gitmişti. Nice sonra, "Geçende Taş Plak'a bir kadın geldi erkek arkadaşıyla. Ablanın arkadaşıymış," dediğinde ayıktı.

"Ablamın mı?" diye sordu.

"Evet, ablanın dedim ya! Sen beni dinlemiyorsun galiba?"

"Yok, dinliyorum... Ee, sonra?"

"Sonra işte bizim şarkıcı kadınla konuşurken o barda çalıştığını söyledi, Sürtük Bar'da. O zaman sordum ablanı, tanıyor musunuz, dedim. Tanımam mı, en iyi arkadaşım, dedi. Kadının adı Afet'ti. Gece geç saatte mikrofonu aldı, sesi de güzeldi..."

Bu kez ablasına gitti aklı. Süsen! Mahallenin gülü... Şenlik Mahallesi'nin düşü Süsen'in düşüne karıştı... Akşam, pencerelere kendi rengiyle indi. Sokakta birden sesler çoğaldı. O çok iyi bildiği coşku, sevinç dolu çocuk sesleri birbirine karıştı. Bir de o en çok duyduğu diğerleri... Balkondan balkona gidip gelen kadın sesleri; çoğu dişiliğini sesine vermiş; çağıran, gel, diyen sesler. Ali, "Çay olmuştur, ben getireyim," dediğinde, Gülcan da kalktı.

"Dur, ben de geleyim, birlikte alalım," dedi. "Hatta biraz da annenle oturalım mutfakta, onunla da sohbet ederim biraz."

"Peki, gel. İyi olur. Annemi hep yalnız bırakıyoruz, iyi olur," dedi Ali, çıktılar odadan.

22

Şimdiki zamanda bir gece: Alev'in evinde Şair'le farklı biten bir gece

Dairenin giriş kapısı açıldığında, hoş bir parfüm kokusu karşıladı Şair'i. Kapıyı Alev açmıştı, gözleri Şair'de, aklı bu akşam yaşanacaklardaydı. Şair, "Merhaba," dediğinde o sadece gülümsedi. Şair girdi içeriye, ayakkabılarını çıkardı, kapıyı kapatırken, "Merhaba, hoş geldin," dedi Alev, Şair'i salona yönlendirdi. İçeri girdiğinde, belli ki özenle hazırlanmış, üzerinde birkaç çeşit yemeğin, mezelerin sıralandığı masayı görünce şaşırdı. Öyle durup baktı, ardından, "Oo!.. Neler yapmışsın böyle Alev?" dedi. "Çok güzel bir sofra! Zahmet etmişsin."

"Yok canım... Öyle çok özel şey değil... Doğrusu epey zamandır evime birlikte çalıştığım arkadaşlarımın dışında kimse gelmedi. Sen ilk konuğumsun. Bu nedenle biraz özen gösterdim, o kadar."

"Yok, yok!.. Çok güzel! Şaşırdım doğrusu. Aslında ben de... uzun zamandır böyle bir sofrayla karşılaşmamıştım. Böyle bir yemek de beklemiyordum. Oturur, çay kahve içeriz, diye düşünmüştüm. "

"Olur mu canım! Evime ilk kez geliyorsun. Sadece çayla, kahveyle seni ağırlar mıyım? Hadi geç... Demek hoşuna gitti sofra..."

"Evet, evet güzel!.. Baksana mezelere. Bundan iyisi can sağlığı. Biraz fazla... ikimiz için, değil mi?"

"Evet, yalnızca ikimiz için. Çok değil. Bugün çok keyifli hissediyorum kendimi. Seninle saatlerce, hatta sabaha kadar sohbet etmek istiyorum. Buyur, otur. Ben çorbayı getireyim."

Şair önündeki sandalyeyi çekti, oturmadan ceketini çıkardı, Alev aldı, çıktı salondan.

Salona baktı, koltuklara, yemek masasının ardındaki büfeye, pencerelere, perdelere, duvardaki sıralı fotoğraflara. Yürüdü fotoğraflara doğru. Bir yaşlı adamla ondan biraz daha genç bir kadının fotoğrafı yan yana asılmıştı. Hemen onların çevresinde, sanki onları kucaklamak isteyen birkaç fotoğraf daha vardı. İki kadın fotoğrafı vardı, birinin başörtüsünün altından görülen saçları ağarmıştı, diğeri daha gençti. Sonra iki erkek fotoğrafı, biri orta yaşlıydı, şakaklarında kırlar vardı, sanki birine kızmış gibi, bakışları sertti. Öbürü gençti. Bunların dışında bir kadın fotoğrafı daha vardı ki onun duruşu, yer aldığı konum sanki bir gizli anlam taşıyordu. Dikkatli bakınca böyle bir duyguya kapıldı Şair. Diğerlerinden uzağa asılmıştı. Aralarına sokulmak istenmeyen veya onun da girmek istemediği bir his veriyordu fotoğrafı izleyene. Biraz daha yakından baktı bu fotoğrafa. Yüz hatları görünmüyordu, kim olduğunu çıkarmak zordu. Saçlarıyla yüzünü kapatmıştı. Gözünde büyükçe bir renkli gözlük vardı. "Bu da Alev mi?" diye geçirdi içinden. "Ona benziyor. İlginç!.. Niye böyle diğerlerinden ayrı ki? Sanki bilerek uzaklaştırılmış. Alev'se?.. Kim bilir nasıl bir trajedi gizli ardında. Dur bakalım, öğrenirim. Kim bilir ben bunlardan daha ne hikâyeler dinleyeceğim. Her biri bir öykü... Öykü yazabilseydim... Denemeli mi? Bunların hayatına bu kadar girmişken... Dur bakalım. Daha görmeye, yaşamaya devam." O fotoğrafa daha dikkatli baktı. Yaklaştı, dokundu. "Gözlerini nasıl böyle gizleyebilmiş? Duyarlı kız. Estetik duygusu gelişmiş. Okusa, sanatla ilgilense ne güzel olur. Sohbet edebileceğim, paylaşabileceğim bir kadın..." Bir diğerlerine, bir bu fotoğrafa bakıyordu ki, Alev girdi salona, ellerinin arasında bir küçük tencere, Şair'i fotoğrafların önünde gördüğünde durdu, "Fotoğraflara mı bakıyorsun?" dedi.

"Evet... Ailen herhalde?"

"Evet, ailem. Bizimkiler işte..."

"Bu neden ayrı? Kim bu, sen misin?"

"Gel, otur. Anlatırım sonra."

"Anlatacaksın ama!"

"Anlatırım, dedim ya! Zamanı geldiğinde."

"Zamanı geldiğinde?"

"Dur, zorlama hemen. Her şey zamanında güzeldir değil mi?"

"Peki, bekleyelim o zamanı."

"Geç şimdi, oturalım."

Şair döndü, masaya yöneldi, oturdu. Gözleri Alev' deydi. Neydi bu kadının sırrı? Şimdi daha çok merak ediyordu onun yaşamını.

Alev, tencereyi masanın köşesine koydu, ortadaki çorba tabağını aldı, buharı tüten çorbayı tabağa kepçeyle koydu, uzandı. Uzandığında Şair'e dokundu, o anda o farklı koku irkiltti Şair'i. Geri çekildi. Kadının kolu burnunda, koku oradan tüm benliğini sardı. "O koku!" diye geçirdi içinden, "O koku!.. Sevda'nın... Ah karıcığım!.."

Alev, Şair'in bir anda değiştiğini, kederlendiğini gördü. Şair'in ailesini, karısını veya kızını anımsadığını, belki de böyle bir sofranın bunları anımsattığını düşündü. Şair'i bu havadan çıkarmak için, "Şarabı aç istersen..." dedi. "Bakalım beğenecek misin? Ben bu markayı severim, bizim burada, eski bir şarap markası. Bunun 'Öküzöldüren'i de var."

"'Öküzöldüren'i mi? O nasıl öyle?"

"Vallaha biraz ucuz bir şarap. Ama kaliteli ha!.. Büyükçe bir şişe, iç iç, kolay kolay dibini bulmaz cinsinden. Ben de Süsen'den öğrendim bu şarabı. Daha çok onun mahallesinde, yani büyüdüğü mahallede içiliyormuş. Eh, oraya da, şanına, insanına 'Öküzöldüren' yakışır değil mi?"

"Evet, doğru... Bildiğim kadarıyla Süsen'in mahallesi az bulunur renkliliğe sahip bir mahalle. Birçok halktan insan yaşıyor o mahallede değil mi?"

"Bence de. Ama ne yazık ki Süsen gidemiyor. O gitseydi, evi orada olsaydı biz de giderdik."

"Ben bunu da anlamıyorum. Nerede yaşıyoruz, hangi çağda. Neden gidemiyor?"

"Aslında gider de... Biraz gurur yapıyor, biraz da babası, abisi çıkıp gelirse, karşılaşırsa... Onunki korkudan değil, utanmaktan. Bunlar böyledir, bu Doğulular, bilirsin. İşte yapıları, ahlak anlayışları... Kolay kolay değişmiyor... Hadi bunları bırakalım, yemek soğudu, şarabı açmayı unuttun."

"Aa, evet... Bu konular açılınca."

Alev karşısında otuyordu, uzandı, önünden tabağını alırken sokuldu. Bilerek, kokusunu yeniden hissettirmek istiyordu. Şair öyle kaldı. Gözleri Alev'in gözlerinde, yine daldı.

Alev, "Ne oldu? Yine gittin bir yerlere!" dedi.

"Evet... Kokun... Doğrusu süründüğün kokun tanıdık bir koku. Rastlantı işte."

Alev kokuyu Şair'in karısıyla ilişkilendirdi, buna sevinsin mi, üzülsün mü bilemedi. "Evet," dedi içinden. "Herhalde karısı da benim kullandığım kokuyu kullanıyordu..." Soruları bir kenara itti, bu kokuyu sürüp Şair'le sofraya oturduğuna sevindi. Bir başka tabağa, önceden kızarmış etleri, patates püresini koyup ona yöneldiğinde, daha çok sokuldu, Şair de bunu fark etti, gülümsedi.

"Ee hadi! Şarabı da ben mi koyacağım kadehe?"

"Özür dilerim, salona girdiğim andan bu yana önce fotoğraflar, sonra sen, kokun beni biraz sersemletti. Daldım gittim, kusura bakma."

"Yok canım, ne kusuru. Ben böylesine evle ilgili olmana, benimle de tabii," dedi, durdu, pişman oldu son sözleri söylediğine. "... evimde böyle duygulanmana... bir arkadaş olarak tabii..."

"Tamam, tamam anlaşıldı, al kadehini!" dedi Şair, onu bu sıkıntıdan kurtardı.

"O zaman, hadi şerefe... Pardon sağlığına, arkadaşlığımıza!"

Bardakları tokuşturdular.

"Bu şerefe demek de işimiz gereği, biraz ağız alışkanlığı."

"Doğru... Kim bilir kaç kez tekrarlıyorsundur her gece bu sözcüğü."

"Bazen masadakine, çekilmez olanına, hadi şerefe, derken, içimden de, 'Hadi şerefe, şerefsiz!' diyorum, gülümsüyorum. Süsen hemen göz kırpıyor. O gülüşümden anlıyor içimden geçeni."

"Demek ki bunu düşündüğünde hep aynı mimiklerle tepki veriyorsun. Buradan anlıyor içinden geçeni."

"Hadi, kaldır!.. Bu gece bütün bu kötü duygulardan, düşüncelerden uzak kadehleri kaldırmak istiyorum... Senin sağlığına içiyorum. İyi ki geldin bara, iyi ki Süsen seni bana tanıştırdı. Bak, çok uzun bir zaman sonra evimde bir erkek var... Farklı bir duygu içindeyim."

"Alev!.. Ne konuşmuştuk?"

"Tamam, özür, özür... Hadi tokuştur, zaten onu demek istemiyorum. Senin gibi bir insanla, bir şairle, bir güzel adamla birlikte olduğum için diyorum yani."

"Peki, tamam... Bu ara yemekler çok güzel, bu güzel sofra için ben de sana teşekkür ediyorum. Benim için de bu akşam değişik bir anlam taşıyor. Hele bunca yalnızlıktan sonra, nice zamandır böyle sıcak bir ortamda, böyle bir akşamı yaşamamışken... Sağ ol Alev!"

"Çok sevindim bu söylediklerine. İçim ısındı. Afiyet olsun... Hadi şimdi de kadehleri Süsen'e kaldıralım. Çünkü seni benimle o tanıştırdı. Canım Süsen! Bahtsızım!"

"Peki, Süsen'e... Bahtsız, ha?"

"Ya ne?.. Gerçi bu âlemde hangimiz farklıyız ki... Eh işte, kiminin biraz daha baskın, biraz daha acı bir geçmişi var, o kadar. Sonuçta hepsi aynı kapıya çıkar. Her birimizin bir hikâyesi var, doğru. Kimi biraz abartılmıştır, kimi ne kadar acıtacak olursa o kadar değerlidir, diye düşünülüp kurulmuştur, kimi de adama göre değişir... Süsen'in Yusuf'la, ailesiyle olan hayatını biliyor musun?"

"Yok, çok bilmiyorum. Sormadım da."

"Evet, görüyorsun. Bir adam için böyle bir hayat kolay değil, değil mi?"

"Tabii... Kolay değil. Her gün karısını getirip sabahlara kadar masalarda... Böyle bir yaşam kolay kabul edilebilir bir yaşam değil tabii."

"Ama ediyor işte... Neden? Kendi suçu da ondan... Bunun tek sorumlusu Yusuf'tur."

"Öyle mi! Nasıl yani?"

"Neden kendisine sormadın?"

"Çekindim. İncinir sorsam, diye düşündüm."

"Onun da kendiliğinden sana anlatacağını sanmıyorum. Yusuf zaten hiç anlatmaz... Hadi ya, yemiyorsun?.. Şu salatadan al, börülceden de. Aslında bunlar rakının mezesi, ama olsun yine de bizim buralarda, Ege'de içki masasında en çok olan mezeler... Börülce, turpotu, cibez, deniz börülcesi... Buralılar böyle, ot ağırlıklı, zeytinyağlı sever. Rumlardan kalan sofra kültürü. Sebze ağırlıklı, ot ağırlıklı... Bak sana bir hikâye anlatayım, dinle, bu otlu mezeler üzerine. Adamın bir sebze tarlası varmış, oğluyla çalışıyorlarmış; bir sürü koyun, keçi tarlaya doğru ilerliyor, öbür yandan da bir Giritli girmiş tarlaya, şöyle göz gezdiriyormuş. Oğlu koyun sürüsüne doğru koşarken, babası seslenmiş: 'Oğlum bırak koyunları, bırak! Giritliye koş, onu çıkar, onu!' diye bağırmış. Tabii çocuk ne yapacağını bilememiş, şaşırıp kalmış. Nereden bilsin babasının gözünde bir Giritlinin koyunlardan daha çok yeşile tutkun olabileceğini. İşte böyle... Hadi Giritliye içelim. Böyle güzel, sağlıklı sofra geleneğini bize bıraktıkları için."

"Güzel... Süsen ne oldu? Hani onun hikâyesini anlatıyordun?"

"Ha, evet. Anlatayım... Canım benim, güzel arkadaşım Süsen!.. Ne güzel bir isim değil mi? Anlamını biliyor musun? Bir çiçek... Yaprakları kılıç biçiminde, çiçekleri iri ve mor renkli, güzel görünüşlü, kokulu bir çiçek... Bunun için sözlüğe baktım, oradan öğrendim. Ama biliyor musun, bu güzel çiçekleri bizim buralarda daha çok mezarlığa dikiyorlar! Evet, mezarlığa! Bunun için bir adı da, 'mezarlık gülü'dür! Düşünsene, sanki Süsen'in hayatının bir gün bir mezara döneceğini biliyormuş gibi babası veya annesi bula bula bu adı bulup koymuşlar kıza!.. Canım benim, solgun çiçeğim, Süsen'im... Şimdi kim bilir hangi masada neler düşünüyor?.. Ben de patrondan izni zor kopardım ha! Süsen bilmiyordu, gelip de beni görmezse korkacak, kaçtım sanacak. Bana hep, 'Sen bir gün kaçacaksın, biliyorum. Hem de haber vermeden,' diyor. Eskiden çok sevdiği bir arkadaşı bir anda yok olmuş. Buna çok üzülmüş... Neyse, şimdi de aniden yok olanlara, olabilenlere içelim."

"Biraz hızlı gitmiyor muyuz?"

"Öyle mi?.. Tamam canım. Benim sevgili Şair'im, istediğin gibi olsun, frene bastım, ağırlaşalım."

"Süsen'i anlatıyordun."

"Başka bir şey söylemek istiyorum."

"Ne o?"

"Süsen'in sana karşı duyguları var gibime geliyor."

"Nasıl bana karşı duyguları var? Anlamadım!"

"Dur, dur, anlatıyorum... Yani seni kıskanıyor gibi... Gibisi fazla, bal gibi kıskanıyor işte! Bu farklı bir şey... Sana âşık desem, tam bilmiyorum, doğru olmayabilir. Değil desem o da doğru değil... Bilmiyorum işte, bir şeyler var içinde sana karşı, bunu hissediyorum. Çılgınca bir şeyler."

"Çılgınca?.. Hayret, neler söylüyorsun böyle Alev! Ne çılgınca olabilir Süsen'le? Neyse, bunu geç. Asıl konuya gelir misin?.. Sanki bilerek uzatıyorsun."

"Geleceğim, geleceğim. Onu hem anlatmak istiyorum, hem de anlattığımda çok üzülüyorum... Evet, Süsen ve Yusuf... Bunlar mahalleden, çocukluktan arkadaşmışlar. Neredeyse aynı yaşlardayken, çocukluktan birbirlerini seviyorlarmış. Büyümüşler, Süsen Üzüm İşletmesi'nde çalışmaya başlamış, Yusuf da bu işletmeye girmek istemiş, almamışlar, onun bir düzeni, işi yokmuş, o da boyacılık yapıyormuş. İşte bunların mahallesi malum... İşsizin çok olduğu, yokluğun, yoksulluğun, cahilliğin... Böyle yerlerde her yol olur, olmuş da. Bunlar birlikte yaşadıkları güne gelinceye kadar, yani o yaşa kadar bu Yusuf çoktan feleğin çemberinden geçmiş. Bir tek büyük abisi biliyormuş bunun ne mal olduğunu. Diğerleri de, küçük kardeşler, annesi, babası pek güvenmiyormuş, ama gençlik, olabilir bazı yaramazlıkları, diye düşünüyorlarmış. Senin anlayacağın o mahalle zaten bu işlerin yatağı. Bu da haptan esrara kadar o yaşa gelinceye kadar hepsini kullanmış. Yani senin anlayacağın yemediği bok kalmamış. Bu ise, bu saf, yüreği temiz kız Süsen'in pek haberi yokmuş bunun yediği nanelerden. Biliyor da hepsini, ne it olduğunu bilmiyor. Eh işte olur, diyormuş, bütün gençler içki içiyor, bu da içiyor, diyormuş, ilerisini merak etmiyormuş. Bu sebepten evlenmek istediklerinde abisi şiddetle karşı çıkmış. Sorduğunda nedenini, anlatmış. Bu Süsen salağı inanmamış. Evliliklerini engellemek için bütün bunları abisinin uydurduğunu düşünmüş. Tabii bunlar evlilikte ısrar edince, bir akşam abisi Yusuf'u kahvede çok kötü dövmüş. Öyle yapmış ki, ağzını, burnunu kan içinde bırakmış. İşte Süsen, Yusuf'un bu halini gördüğünde, her şeyi göze almış, girmiş adamın koluna, kaçmışlar. Bir kasabada yaşamışlar bir süre. Sonra dönmüşler, ev tutmuşlar, yavaş yavaş eşya falan almışlar. Süsen işine başlamış. Yusuf da yine boyacılığa devam etmiş. Evleri bu yukarıda, Şenlik Mahallesi'nin üstünde, çarşıya yakın bir yerdeymiş. Sonra duymuşlar ki Süsen'in abisi gitmiş bir örgüte katılmış. Yani dağdaymış. Bunlar o güne kadar çok korkuyorlarmış abisinden, bu haberi alınca rahatlamışlar. Süsen ev diziyor, çalıştıkça evinin eksikliklerini tamamlıyormuş. İşte o günlerde bu Yusuf değişmeye başlamış. Yaşadığı ortam içkiye, her türlü kötü alışkanlığa elverişli ya, bu akşamlar, geç saatlerde hep sarhoş gelmeye başlamış eve. Aslında epey bir süre böyle devam etmiş; Süsen bunu tehdit edip, gideceğim, seni terk edeceğim, dediğinde, bir zaman düzeliyormuş, ama sonra yine aynı tas, aynı hamam... Evet, şimdi burada biraz ara veriyorum, sayın Şair'im, kaldır bakalım kadehleri, o günlerin üzüm kızı olan Süsen'ine içelim. Ayrıca seni izliyorum, çok dikkatli dinliyorsun, arada dalıp gidiyorsun, farkındayım, unutma!"

"Evet, haklısın, şimdi sen anlattığında anlıyorum ki, ben bu arkadaşları hiç tanımamışım."

"Arkadaş, ha?.. Bence Süsen sana, senin öyle düşündüğün gibi arkadaşlık duygusuyla yaklaşmıyor."

"Allah Allah! Taktın ha! Yanılıyorsun, diyorum. Sana öyle geliyor. Yahu kocası var, evli!"

"Peki, kaldırın o zaman kadehinizi, çin çin!"

"Lütfen, daha yavaş," dedi Şair, öylesine istemsiz bir duyguyla uzandı, Alev'in elini tuttu. Alev ürperdi.

"Tamam, haklısın canım. Kalkar şimdi sarhoş olurum, gecemiz berbat olur... Hadi mezelerden al. Ben meyve de hazırlayayım."

"Sağ ol. Alıyorum ben... Sonra?.. Sonra ne olmuş?"

"Sonra mı?.. Evet, sonra yavaş yavaş, sırf Yusuf'u evde tutabilmek için Süsen sofra kurmaya başlamış, kendisi de, o güne kadar ağzına bir damla içki koymayan Süsen, içmeye başlamış... Ama bu da fayda etmemiş. Bir süre sonra Yusuf yine aynı yollarda... Hatta sonra bu bizim çalıştığımız bara dadanmış. İşte ne olmuşsa bundan sonra olmuş. Bir gece Ekrem Bey'i ısrarla, gece yarısı evine davet etmiş. Süsen, ikisini kapıda gördüğünde çakılıp kalmış. Ne diyeceğini bilememiş. Ama adam biraz yaşlı olduğu için, bir zarar gelmez, diye içeri almış. Almış, alış o alış... Sonralarında sık sık gelmeye başlamış adam. Kötü niyetli değilmiş. Gide gele Süsen'e âşık olmuş... Şimdi burada, Süsen'in hikâyesine ara verip kısaca Ekrem Bey'in yaşadığı, bir kadınla yaşadığı sevda hikâyesini sana anlatayım, ona göre düşün Ekrem Bey'le Süsen'i... Bu Ekrem Bey aslında önceleri, daha biz yokken yine böyle çalışanlardan birine âşık olmuş. Bu konuyu hiç açmaz, sırdır. Kimseye de söylemez ama eskilerin hepsi bilir. Dediğim gibi yanında çalışan bir kadına âşık oluyor, sonunda alıp evine kapatıyor. Kadın kapalılığa dayanamıyor. Bundan habersiz eski dostlarından biriyle ilişki kuruyor, adamı içeri alıyor. Senin anlayacağın gündüz Ekrem Bey'le, gece de dostuyla gününü gün ediyor. Böyle bir ilişki ne zamana kadar gizlenir? Gizlenmez tabii. Çok sürmüyor, birileri Ekrem Bey'e yetiştiriyor haberi. Hemen o akşam adamlarıyla pusuya yatıyor; sonu malum, adam hastaneye, kadın sokağa... Adam nasıl korkutulmuş bilinmez, hastaneden çıkar çıkmaz ortalıktan kayboluyor. Kadın kürkçü dükkânı misali dönüp geliyor bara, Ekrem Bey'in ayaklarına kapanıyor. O gün görenler anlatıyor, Ekrem Bey kadını kaldırıyor, öyle bir tokat vuruyor ki suratına, kadın düşüp bayılıyor. Uyandırın, diyor adamlarına. Yüzüne bir kova su döküp uyandırıyorlar. Tutuyor kolundan, 'Defol sürtük, defol! Terk et bu şehri! Yoksa seni doğduğuna pişman ederim, sürtük!' diyor, kapının önüne koyuyor kadını. Bizim barın adının nereden geldiğini anladın mı şimdi? O gün barın eski adı neyse bilmiyorum, o tabelayı indirtip, 'Sürtük Bar' yazılı, ışıklı yeni tabelayı astırıyor, barın adı da böylece, 'Sürtük Bar' oluyor."

"Tam bir Yeşilçam hikâyesi... Böyle çok film izledik. Gerçekten böyle mi olmuş?"

"Evet, aynen böyle... O Yeşilçam filmleri konularını nereden alıyorlar sanıyorsun?"

"Haklısın, olabilir... Süsen'le ilişkisi?"

"Ha evet... Senin anlayacağın o günden sonra hiçbir kadının yanına yaklaşmasına izin vermiyor Ekrem Bey. Bir tek Süsen'i tanıyıncaya kadar... Süsen'e tutkun olduğu kesin. Ama âşık mıydı, başka bir şey miydi bilemiyorum. Ne olursa olsun, aldatan kadından sonra ona yaklaşan tek kadındır Süsen... O günden sonra hep yanında istemiş Süsen'i. Yusuf gırtlağına kadar adama borçlanmış. Adam her gün evde. Dokunmuyor, yatağına girmiyor, sevişmek istemiyor. Yusuf da bunu bildiği için ses çıkarmıyor. Uyuyor evlerinde, gecenin bir yarısı, Yusuf'un yanında yatan Süsen bir uyanıyor ki, adam saçlarını, göğsünü okşuyor. Ne diyeceğini bilemiyor. Bu kez daha erkenden evde sofralar kuruluyor. Süsen işi bırakıyor. Ekrem Bey bıraktırıyor tabii. Ev kirasını, bütün giderlerini ödüyor. Alkollü geceler sıklaşıyor. Süsen adama yaklaşıyor, adamda yok... Böyle bir arzu, istek yok. Ve bir gün Süsen tutturuyor, ben de sizinle bara geleceğim, diye.

Hepsi alkollü. Yusuf esrarı çekmiş, hadi gidiyoruz, diyor, kalkıyorlar, bir taksiye binip barın yolunu tutuyorlar. Süsen o gece bir giriyor Sürtük Bar'a, giriş o giriş. Bir marazi âşık patron, bir marazi koca Yusuf... Süsen ikisinin arasında gidip geliyor. Sonraları evde yine sofralar kuruluyor. Yusuf bir akşam bir kopuk arkadaşıyla geliyor eve. Orada ne oluyor, ne olmuyor bilmem, Ekrem Bey bunu duyduğunda, adamlarına Yusuf'u öyle dövdürüyor ki, 'Bir kolunu kırın!' diye emir veriyor, gerçekten tutup Yusuf'un kolunu kırıyorlar. Bir daha Yusuf'un evine erkek sinek bile giremiyor... Sana gelince; patron seni çok sevdi. O anladı tabii senin Süsen'le bir ilişkinin olmayacağını. Bu nedenle sana dokunmadı. Onun için evine giriyorsun, onlar da senin evinize geliyor. Yoksa asla izin vermezdi... İşte onunki de böyle bir hayat. Süsen bu ikisinin arasında bildiğin hayatını sürdürüyor. Düşünsene, ne kadar zor böyle bir hayat... Bir marazi âşık, yozlaşmış, çirkinleşmiş bir karıkoca ilişkisi... Zor hayat. Ne ondan kopabiliyor ne öbürü bırakıyor. Ne çok böyle hayatlar var. Bakıyorum da kendime, iyi ki evlenmemişim, diyorum. Böyle bir hayatım olsaydı hiç durmaz kendimi öldürürdüm."

"Öyle mi? Öldürürdün, ha?"

"Evet, durmaz öldürürdüm."

"Yaşanmadan bilinmez. Belki de başka çözüm bulurdun. Hayat kimi zaman her şeye rağmen yaşanıyor. Ya da çekiliyor. Ölüm, hep ötelenen duygu."

"Neye yarar ki böyle bir yaşam."

"Neyse, bunları şimdi bırakalım bir kenara. Bana kendini de anlatacaktın. Şimdi daha çok seni merak ediyorum, bugüne kadar yaşadıklarını."

"Öyle mi Şair Bey? Demek merak ediyorsun? O zaman bir süre daha merak et... Hadi, çin çin!"

Kadehleri tokuşturdular. İkisi de şimdi birbirine

farklı bakıyordu. Sanki şimdi, Süsen'le Yusuf'un hikâyesi onlara cesaret vermişti. Bakıştılar, uzun uzun bakıştılar; bir anda Alev kahkahayı bastı, Şair ne yapacağını şaşırdı.

"Allah iyiliğini versin, çok hoş adamsın!" dediğinde, o da güldü.

Alev kalktı, "Hadi, şurada koltuğa oturalım, meyve hazırlayayım, sehpaya koyar, öyle devam ederiz," dedi, mutfağa gitti. Bir tabak meyveyle döndü, oturdular yan yana, kadehleri önlerinde, Alev bir elma aldı, ağır ağır soymaya koyuldu. Eğilmişti, başını kaldırdı, Şair'e gülümsedi.

"İyi ki geldin," dedi. "Benim için çok güzel bir akşam."

"Benim için de."

Gülümsediler, gece ilerledi, radyoyu açtı Alev, hafif bir müzik gecenin içine sızdı. Sokuldu Şair'e, önündeki kadehi bir dikişte içti. Şair'in elini yakaladı, kalktı.

"Hadi gel," dedi. Şair ne yapacağını bilemedi ilkin. Kalktı, kadın onu karşıdaki yatak odasına doğru çekti; yürüdüler, kapıdan içeri girdiler.

23

Şimdiki zamanda bir akşam: Nahit siyasi yapıyla tanışıyor

Akşamın karanlığında Murat'la Nahit, bir yokuşu tırmanırken, Nahit heyecanlıydı. Gittikleri yerle toplantıyı merak ediyordu. İlk kez böylesi bir toplantıya katılacaktı. Hava kapalıydı, karanlıkta, gökyüzündeki parça parça bulutlar, ayı bir kapatıyor, bir açıyordu. Bulutlar da olmasa, süt gibi bir beyazlığa bürünecekti sokak. Bunları, geceyi, ayı, sokağı düşünürken aslında aklında toplantı vardı.

"Çok kalabalık olur mu?" diye sordu Murat'a.

"Sanmıyorum. Çünkü öylesine uzun boylu bir toplantı olmayacak. Tek gündemle yapılan bir toplantı bu. Cezaevleri konuşulacak. Yeni bir eylem, bir direniş söz konusu."

"Gidelim bakalım, merak ediyorum."

"Merak edecek bir şey yok, sonuçta bu bir toplantı, diğer toplantılar gibi."

"Hadi yürü, geç kaldık."

"Tamam, hızlanalım."

Açtılar adımlarını, yokuşun sonundan sağa döndüler, dar bir sokağa girdiler; tek katlı, çoğu bahçeli evler vardı bu mahallede. Sokağa sağlı sollu arabalar park etmişti; hemen hemen hepsi de yerli, eski model arabalardı. Aklına Nâzım'ın şiiri geldi, içinden o dizeleri okudu: "*Motorları maviliklere süreceğiz...*"

Fırtınalı günler geride kalmıştı veya öyle düşünüyorlardı. Aranan arkadaşlarının çoğu yakalanmış, cezaevine girmişti. Avukat Fuat'ın bir ayağı mahkemede, bir ayağı da cezaevindeydi. Gözaltında çoğu işkence görmüştü. Şimdi yeni bir dönem başlıyordu. Cezaevlerinde direniş tartışmaları günlerdir sürüyordu. Kimi yapılar açlık grevlerini ölüm oruçlarına çevirmişti. Kimi yapılar da tartışıyordu. Kimisi ölüm oruçlarını sonuna kadar götürmekten yanayken, kimileri belli bir süre yürütülmesini istiyordu. İşte bu akşam da bu konuları tartışacaklardı.

Girecekleri evin kapısına gelmişlerdi. Murat sağa sola bir göz attı, sonra zile dokundu. Kapı kısa bir süre sonra açıldı, girdiler.

Toplantı başlamıştı, oda doluydu. Kimi divanlarda, kimi sandalyede oturuyordu. Çoğunun elinde çay bardağı vardı. Murat önde, Nahit ardından girmişti içeri. Murat, "İyi akşamlar arkadaşlar," dedi, çekildi Nahit'in önünden, "size arkadaşı tanıştırayım, Nahit."

"Hoş geldin," dedi öndeki, sonra sırayla Nahit'in elini sıktılar, oturdular.

Murat, "Nahit arkadaş kundurada çalışıyor. O birimde çalışmaları yürütecek," dedi.

"Tamam, iyi," dedi, uzun boylu, esmer olan. Konuyu değiştirdi, asıl konuşulacaklara geçti. "Biliyorsunuz, cezaevleri çok hareketli bu günlerde. Siz gelmeden az önce biz bunları konuşuyorduk. İçerideki arkadaşlar açlık grevine başladılar. Açlık grevleri bir süre sonra, istekler kabul edilmezse, ölüm orucuna dönüşebilir. Alınan karar böyle. Bize düşen görev..."

Nahit, konuşmanın bundan sonrasını kesik kesik, arada ona yakın gelen sözcüklerde dinleyebildi. Aslında içeri girdiği andan itibaren heyecanını, yürek çarpıntısını bir türlü yenemiyordu. İçeridekiler hem yaş olarak ondan büyük, hem de belli ki çoğu bilgi bakımından da ondan çok ilerideydi. Yalnızca biri, bir esmer kız, o onlardan farklıydı. O daha küçüktü belli; kısa boylu, kesik kısa saçlarıyla da onlara benzemiyordu, öbür kızlara, erkeklere. Burada kendine en yakın bu kızı buldu. O da hiç konuşmuyordu. Kendisi gibi çoğu zaman bakışları aşağıda yalnızca dinliyordu. Tokalaşırken o da adını söylemişti, diğerleri gibi ama şimdi bir tek konuşanın adını anımsıyordu, Ulaş'tı onun adı. Diğerlerinin, hiçbirinin adı yoktu aklında.

Toplantı bundan sonra çok da uzun sürmedi. Kararlar tartışıldı, onayladı. Önce üç kişi sessizce ayrıldılar daireden. Kızlardan biri çay tepsisiyle girdi içeri, dağıttı. Aceleyle çaylarını yudumlayan üç kişi de kalkıp aynı duyarlılıkla çıktı. Sanki konuşmadan, sessizce anlaşmışlardı, sona kalan bir erkek, iki kızla birlikte kalktıklarında Nahit bir anda buraya boşuna gelmiş gibi bir duyguya kapıldı. "Ne oldu, ne konuşuldu?" dedi kendine, aklında hiçbir şey yoktu. Bir tek açlık grevleri, ölüm oruçları... O da ne olacak, bu konuda ne yapılacaktı, şimdi anımsamıyordu. Gözünün önünde silik yüzler vardı yalnızca. Oysa ne hayaller kurmuştu toplantıya dair. Uzun uzun konuşacak, tartışacaklardı, kendisi de bu tartışmadan önemli şeyler öğrenecekti. Hani nerede? Sanki girdikleriyle çıktıkları bir oldu...

Kapıya çıktıklarında ayrıldılar. Ayrılmadan, kızlardan uzun boylu olanı, "Görüşmek üzere, hoşça kalın arkadaşlar," dedi, kısa boylu olan esmer kız ikisinin de elini sıktı.

"İyi geceler, kendinize dikkat edin," dedi o da, hızlı adımlarla iki kız, bir erkek uzaklaştılar, Murat'la Nahit de dönüp ters yönde doğru yürüdüler.

Murat, "Hiç konuşmadın, hep sustun?" dediğinde, "Evet, ya... Çok heyecanlandım. Bir de hiç benim düşündüğüm gibi bir toplantı olmadı. Ne konuşuldu? Aklımda bir şey yok. Çok çabuk bitti... Ayrıca hepsi bizden büyük, bir o son toklaştığımız kız hariç."

"Doğru... Hemen hemen hepsi üniversite mezunu veya şu an okuyorlar. Toplantıya gelince... Birincisi bu toplantı böyle düzenlenmiş, bir tek gündem maddesi vardı, hemen kararlar alınıp kalkılacaktı, öyle oldu. İkincisi de, bu günlerde hızlı karar alıp toplantıların kısa tutulması kararlaştırılmış. Malum, önlem için, tam yeni yeni çalışmalar başlamışken sekteye uğramaması gerekiyor... Bu tür toplantılara senin gibi daha yeni siyasi mücadele içine girenler pek katılmaz. Ben istedim katılmanı, biraz da ısrar ettim, öyle kabul edildi. Önlem için. Son tokalaştığın kız da senin gibi... Söyledi ya, onun adı Serap... O da Doğulu... Aslında bir yanı Kafkasyalıymış. Liseyi yeni bitirdi, üniversiteye hazırlanıyor. Birinci sınavda kazanamadı, seneye hukuka girmeyi hedefliyor. Okuyup avukat olacakmış; bizleri, bizim gibileri savunmak için. Yalnız başına Fuat Bey yetmez, diyor. Kafasına koymuş. Bence kazanacak ve bir gün aramıza avukat olarak dönecek Serap. Arkadaşlar onun çok ortalıkta görünmesini, göze batmasını istemiyorlar. Daha yeni. Genç... Korkuyorlar. Ama dinlemiyor işte. İlla her toplantıda, her eylemde bulunacak. O da öyle işte."

"Evet, çok iyi... Böyleleri insanı cesaretlendiriyor. Önderlik böyle bir şey herhalde... Sahip çıkmak, korumak."

"Öyle olmazsa önder olamaz zaten."

Murat'ın evine gelmişlerdi.

"Hadi iyi akşamlar," dedi Murat. "Daha çok zaman var, konuşuruz. Sana diğer arkadaşları da, yeri geldiğinde anlatırım. Hepsini seveceksin. İyi ki böyle yoldaşlarım var, diyeceksin. Şimdi oyalanma. Hemen git, yat, bundan sonra, bugünden sonra belli ki sıcak günler yaşayacağız. Kendine dikkat et."

"İyi akşamlar," deyip ayrıldılar.

Evine doğru yürürken bir-iki kez dönüp ardına baktı. Sanki biri arkasından geçip karşı sokağa girdi. Gözleniyor, izleniyormuş gibi bir duyguya kapıldı; aklına ağabeyi Zahit geldi. Sıra dışı ağabeyi!.. Şimdi ne yapıyordu, neredeydi? Bir de o kısa boylu, esmer kız, Serap... İçinden konuştu: "Abi neredesin?.. Bak, bugün yaşadıklarımı, duygularımı bilseydin gururlanırdın benimle, biliyorum... Duyuyor musun?"

24

Şimdiki zamanda bir gece: Taş Plak'ta

Kaç gündür bu akşamı hayal ediyordu Gülcan. Taş Plak'ta, kırk yıllık meyhaneci Akif Baba'nın üç-beş dakikada bir, aksak ayağını sürüyerek duvara dayalı dolapta üst üste yığılı eski zaman plaklarını alışılmış hareketlerle değiştirdiği böyle bir akşamı... Bu mekânda, Ali'ye sürpriz yapmayı hayal ediyordu... Burada çalıştığını biliyordu Ali'nin. Taş Plak'ta, o eski zaman şarkılarından birinin bittiği yerde bir başkasının başladığı, sigara dumanının, yüksek sesli konuşmaların, derinden, sürekli varlığını hissettiren anlaşılmaz seslerin, gürültünün içinde arkadaşlarıyla içkilerini yudumlarken Ali'nin kemanını dinlemeyi, onu izlemeyi...

Ali'den önce, yine arkadaşlarıyla bir kez daha gelmişlerdi bu ünlü meyhaneye. Kendine özgü mezeleri, sıcak atmosferiyle, taş plaktan yayılan seslerin içinde belli ki nice zamandır bu meyhanenin tutkunu olmuş genç, yaşlı müşteriler, içkinin verdiği mayhoşlukla derin sohbetlerde kaybolup gidiyorlardı. Onları buraya, bu Taş Plak'a, burayı da tutkunlarına yakıştırıyordu.

Bu akşam için anlaşmıştı arkadaşlarıyla Gülcan; okuldan çıkmışlar, bir süre şehirde dolaşıp sonra da Taş Plak'ın yolunu tutmuşlardı. Meyhanenin olduğu sokağa girdiklerinde hava iyice kararmış, sokak tenhalaşmıştı.

Biri kız, diğeri erkek iki arkadaşıyla meyhanenin kapısına geldiklerinde duraksadılar. Gülcan camdan içeri baktı, içerisi çok kalabalık değildi.

"Hadi girelim," dedi, kapıyı açtı, girdiler içeriye. Meyhane L biçiminde ileri doğru uzanıyordu. Girişte, sağda masalar vardı, ileride genişliyor, sağa doğru kıvrılıyordu. İşte tam orta yerde, küçük bir havuzun önünde gördü Ali'yi. Kemanı çenesini altında, sağ eliyle sıkıca kavradığı yay tellerinin üzerinde gidip geliyordu. Kemanıyla öyle bir bütünleşmiş hali vardı ki etrafla bağını kestiği, şimdi başka bir dünyanın içinde, düşte gibi dalıp gittiği, bütün haliyle belliydi. Kanunla darbuka çalan iki adamın arasındaydı, hemen önlerinde de orta boylu, dolgunca bir kadın şarkı söylüyordu.

İçeri girdiklerini gören iki garson onlara yöneldi, önde olan, "Hoş geldiniz. Sizi dip tarafa, havuzun yanına alalım isterseniz," dedi.

"Olur," diye yanıtladı Gülcan, yürüdüler, tam karşılarına geldiklerinde ayrımsadı Ali onları. O anda teller üzerinde hareket eden yay birden durdu. Gülcan'ı karşısında gördüğüne de inanamadı, tam bir şok hali yaşadı. Şarkı söyleyen kadın arada, "Hoş geldiniz," dedi gülümsedi, sonra susup öyle duran Ali'ye baktı. Ali doğruldu, Gülcan önündeyken, o da, "Hoş geldiniz," dedi, "şaşırdım, niye geleceğinizi söylemedin?"

"Sana sürpriz yaptık... Bunlar arkadaşlarım, Öykü, Mehmet."

"Memnun oldum... Peki, oturun," dedi, döndü, sandalyeye oturdu, kadın şarkıyı kaldığı yerden sürdürdü.

Havuzun hemen yanındaki masaya yöneldiler, garsonlar biraz arkada, oturmalarını bekliyordu, oturdular. Mehmet'le Öykü'nün gözleri Ali'de, suskundular.

Gülcan, "İşte Ali bu... Benim çocukluk arkadaşım," dedi.

"Evet, sonunda adını dilinden düşürmediğin Ali'nle tanıştık," dedi Mehmet.

"İyi ettin kız," dedi Öykü, saçlarını okşadı. "Hem güzel bir akşam geçireceğiz, hem de sen Ali'ni dinleyeceksin. Baksana oğlan şoke oldu."

"Ben de bilerek söylemedim geleceğimizi. Şaşıracağını biliyordum. Son zamanlarda bir tuhaf oldu. Sanki bana küstü. Durgunlaştı. Bu hali içime dert olmuştu. O benim için önemli, Öykü!.. Biliyorum siz başka türlü düşünüyorsunuz ama benim için onun varlığı çok şey ifade ediyor. Bunun için, onu sevindirmek için istedim bu akşam habersiz gelmeyi."

"Evet, işe de yaradı. Baksana o mu kemanı çalıyor, keman mı onu belli değil!"

"Bence de," dedi Mehmet.

"Dinleyin... Boş verin yorum yapmayı, dinleyin... Bence çok güzel çalıyor."

Şimdi, akşamın bu vaktinde Ali'nin yüreği kemanın telinde atıyordu, onlar farkında değildi. Yanağını kemana vermiş, gözleri yayda, bir başka dünyanın içinde kaybolup gitmişti. Gülcan'ı tek başına, sisin içinde, uzaklarda gibi algılıyordu. Taş Plak burası! Havası, kokusu, dinmeyen müziği şimdiye kadar kim bilir kimleri yaşadığı o andan koparmış, bir daha asla yaşamayacağı dünyalara sürüklemişti. Kim bilir kimler burada, nice düşlerle yollara çıkmış, nice kararlar almıştı. Taş Plak burası! Safiye Ayla'dan Müzeyyen Senar'a, Zeki Müren'den Münir Nurettin Selçuk'a, kırk yıldan fazla zamandır her akşam gece yarılarına kadar gönülleri esir alan şarkılar, şimdi de bu geleneğin temsilcisi bir kadının dudakları arasından Ali'nin duygularına eşlik ediyordu. "Her Mevsim İçimden Gelir Geçersin..." Ali, kadının ses tonuna, dilinden düşen söze, şarkının tınısına kapılıp gitmişti. Şimdi, hayatından kopup bir başka diyara, bir başka yolculuğa çıkan çocukluğunun bu değerli, vazgeçemediği, vazgeçemeyeceği bir varlığı, şimdi çıkıp gelmiş, kendine benzemeyen, Ali'ye hiç benzemeyen iki arkadaşıyla karşısına oturmuştu. Şimdi kime çalacaktı? Sonunda bir gün hayatından çıkıp gidecek, buraları aklına getirmeyecek olan bir sevgiliye mi?.. Bugün buraya, farklı bir ortamda, iki arkadaşıyla gönül eğlendirmek için gelmediği nereden belli? Onlara, çocukluk arkadaşım çalgıcı, Taş Plak'ta çalıyor, bu akşam sizi oraya götüreceğim, güzel bir akşam geçireceğiz, demediği?.. Evet, evet, böyle olmuştur! Bu akşam, arkadaşlarıyla farklı bir ortamda eğlenmek istemişler, burayı seçmişler, hepsi bu! Başka ne olabilir?..

Ali dalıp gitmişti, kendiyle hesaplaşıyordu. Gülcan her ne kadar arkadaşlarıyla konuşsa da, onlara Taş Plak'ın geçmişini, Akif Baba'yı anlatsa da, kemanın yayını var gücüyle bastıran, arada şarkıcı kadının tuhaf tuhaf bakışlarına neden olan, durmadan değişen, yine suskunlaşan Ali'den gözlerini alamıyordu. Onun kendisiyle hesaplaşan halinin farkındaydı. Ona bakıyor, üzülüyordu haline. İşte yine içi içini yiyordu. Her halinden belliydi bu. Ne yapabilirdi? Oysa içinde hep Ali'yi bu akşam mutlu edeceği düşüncesi vardı. Bunları düşünürken uzandı önündeki peçeteye, sanki az önce ortalığı yıkan gürültü bir anda kesilmiş gibi, kalemini çıkardı çantasından, acele acele peçeteye, "'*Dün Gece Mehtaba Dalıp Hep Seni Andım*'ı bizim için okur musunuz?" diye yazdı, yerinden kalktı, kadına uzattı. Kadın alırken gülümsedi. Ali, kadının şarkıyı bitirdiği yerde uykudan uyanmış gibiydi şimdi. Gülcan'ın kalkıp onlara doğru geldiğini o anda ayırt edebildi. Kadın sanki bu şarkının kimden istendiğini biliyormuş gibi, peçeteyi Ali'ye uzattı. Ali baktı, öyle kaldı. Kadına verdi peçeteyi, gözleri yerde, kemanla bir taksime girdi, sonra kadın o noktadan,

Gülcan'a bakarak okumaya başladı.

Öykü, "Kız bu ne biçim şarkı?.. Sen bu oğlana vurgunsun, itiraf et!" dedi.

"Dur şimdi, dur! Aramızda böyle bir şey olsa niye saklayayım sizden? Onu seviyorum. Bu başka bir şey... Ona, haline, gözlerine, bakışına, garipliğine dayanamıyorum. Neyse... Dur, şarkıyı dinlemek istiyorum."

Sustular. Şarkıcı kadın, gözleri bir noktada içli bir sesle söylüyordu şarkıyı. Çevrelerinde bulunan masalarda oturanlar da şarkıcının içli şarkısından etkilenmişti. Çıt yoktu, kadınlı erkekli masalarda arada bir çatal bıçak sesleri duyuluyordu. Girişte, uzun koridora art arda sıralanmış masalarda çoğunluk erkekler oturmuştu. Kadının sesi etkileyici olduğu kadar, eski şarkılardan etkilendiği de belliydi. Sanki Taş Plak'ta bir Müzeyyen Senar şarkı söylüyordu. Hayret edilecek kadar o dönemin, otuzlu, kırklı yılların tınısı, rengi vardı kadının sesinde. Zaten giyimi, küt saç modeli, tavrıyla, havasıyla o dönem şarkıcılarına benziyordu... Yıl eski yıllar, eski zaman öncesi, bir havuz başında, bir keman, bir darbuka eşliğinde, sisler içinde kaybolan Müzeyyen Senar söylüyordu: *"Dün gece mehtaba dalıp hep seni andım / Öyle bir an geldi ki mehtap seni sandım."*

Kadehlerini kaldırdılar, şarap içiyorlardı.

"Yaşa Gülcan!" dedi Mehmet, "İyi ki bu akşam buraya geldik. Ne güzel! Hadi sana, bir de şu kemanı dillendiren Ali'ye içelim."

Kadehleri tokuşturdular. Kadın bir başka şarkıya geçti, bir-iki kez Gülcan'la göz göze gelen Ali, zorla gülümsedi, sonra yine kemanıyla baş başa kaldı. Şarkıların içinde masalarına bir şişe daha şarap geldi, kadın, "Kısa bir ara veriyoruz, az sonra yeniden sizlerle olacağız," deyip mikrofonu bıraktığında Ali geldi masalarına. Ali'nin gelişini gören Gülcan kalktı, yanındaki sandalyeyi onun için hazırladı. Ali, "Tekrar hoş geldiniz," dedi. "Kusura bakmayın, ilgilenemedim."

"Otur," dedi, Gülcan.

Ali ikircikli kaldı. Gülcan bir kez daha, "Otursana, seni yemeyiz!" deyince sandalyeyi çekip oturdu. "Hah şöyle!.. Bu benim çocukluk arkadaşım Ali, hani size hep sözünü ettiğim Ali."

"Memnun oldum," dedi Öykü, elini sıktı. Mehmet de uzandı, "Gülcan sizi hep anlatıp duruyordu. Güzel çalıyorsunuz kemanı," dedi.

Gülcan, "Güzel çalar, güzel. Çocukluğundan beri elinden keman düşmedi. Baba mesleği. Babası da çok güzel keman çalarmış, annesi, Dilber Teyze hep anlatır. Kemanı güzel çalar Ali, arkadaşlığı da güzeldir. Siz onu mahallede göreceksiniz. Orada herkese abi gibidir. Tabii benimle başka... Bizim orada aile bireylerinin yanında iyi bir arkadaşa da her zaman çok gereksinim vardır. İşte bu, Ali benim için öyle. En zor zamanlarda, en olmadık durumda, kolsuz kanatsız kaldığımda hep yanımda oldu. Kol kanat oldu bana. Bizim oralarda zordur böyle ilişkiler geliştirmek."

"Tamam, tamam, " dedi Ali, "ben kalkıyorum, program başlayacak şimdi."

"Kaçta bitecek programın?"

"Neden?"

"Birlikte çıkarız. Arkadaşlarım farklı yönlere gidecekler."

"Daha bir saat sürer."

"Olsun... Biz de doya doya bu akşamın keyfini çıkarırız. Nice zamandır böyle güzel şarkılar dinlememiştik, değil mi arkadaşlar?"

"Doğru," dedi Mehmet. "Gerçekten kadın güzel söylüyor."

Mutfaktan onun için hazırlanmış çayı aldı, bir köşede oturan arkadaşlarının yanına gitti. Şarkıcı kadın, Gülcan'a bakarak bir şeyler soruyordu Ali'ye. Sonra kalkıp sandalyelere oturdular; kadın yere kurulu mikrofona yakın oturdu, önündeki sehpada duran defterin sayfalarını çevirmeye koyulduğunda, kanun ağırdan bir taksime başladı. Sonra kadın yeni bir şarkıya başladığında sarhoş olanların çoğaldığı masalardan alkışlar yükseldi.

Mehmet içkisini yudumlarken, Taş Plak'ın duvarlarını süsleyen fotoğraflara bakıyordu. Duvarlar, Cumhuriyet'in ilk yıllarından seksenlere kadar çerçevelenip asılmış gazete sayfalarıyla doluydu. Çoğu ilk sayfalar, manşet haberlerdi. Duvarlarda bir yandan Kurtuluş Savaşı'na ait çokça resimli haberleri okunurken, bir yandan da kırklı, ellili, altmışlı, yetmişli yılların politikacıları, İkinci Dünya Savaşı'na dair savaş haberleri, politikacıların demeçleri, ziyaretleri, çatışmaları, ekonomik durumları, kısaca ülkenin neredeyse altmış yıllık geçmişi Taş Plak'ın duvarlarına taşınmıştı. Bu kupürler, ülkeye ilişkin duvar okumaları yetmişli yılların sonuna kadar gelip orada kesiliyordu. Ondan sonrası, o "ünlü!" beş generalin resimleri kapıdan içeri girememişti. Bu da Mehmet'in dikkatini çekmişti. Ayrıca, bu altmış yıllık tarih bir de o günlerden kalma taş plaklardan yayılan şarkıların eşliğinde duvarlarda izlediğinde insan bir anda gerilere gidip kendini bugüne hiç benzemeyen bir dünyanın içinde buluyordu. İşte şimdi Mehmet de bu duygularla, oturduğu konuma göre görebildiği duvarlara asılı gazeteleri okuyordu. Gazeteleri okurken, aklının bir yanında da Gülcan'la Ali vardı. "Ne yapıyor bu kız?" diye soruyordu, kendine. "Ne olabilir?.. Bu çocukla nereye kadar gidebilir? Akıl alır gibi değil. Biri bu kıza, etkileyebilecek biri bu gerçeği anlatmalı. Yazık!.. Çocuğa da yazık. Umutlanacak, bir şey çıkacağını umacak... Ama olmaz! Aralarında dağlar kadar fark var. Nereye kadar gidecek?.. Biri anlatmalı..." Bunları düşünürken Gülcan'a bakıyordu.

"İstersen seni biz bırakalım evine," dedi.

"Yok, hayır... Sağ olun. Bu akşam Ali'yle buradan çıkıp mahalleye onunla girmek istiyorum. Hatta gidip gecenin yarısı mahallede, o hep birlikte oynadığımız parkta, banklara oturmak istiyorum. Onunla... Kim bilir, bakarsın Zahit abim gelir. Yine uzaktan bana, hadi eve gidelim, diyebilir. Belki de babam gelir, Süsen ablam... Gelirler, onlarla evin yolunu tutarım. Ali kalır orada, arkada, bana baktığını, yanından ayrıldığım için üzüldüğünü düşünürüm, kim bilir?"

"Amma hayal ha!" dedi Mehmet, güldü. "Ne diyorsun kız?.. Nasıl olacak bu?"

"Olacak, olacak... Ben Ali'yle gideceğim, sağ olun. Birazdan biter... Kadın yine çok güzel söylüyor baksanıza. Siz yine kaldırın kadehleri, bu kez uzaklardaki Zahit abime, kaybolup giden babama içmek istiyorum, hadi onlara!"

"Ali'ne de," dedi Öykü.

Şarkı söyleyen kadın önündeki kadehi kaldırdı, o zaman gördüler onun da rakı içtiğini. "Sağlığınıza," dedi kadın. Gülcan, hemen önündeki kadehe uzandı, kaldırdı, sevgi yüklü bir sesle konuştu:

"O güzel şarkılarınıza, sesinize."

Kadın şarkıya kaldığı yerden devam etti:

"Yine bir sızı var içimde..."

Gecenin bu ilerlemiş saatinde, keman en güzel tınılarıyla kadına eşlik ediyordu Ali'nin parmak uçlarında. Duvara sırtını vermiş iki kapaklı o büyük dolabın çinide üst üste konulmuş yüzlerce 45'lik, 33'lük plaklar belli ki yerlerinde duramıyorlardı. Onlarca özgün, güzel ses binlerce kez iğnenin açtığı yaralara rağmen, kadına eşlik ediyordu şimdi:

"... Bir sızı var içimde..."

25

Şimdiki zamanda bir gece: Zahit eylem arifesinde

Gecenin ilerlemiş bir vaktinde, bir sokağın köşesinde üç arkadaşıyla buluşup caddeye çıktılar. Zahit, gerçek adını hiçbir zaman öğrenemediği Macit, bir de belinden silahını hiç eksik etmeye yanaşmayan Zeynel, tepeden, gecekondudan az önce inmiş, gece vakti, tekin olmadığını bildikleri şehrin parlak ışıklı bu caddesinde şimdi yan yana yürüyorlardı. Eylem yapacakları binanın çevresiyle ilgili birkaç gün önceden çalışmaya başlamışlardı. Gündüz ayrı ayrı yönlerden gelmiş, binanın önündeki kalabalık caddede birbirlerini tanımayan yabancılar gibi sürekli gözlem yapmışlardı. Bina kaçta açılıyor, polisler ne zaman nöbet değiştiriyor, memurlar hangi yönlerden, hangi zamanda geliyor, yabancı plakalı araçlar hangi saatlerde girip hangi saatlerde çıkıyor, onların ardından kimler geliyor benzer araçlarla, ne kadar içeride kalıyor, onlar çıktığında kaç koruma arabası onları izliyor, kaç silahlı koruma var, hangi silahları kullanıyorlar, dışarıdan, işini yaptırmak için günde ortalama kaç kişi giriyor binaya?.. Bütün bunları öğrenmeleri gerekiyordu, bu nedenle şimdi bir de gece gözlem yapmak için o bölgedeydiler. Gündüz, bir evde, beş kişinin daha katılımıyla uzunca bir toplantı yapmışlardı. Burada yaşayan, siyasi mücadeleyi bu kentte yürüten arkadaşları gelişmeler hakkında bilgi vermiş, yapılacak eylemi, yerini, nedenlerini uzun uzun tartışmışlardı. Zeynel, sanki örgütün aldığı bir kararmış gibi, her savaşçının bir "Zahit" olması konusunu en sona saklamış, eylem kararının tartışılmasından sonra bu adı anmadan meseleyi tartışmaya açmıştı. Zahit bundan rahatsız olmuş, bir-iki kez bu konunun sonra konuşulması, tartışılması gerektiğini söylemişse de Zeynel'in tepkisiyle karşılaşmıştı. Konu enine boyuna tartışılırken, o aşamadan sonra bir daha ağzını açıp tek söz söylememişti. Biliyordu ki burada ne söylese çoğunluk böyle bir anlayışa sıcak baktığı için sözü anlamsız olacak, hemen karşı çıkılacaktı. Öteden beri en çok rahatsız olduğu anlayış, körü körüne, sorgulamadan, eleştirilmeden alınan kararlara uyulma anlayışıydı. Bunu kabullenmiyordu. Ancak belli ki her savaşçının bir "Zahit" olma anlayışı bu çekirdek toplantıdan başlayarak yaygınlaşacaktı. Zeynel bu anlamda da tam bir hatipti. İkna edecek, gerekirse rahatça birebir görüşmeler yaparak, yine uygun gördüğünde çekinmeden tehdit ederek alınan veya alacağı kararı hayata geçirecekti; bunu biliyordu. O ne yapacaktı? Asıl mesele burada. Bu konuyu yine onlarla, eylem hazırlığı içinde oldukları o iki arkadaşıyla birlikte tartışacak ortam yaratmalıydı ama nerede? Hangi koşullarda? Bir yandan bunu istiyor, bir yandan da bir sonuç alamayacağı için sıkıntı duyuyordu. Aslında son birkaç aydır hiçbir şey yapmak istemiyordu. Gidişin akışına bırakmıştı kendini; bir bezginliğe, usanmışlığa, iç sıkıntısına doğru yol alıyordu. Bunu biliyordu. Bildiği halde yine başka bir şey yapmak elinden gelmiyordu. Toplantının ardından sustu. Yine akışına bıraktı her şeyi. "Ne olursa olsun!" dedi, sürüklenir oldu onlarla... Toplantı bitip de kalktıklarında, gece incelemenin gereksiz olduğunu, hatta riskli olduğunu söylediyse de diğer iki arkadaşı karşı çıktı. Gece, geç saatte eylemin yapılıp yapılamama koşullarını değerlendirmek istiyorlardı. Yürüdüler, binaya yaklaştıklarında, önceden verilen görev gereği ayrıldılar, her biri eylem noktasını çevreleyen bir sokağa girip kayboldu.

26

Şimdiki zamanda bir gece: Parkta bir geçmiş zaman anımsaması

Taş Plak'tan çıktıklarında neredeyse gece yarısını geçiyordu. Taksi durağına geldiklerinde Ali, "Taksiye binelim mi?" diye sordu.

"Yok, hayır," diye yanıtladı, Gülcan. "Ne gereği var. Otobüsle gidelim."

"Peki."

Yürüdüler.

Bir akşam daha Ali'nin programı, şarkılarla, gitgide çoğalan gürültüyle sona ermişti Taş Plak'ta. Kalkmadan bir de yaşlı bir adama mikrofon uzatılmış, adam etkileyici sözleri olan bir türkü söylemişti. "*Sana nasihatim var eylen ey yolcu,*" diye başlayan türkünün sözleri, tınısı Gülcan'ı birden geçmişe, uzakta kalan günlere götürmüştü. Bu türküyü kendine özgü yorumuyla, sesinin insanı acıtan yanıyla bir başka söylüyordu Mahmut Erdal. Onun sesini duyduğunda babasını anımsıyordu. Benziyorlardı da birbirlerine. Bu yüzden miydi, yoksa sözlerinin anlamından, gurbet türkülerinin o iç yakıcı sızısından mı, babası bir Mahmut Erdal tutkunuydu. Mahmut Erdal'ın hemen hemen tüm kasetleri evde büfenin bir gözünde özenle saklı dururdu. Türküyü bu akşam farklı duygular içinde dinlerken bunları düşünmüştü. İşte bu türkü de babasının usanmadan onlarca kez dinlediği türkülerden biriydi. Yıllar sonra, Taş Plak'ta babası yaşında bir adam, ince yanık bir sesle söylemişti. Bir anda gözyaşlarına boğulmuştu Gülcan, arkadaşları şaşırmış, ne yapacaklarını bilememişti.

"Ne oldu kız?" diye soran Öykü'ye, Ali uzaktan bakmış, masadaki duygusal hava bir anda onu da sarmıştı. Bundan sonra, kalktıkları âna kadar Gülcan'ın gözleri sık sık nemlenmişti. Program bitip de Ali yanlarına geldiğinde, "Sen söylettin bu türküyü, değil mi?" diye sordu Gülcan. Ali hem yaptığına pişman hem de babasını, birlikte yaşadıkları geçmişi onunla anımsayıp o duyguyu paylaşmaktan memnun bir ifadeyle, "O adam da eski bir halk ozanı. Bu türküyü sık sık ona söyletirler burada," dedi.

Gülcan, düşten uyanmış gibi, "Ben çıkmak istiyorum. Kalkalım isterseniz," dedi, daha yanıt almadan Ali'ye döndü, "Bitti mi senin programın?" diye sordu.

"Evet, bitti. Çıkabiliriz," dedi Ali, hazırlandılar, çıktıklarında sokağın başında Öykü'yle Mehmet, "İyi geceler," deyip ayrıldı onlardan. Ali'yle yan yana yola koyulduklarında Gülcan hâlâ türkünün etkisindeydi.

"Hadi, çabuk ol," dedi Ali, "otobüs geliyor."

Hızlandılar, ilk gelen otobüse bindiler, koltuklar gecenin bu geç saatinde neredeyse boştu, arkaya geçip bir yan yana oturdular.

"Ali!" dedi Gülcan.

"Efendim."

"Hemen eve gitmeyelim."

"Ne yapacağız?"

"Doğru parka gidelim. Oturalım parkta biraz."

"Geç değil mi?"

"Olsun, fark etmez."

"Peki, oturalım."

"Sen yorgun değilsin değil mi? Yani uykun varsa..."

"Ne uykusu?.. Ben hemen hemen her gün sabaha

karşı çıkarım çalıştığım yerlerden. Alışığım geç yatmaya."

"İyi o zaman.. Otururuz, sohbet ederiz."

Parka gidip Ali'yle oturacağını arkadaşlarına söylediğinden, böyle bir plan yaptığından Ali'nin haberi yoktu. Parka gidecekler, Ali'yle yan yana oturacak, o önceki zamanlarda olduğu gibi babasının, ağabeyinin yolunu gözleyecekti. Bir de, kendinden bile sakladığı bir isteği vardı: bu gece Ali'yle sabahlamak... Sanki ona ne kadar yaklaşsa, babasına, ağabeyine de bir o kadar yaklaşıyordu. Bunları bir kez daha düşündü, içinden bir sevinç dalgası geçti. Ali'ye yaklaştı, onun koluna girdi. Ali ürperdi. O ise şu anda sanki Zahit ağabeyinin, babasının koluna girmiş de, onlara dokunuyormuş duygusu içinde başını Ali'nin omzuna dayadı, daldı gitti.

Parkta, bir banka Ali'yle yan yana oturdular. Gece sessizdi. Parkın hemen kıyısından dolanıp giden yoldan tek tük arabalar geçiyordu. İnsanlar vardı koşar adım giden, kimileri de ağır ağır, kim bilir hangi düşünceler içinde gidiyorlardı. Gülcan, burada, bu bankta, Ali'yle sessiz, soluksuz sabaha kadar oturmak istiyordu. Annesine geç geleceğini, belki de arkadaşlarından birinin evinde kalacağını söylemişti. Burada, Ali'nin yanında kendini güvende hissediyordu. Ali onun için hep zor zamanlarında, duygulu anlarında, bir de ağabeyi Zahit'i, babasını özlediğinde sığınacağı bir limandı. İşte şimdi yine o limana sığınmış, çocukluk mekânlarından birinde, gözü karşıdaki yolda, ağabeyini bekliyordu. "Abi!" dedi içinden. "Bak ben yine senin o çok sevdiğin çocukla, Ali'yle birlikteyim. Parktayız, seni bekliyorum, gözüm yollarda. Küçük bacının gözü yollarda, seni bekliyor... Hadi çık gel karşıdan, sana Ali'yle ilgili karmaşık duygularımı anlatayım, abi! Bu akşam onun çalıştığı Taş Plak'taydım. Onu izledim... Keman çalarken izledim bu kez. Onu bir görseydin, beni karşısında görünce nasıl da şaşırdı. Uzun zaman kendine gelemedi abi... Şimdi burada, yanımda, ben onun kolundayım. O bir türlü işin içinden çıkamıyor, aynı benim gibi. Ben şimdi onun koluna bir sevgili gibi mi girdim, yoksa bir çocukluk arkadaşı, bir kardeş gibi mi, çıkamıyor içinden. Sanki ben çıkabiliyorum da!.. Abi, çık gel, uzaklardan gel, bize ne oldu böyle? Sana, babama, ablama... Sen gittin, sonra babam ne sıkıntılar yaşadı, biliyorsun değil mi?.. Evimiz kaç kez gece yarıları basıldı, didik didik arandı, babamı karakola götürüp dövdüler, yüzü gözü mosmor geldi, biliyorsun değil mi?.. İyi mi yaptı babam gitmekle?.. Sanki iyi yaptı... Ben biliyorum abi... O yalnızca dağları, kırları, çiçekleri, köyünü özlediği için gitmedi Boşnak'ı da yanına alıp... O gitmek zorundaydı... O dayanamadı. Hem özleme dayanamadı, hem de çocuklarının haline. Nasıl dayansındı?.. Sen gittin, kayboldun, baskılar bitmedi. Ablam kaçtı, kayboldu bir zaman, sonra biliyorsun işte sonunu. Dayanamadı. Bir Nahit abim... Bir o kaldı, bir de ben, annem. Ama hiçbirimiz senin, ablamın yokluğunda derdine, gönlüne derman olmadı babamın, o da gitti. Bir annem... En dayanıklı o çıktı. İçine attı, acısını içine attı; yokmuş gibi, olmamış gibi yaşadı, yaşıyor. Bir de bu Ali... Ben şimdi bunu ne yapayım? Yüreğimin neresinde, nasıl duruyor, gel, bana anlat abi! Çık gel, gel bu bizim arkadaşlığımıza, Ali'ye bir şey söyle, ne bu abi?.."

Bunları düşünürken, düşlerken, yer yer şu an yaşıyormuş duygusunun içinde kaybolup giderken, Ali'ye daha çok sokuluyordu. Şimdi başını, saçlarını, Ali'nin çenesinin altına sokmuştu. Yine aklında ağabeyi, yine sanki ona sokuluyordu, onun sıcaklığını duyumsuyordu şimdi. Bir zaman sonra ağabeyine bu çağrıyı yaparken, tam bu anda Ali'nin dudaklarının arasında buldu dudağını; o sıcaklığı hissettiği ilk anda, ağabeyinin sıcaklığı mıydı bu sıcaklık, ne kadar farklıydı, bunu düşündüğünde hayallerin içinde, o an sanki göğsünü yırtıp çıkacaktı kalbi... Kendini bıraktı, gözlerini kapadı. Ali sarıldı beline. Ağabeyi Zahit, uzaktan, posbıyıklarının kapladığı yüzüyle gülümsüyordu, "Abi geldin mi?" diye geçirdi içinden.

27

Şimdiki zamanda bir öğlen vakti: Nahit'in atölyede gözaltına alınması

O akşamdan sonra birkaç kez daha farklı farklı adreslerde toplantı yapmışlardı. Toplantılardan Nahit daha coşkulu ayrılıyordu. Murat'a durmaksızın sorular soruyordu. Ancak sorular kısa saçlı, esmer kıza dair sorular değildi. Çünkü ona bütün soruları artık kendisi soruyordu. Toplantının olduğu günler onun için en önemli günlerdi. Heyecanı sabahtan başlıyor, toplantı bitinceye kadar sürüyordu. O da, Serap da erken geliyor, bir kenara çekilip toplantı başlayana kadar sohbet ediyorlardı. Sonradan fark etti ki, bu sohbetlerinde örgütten, cezaevlerinden daha çok Serap, Nahit'in geçmişine dair sorular soruyor, onun yaşamını deşmek, yaşadıklarını öğrenmek istiyordu. Çünkü Nahit'in yaşam biçimi, ailesi, bu kente geliş serüvenleri onu çok etkilemişti. Bu ülkede yaşananlardan Nahit de ailesi de payına düşeni fazlasıyla yaşamaktaydı. Bu durum kızın ilgisini çekiyordu, Nahit de, her ne kadar gizlemeye çalışsa da Serap'la sohbet etmekten, konuşmaktan hoşlanıyordu. İşte bu toplantılarda, örgütün en küçük bireyi olan Serap durmadan Nahit'i deşiyor, onun hayatını detaylarına kadar öğrenmeye çalışıyordu. Zaman zaman Nahit kızıyordu. Ama bir süre sonra buna da alıştı. Çünkü onu kırmak, kendinden uzaklaştırmak istemiyordu. Şimdi artık Serap, evlerine gitmeden, onları yakından görmeden dahi Süsen'i, Zahit'i, Gülcan'ı, babasını, annesini öyle yakından tanıyordu ki, biri dinlese, onu bu ailenin bir bireyi sanırdı.

Atölyede, bir öğlen vakti yemekten sonra Nahit elindeki kalıba geçirdiği sayaya biçim vermeye çalışırken bunları düşünüyordu. Bir takım işi sorunsuz bitirip teslim etmişti. Usta neşeliydi, patron da öyle. "Patlıcan kesatı" geride kalmıştı. İşler iyiydi. Kalıpları çırakla birlikte temizlemişti. Bir takım sayayı çekti önüne, ipi çözdü, parti parti yapıp tezgâhın üzerine sıraladı. Az önce Usta'nın arkadaşlarından biri, Kâzım geldi. Çöktü tezgâhın başına, işsiz kaldığı bu günlerde yine başından geçen birkaç olayı anlattı, sonra, "Yahu sana niye geldim biliyor musun?" diye sordu.

"Niye?"

"Sorma, şu benim ev sahibinin kızıyla başım dertte."

"Ne ev sahibi? Ev sahibinin kızıyla ne derdin var oğlum senin?"

"Bunun için geldim, senden bir fikir almak için."

Nahit, ikinci teki almış, kalıba geçirmiş, falçatayla uçlarını alıyor, taban astarına alıştırıyordu. Kâzım, arada bir küfrederek anlatıyordu ev sahibinin kızını:

"Oğlum, kız evde kalmış, hasta ruhlu biri. Takmış karıma, kadının başını görür görmez başlıyor abuk sabuk konuşmaya. Memlekette ne kadınlar varmış, kendini bir şey sanıyormuş, yok ortalıkta kadın diye dolaşıyormuş, falan filan... Manyak bir kız işte... Korkuyor karım. Bir gün bu bana saldıracak, rezil olacağım mahalleye, diyor."

"Allah Allah!.. Yahu bu kız kafayı sana takmasın? Baksana evde kalmış falan?"

"Yok ya, ne bana takacak? Hadi bir şey yapsam, baksam falan, tamam derim, bundandır derim. Başımı kaldırıp bakmıyorum, yanlış anlar diye... Ama kız bir şey düşünüyorsa, onu bilmem."

"Ne bileyim, aklıma önce bu durum geldi işte... Bir kadın, kız her neyse, durduk yerde böyle bir şeyi niye yapar ki?"

"Bir bilsem."

Bu konuyu uzun uzun konuşup durdular, sonra başka konuya geçtiler. Çırak Nahit'e yardım etti. Sayaları ıslattı. Sonra kalıplara taban astarını yapıştırdı. Bir çift sayayı daha aldı, tekini tutturmuştu, patron panik bir halde girdi atölyeye, "Polisler geldi, polisler!" dedi. Usta, Kâzım, çırak, Nahit, hepsi o anda öyle donup kaldılar. Nahit, "Niye gelsin ki polis?" diye geçirdi içinden, tam o anda patron Usta'ya dikti gözlerini.

"Ulan yoksa sen gene bir halt karıştırdın?.. Dernek falan, ha?"

"Ne derneği ya! Benim yıllardır bu işlerle ilgim yok. Kim bilir ne için geldiler, ne korkuyorsun?"

Sözünü tamamlamadan kapı açıldı, bir anda silahlarıyla daldılar içeri polisler. Herkes donup kalmıştı. Biri seslendi:

"Nahit kim?"

Sanki bu atölyeden olmayan birini soruyordu, tanımadıkları birini, susmuş, öylece soru soran polise bakıyorlardı. Adam bir kez daha, "Nahit hanginiz?" diye hiddetle sorunca, "Benim," dedi Nahit.

"Toparlan, gidiyoruz. Gözaltına alıyoruz seni."

Usta, "Niye?.. Ne suçu var?" diye sorduğunda, polis, "Ben bilmiyorum, savcılıktan gözaltı kararı var... O biliyordur suçunu," dedi.

Nahit kalktı, duvara asılı elbiselerine yöneldi, ustası bu kez ona sordu:

"Ne bu Nahit?.. Neden seni alıyorlar?"

"Bilmiyorum Usta... Gidince öğreniriz."

"Ben de geleceğim," dedi Usta.

"Bizimle gelemezsin," dedi polis. Nahit iş elbiselerini giyerken Usta'ya, "Usta, eve, anneme haber ver," dedi. "Avukat Fuat Bey'in telefonu evde kayıtlı, onu da ara."

"Bu kadar talimat yeter, hadi yürü!" dedi polis.

Patron girdi araya:

"Bırakın canım. Adam evine haber göndermesin mi?"

Komiser arkada, kapını ağzında duruyordu.

"Verdi ya," dedi. "Avukatına bile haber gönderdi, daha ne olsun? Hadi çıkın arkadaşlar," dedi, önde iki polis, ortada Nahit, arkada komiserle bir polis, onların ardında Usta'yla patron çıktılar atölyeden. Sokakta birden çok polis aracı vardı. Usta, kızdı bu görüntüye, içinden, "Sanki savaşa gelmişler!" dedi. Böylesine kalabalık bir polis ekibi araçlarla sokağı doldurunca dikkat çekmiş, sokak bir anda kalabalıklaşmıştı. Tezgâhın başından kalkan kalfalar, ustalar, çıraklar merakla içeride ne olduğunu, neden bunca çok polisin atölyeyi bastığını öğrenmek için bekliyordu. Arabanın etrafını saran kalabalığa polislerden biri, "Çekilin, yol verin," dedi. Polislerin arasından Nahit'i tanıyan kalfalar yaklaştılar, içlerinden biri, "Nahit ne oldu?.. Geçmiş olsun," dedi.

Nahit arabaya binerken, "Sağ ol Zeki. Ben de bilmiyorum, karakola gittiğimde öğrenirim herhalde," dedi, girdi arabaya, kapılar kapandı; araba Kahraman Sokağı'nda ilerlerken işçiler bir süre ardından baktılar, sonra dönüp hanların kapısından içeri girdiler.

Usta, atölyeden çıktı, hızlı adımlarla yokuş yukarı gitti, az ileride, köşeden döndü, kayboldu.

28

Şimdiki zamanda bir gece: Sürtük Bar'da farklı bir gece

Bu gece de barda, o az müşterili, seyrek gecelerden bir geceydi. Sakindi, gürültü en alt düzeydeydi. Müzik setinin radyo kanalı günün moda şarkılarını çalan bir kanala ayarlanmış, bir kadın şarkıcı, sesi kısılmış gibi duyulur duyulmaz bir sesle söylüyordu şarkısını. Şair, gecenin bu ilerleyen saatinde, kapıdan bazı müşterilerin, özellikle fazla alkol alıp da gelmiş olanların geri çevrildiğini gördü. Bu gece Sürtük Bar'da her zaman yaşanmayan bir gecenin yaşanmakta olduğunu fark etti; buna biraz da şaşırdı; gözleriyle, bütün algılarıyla nedenini anlamaya çalıştı. Oysa kolay kolay müşteri kapıdan çevrilmezdi. Ne olursa olsun içeri alınır, eğer sonrasında çevreyi rahatsız edecek olursa parası alınarak kapının önüne konurdu bu tip müşteriler. Bu gece sanki özel bir gece olarak hazırlanmıştı.

Masadaydılar. Bu gece de Şair iki arkadaşıyla gelmişti bara. Geç saatlere doğru önce Süsen oturdu yanlarına, sonra da Alev. İkisi de ellerinde kadehleriyle oturup sohbete koyulduklarında patron da izin isteyip bir sandalye çekti, Şair'in yanına oturdu. Garsonlardan biri onun da portakallı içkisini masaya koydu, bir şey isteyip istemediğini sorduğunda patron, "Misafirlere sor oğlum, bak bakalım istekleri var mı?" dedi.

"Ne istersiniz efendim?" diye sorduğunda, hafiften sarhoş olmaya başlamış olan Süsen, "Ekrem Bey de masamıza oturduğuna göre, bu gece belli ki güzel bir gece olacak. Sen getir Süleyman'ım... Bak işte, meyve, çerez falan getir," dedi.

"Evet, bu akşam ben de sohbetinize katılmak istiyorum. Ne var bunda Süsen Hanım?"

"Bilmem," dedi Süsen. "Neden bu gece? Bir nedeni olmalı bunun. Siz pek müşterilerin masasına oturmazsınız da!"

"Evet, doğru, oturmam... Ama artık Şair'le arkadaşları bizim için müşteri değil ki. Onlar artık bizden biri," dedi, Alev'e baktı anlamlı anlamlı, sonra Süsen'e döndü. "Öyle değil mi Süsen Hanım?"

Süsen alabora oldu, gözleri ikisinin arasında gidip geldi, bir Şair'e baktı, bir Alev'e, ama hemen toparladı kendini.

"Böyle düşündüğünüz için memnun oldum Ekrem Bey!" dediğinde sözü ağzından Alev aldı:

"Bence de artık Şair buradan, bizden biri... Ekrem Bey doğru söylüyor, o artık bizim arkadaşımız burada..."

"Ooo!.. Alev! Hemen atıldın bakıyorum. Yalnızca arkadaşımız, değil mi?.. Yoksa arkadaşlıktan farklı bir durum olmasın?"

"Süsen, yapma!" dedi Şair. "Bak, Ekrem Bey'in masamıza gelmesine ben de memnun oldum. Onunla nice zamandır oturup sohbet etmek istiyordum. Lütfen şimdi bırak böyle kinayeli konuşmayı!"

Süsen, Şair'in Alev'e konuk gittiğini, birlikte yemek yediklerini biliyordu. Alev'in kendisi söylemişti. Ama asıl onun derdi sonrasıydı. Sonra ne olmuştu, bunu merak ediyordu. Hem öyle bir merak ki, çıldırıyordu aklına geldikçe. Alev, yemek yediklerini, yemekte şarap içtiklerini, sonra da Şair'in evine gittiğini söylemişti. İşte buna inanmıyordu şimdi. Gerçekten böyle mi oldu, Şair'e sormaya da cesaret edemiyordu.

"Bence de sohbet edelim bu gece... Yani farklı bir gece olsun," dedi Alev, kadehini kaldırdı, "hadi dostluklara içelim, bir de patrona, Ekrem Bey'e."

Kadehler kalktı, her ne kadar kızgınlığını, kıskançlığını gizlemeye çalışsa da, bakışlarından bunu anlamak çok da zor değildi Süsen'in. Alev'se gözlerini ondan kaçırıyordu. Süsen, kısılmış, değişmiş bir ses tonuyla konuştu:

"İçelim, içelim... Her şey başka oluyor, değişiyor, buna içelim."

Kadehler bir kez daha kalktığında, o anda, kadehi dudağına götürmüşken Yusuf'la göz göze geldi, dudağına değdirdiği gibi kadehi indirdi. Sonra pişman oldu bunu yaptığına, bir kez daha kaldırdı, Yusuf'a bakarak, "Evet, geleceğe içelim... Bugüne arkadaşlar! Bir de benim sevgili patronuma," dedi.

"Tamam, tamam!.. Şımartmayın beni. Ne oldu size böyle bu akşam? Sanki sizinle ilk kez bir masaya oturuyorum. Abartmayın!"

Ekrem Bey konuşurken Şair, Süsen'in baktığı yöne, hafif sağında kalan duvarın dibindeki Yusuf'a bakmıştı. İkinci kez kadehi kaldırıp gözlerini yine o noktaya diktiğinde, Yusuf'un gözlerindeki öfkeyi görmüştü. Bunu biliyordu, bu bakışları. O bakışlarda nelerin saklı olduğunu da. Tam bunları düşünürken Süsen sandalyesini aldı, Ekrem Bey'le Şair'in arkadaşlarından birinin arasına geçip kadehini önce patronunun, sonra da iki şairin kadehine tokuşturdu, "Şerefe!" dedi, kaldırdı, bir kez daha Yusuf'a aynı bakışla baktı.

"Yavaş git kız," dedi Ekrem Bey. "Ne bu hız? Sarhoş olacaksın."

"Bugün bir hal var bu kızda," dedi Alev. "Ne oluyor böyle, kendine gel!"

"Ne olacak anam?.. Bana bir şey olduğu yok. Olanlara bak!.. Gizli kapaklı olanlara sen!"

"Ne gizlisi, ne kapaklısı, neden bahsediyorsun?"

"Tamam!.. Kesin artık!" deyince Ekrem Bey, Süsen, "Yok anam, yok benim güzel arkadaşım... Sana sözüm yok. Benim güzel patronum masamıza gelmiş, hadi ona içelim," dedi bir kez daha kaldırdı kadehini. Şair, "Ama arkadaşlarımı daha Ekrem Bey'le tanıştırmadık," dediğinde Alev hemen atıldı, "Haa, özür dilerim patron," dedi, "evet, onları size tanıştırmadık, Baki Bey'le Hüseyin Bey. Onlar da şair... Çok güzel şiirleri var. Bu akşam artık o şiirlerden birkaçını dinleriz değil mi?"

"Neden olmasın. Dinlersiniz tabii," dedi Şair. Ekrem Bey, "Memnun oldum," dedi. "Evet, sizleri bir-iki defa dinledim. Ama uzaktan... Şimdi bu iki kızın bu akşam bir derdi var, belli. Herhalde bunlar birbirlerine kızmışlar. Ne olduğunu bilmiyorum. Havayı gerip duruyorlar. Hadi bakalım, en iyisi bir şiirle bu gergin havayı yumuşatmak."

"Bence de, bence de," diye onayladı hemen Alev.

Süsen, "Patroncuğum, seni üzdümse özür dilerim," dedi. "Benim hiçbir alıp vereceğim yok Alev Hanım'la ama onu bilmem."

"Benim de," dedi Alev.

Şair, "O zaman mesele yok," deyince, Baki cebinden küçük bir şiir kitabını çıkardı, sayfaları karıştırdı, bir şiiri düzgün, vurgulu bir tonla okumaya koyuldu.

Yusuf, duvarın dibinde, gözü masada, daha çok Süsen'de, bakıp bakıp kararıp duruyordu nice zamandır. Bir heykel gibi olduğu yere öyle çakılıp kalmıştı. Süsen'in, o ilk kadehi kaldırdığında baktığı an, o görüntü çakılıp kalmıştı belleğine. O bakış!.. Ne çok karşılaşmıştı o bakışla; iyi bildiği, kinle, öfkeyle yoğrulmuş o bakışla... İşte yine öyle, yine yalpalayıp duruyor. Şimdi inanıyor artık, kesin olarak inanıyor, Süsen şimdi üç erkeğin arasında kalmış.

Üç erkek... "Patron Ekrem Bey, Şair, bir de ben!" diyor içinden, kızgın bir ses yankılanıyor kulaklarında... "Evet, üç erkekle savaşıyor şimdi. Bir yanı birine gitse öbürü çekiyor. Ama biliyor... Biliyor ki aradığı bunların hiçbiri değil. O başka erkekleri arıyor, ölünceye kadar da arayacak. Önce ölesiye âşık olacağı bir erkek. Evet, ölesiye âşık olacağı... Öyle biri yok zaten. Onu hep arayacak... Evet, uğruna ölüme gidebileceği biri... Bundan sonra iki erkek daha var aradığı. Biri babası, diğeri de ağabeyi. Onları sonsuza kadar arayacak. Çünkü şimdi içinde, yüreğinin derinliğinde aradığı babasıyla ağabeyi o kaybolup giden, babayla ağabeyi değil ki. O yirmi yıl öncesini arıyor. Aradığı, o yılların adamları. Üstelik onları da o günün içinde arıyor; o günleri yaşayacak bir arama onunki. Ama onlar yok artık, yok!.. Bir kere aktı gitti. Geri gelmez. Ama o geri gelmesini istiyor. İmkânsızı istemek onun karakteri. Hep olmayacak, gerçekleşmeyecek hayaller peşinde koştu, koşuyor... Bakalım nereye kadar?" diye geçiriyor içinden. Bu kez öbür şairin, Hüseyin'in ayağa kalktığını, cebinden çıkardığı bir şiiri yüksek sesle okuduğunu görüyor. Zaman ilerliyor, içerisi iyice tenhalaşıyor. Bir zaman sonra nasıl olmuşsa, Süsen'le Alev yer değiştirmişler. Bunu şimdi ayrımsıyor. Süsen'in Şair'e sokulup bir şeyler anlattığını gördü. Alev, Baki'yle konuşuyor; Hüseyin sigarasını emiyor iki dudağının arasında; Ekrem Bey'in kulağı Şair'le konuşan Süsen'de. Işıklar gidiyor, geliyor. Süsen, kalkıp lavaboya gittiğinde, Şair, Yusuf'un aynı noktada dikili olduğunu görüyor.

"Yusuf hep aynı noktada duruyor," dedi, Ekrem Bey'e.

"Evet, orada duruyor, duracak. Onun kabahati var. Yeri orası. Cezası daha bitmedi. O gece, evine iki kopuğu götürdüğü gece kestim cezasını. Süresiz ceza aldı. Ne zaman ki adam olduğunu göreceğim, o zaman bitecek cezası."

"Öyle mi? Ben de merak ediyordum, niye aynı yerde duruyor, diye."

"Evet, bunun için."

"İşi zor."

"Zor olacak. Adam olmalı."

Süsen, o anda geldi yanlarına.

"Ne konuşuyorsunuz öyle fısır fısır?"

"Hiç," dedi Ekrem Bey, "şundan bundan."

Şair, "Artık kalkalım mı?" deyince, "Evet, geç oldu. Kalksak iyi olur," diye yanıtladı Ekrem Bey.

Süsen, "Daha erken değil mi?" diye sordu.

Ekrem Bey, "Değil, değil, geç oldu. Beni yorgunum... Ama isterseniz siz oturabilirsiniz" dedi Şair'e.

"Biz de kalkmak istiyoruz. Yeter artık, arkadaşlar çalışıyor, erken kalkacaklar."

Kalktılar, ağır ağır kapıya yöneldiler. Süsen arkada kaldı; bu fırsattan yararlanan Alev, Şair'e yaklaşıp, "Bana gel sonra," dedi, diğerlerine yöneldi: "Hadi hepinize iyi sabahlar, neredeyse sabah olacak." Baki'nin, Hüseyin'in elini sıktı, döndü, o anda Süsen arkasındaydı, "Ne o kız?.. Ne bu telaşın?" diye sordu.

"Yok canım, ne telaşı?.. Çıkalım artık, geberdim yorgunluktan."

"Sana gelmek istiyorum ben."

"Bana mı?.. Yok, yok!.. Gerçekten yorgunum. Bir de yazık şu Yusuf'a kız. Ne olursa olsun, sonuçta senin kocan o... Akşamdan o duvarın dibinde morarıp durdu, al evine götür bence."

"Tamam, tamam! İstemediğin belli. Kim bilir ne sebeple, bir bilsem?"

"Sebebi yok, istemediğimden değil... Vallaha çok yorgunum; hadi çıkalım, geç oldu."

Onlar barın ortasında konuşurken, Ekrem Bey, şairleri yolcu ediyordu. Yusuf ardındaydı, döndü, "Hadi al karını çık sen de," dedi sert bir tonda.

Süsen duydu, çantasını alıp Yusuf'a doğru yürüdü:

"Dikilip durma öyle! Taksi çağır! Geberdim yorgunluktan."

Yusuf kapıya yöneldi, o önde, Süsen arkada, çıktılar. Onların taksiye binip de uzaklaşmalarının ardından Alev çıktı. Acele etmiyordu. Şair'in yürüyerek evine gideceğini biliyordu. O da taksiye binip şoföre ağır ağır gitmesini söylediğinde, Şair arkadaşlarından ayrılmış yürüyordu. Yanında aracın durduğunu fark ettiğinde, o anda içinden Alev geçti, döndü, taksinin camı indi.

"Hadi bin!"

Öylesine, hoş bir bakışla gülümseyerek seslenen Alev'di. Ne yapacağını bilemeyen, kararsız dikilip duran Şair'e bir kez daha, "Gel hadi! Ne bekliyorsun, birlikte kahvaltı yaparız bende," dediğinde bindi; Alev sokuldu, taksi hareket etti. Yavaş yavaş hava aydınlanıyor, şehir, ağır bir uykuda, sağa sola dönüp de bir türlü gözlerini açamayan tembel bir canlı gibi deviniyordu.

29

Şimdiki zamanda bir gün: Serap cezaevinde, görüşte

Serap, uzun süre cezaevinin önünde bekledikten sonra sıra ona da geldi, tedirgin bir havada girdi içeri. Nahit'in mahkemeden aldırttığı vasilik kararı cezaevi müdürlüğüne iki hafta önce ulaşmış, böylece Serap görüşe gelebilmişti. Aslında vasilik kararı Nahit'in, arkadaşlarıyla uzun tartışmalar sonucu almış olduğu bir kararın sonucuydu. Sıraya girmişti; eğer bu günlerde ölüm oruçlarına dönüşen açlık grevleri bir sonuç vermezse, Nahit de açlık grevine başlayacaktı. Serap bu haberi aldığında donup kalmıştı. O, Nahit'le coşkulu sohbetlere alışmıştı. Ağız dolusu gülmelere, onunla baş başa, onun, ailesinin yaşamına dair derin sohbetlere... Ne çok seviyordu onunla böyle uzun uzun, baş başa kalışları. Gözaltına alınmadan önce kaç kez Kahraman Sokağı'nda tek başına yürümüş, atölyeden içeri girdiğinde işçilerin o şaşkın, utanan, gözlerini ânında kaçıran halleriyle karşılaşmıştı. Sonra Nahit'in yanına, tezgâhın kıyısına çöküp de usul usul sohbete koyulduklarında, işçiler, bu iki sevgilinin (her ne kadar Nahit inkâr etse de onlar artık bu gözle bakıyorlardı Nahit'le Serap'a) konuşmalarını, bu sessiz sohbetlerini bölmemek için özen gösteriyor, onlar da sessizliğe gömülüyorlardı. Böyle zamanlarda çoğunluk çekiç seslerinden başka ses duyulmazdı atölyede. Arada kalfaların çıraklara her zamanki davranışlarının, bağırıp çağırmalarının, sert ünlemlerle bir şeyler istemelerinin tersine neredeyse zor duyulur bir sesle, alet edevat istemeleri dışında sessiz olurdu atölye.

İşte böylesi günleri art arda yaşadılar. Serap, tezgâhın başında Nahit'le saatlerce sohbet etmeyi, işin üretimini, zaman zaman patronla Usta'nın çekişmeli, inatçı tartışmalarını seviyordu. Hele Nahit'in bir çırağı vardı ki, adı Hamido'ydu, onun saf, temiz yüzüne, bir hoş bakan kara gözlerine baktığında uzaklara gidiyordu. Bunları düşünüyordu, çocuk işçileri, kara gözlüleri... Ne çoktular buralarda; ayakkabı tezgâhlarında, torna başlarında, araba tamirhanelerinde, marangozlarda... Aslında onun da adı Nahit'ti. İşte hem kalfasının hem de çırağının adı aynı olunca, karışıklığı önlemek için çırağın adını değiştirip ona, o ünlü eşkıyanın adını koymuşlardı: Hamido!.. Nahit'le o her şeyi unutarak derin sohbete daldıklarında Hamido'nun gözleri hep üzerlerinde olurdu. Serap'ın gözleriyle karşılaştığında sıcak, sevecen bir bakışla gülümsüyordu. Serap, sarılıp öptüğünde, o farklı kokusu başını döndürüyordu Hamido'nun. Kimseye söylemiyordu ama en çok bu sarılmaları seviyordu. Her seferinde kızarıyordu. Serap gittikten sonra, atölyedekiler bunu fark edecekler, sonra dalga geçecekler, diye ödü kopuyordu. İşte bu atölyede, örgüt, güncel olaylar, siyasi düşünceler hep sohbet dışı kalırdı. Ancak akşam olup da çıktıklarında, dışarıda, bir çayevinde, bir parkta, yolda yürüyüşlerde özel yaşamlarına ilişkin sohbetlerin yanına örgüte ilişkin meseleleri tartışmak da ekleniyordu. Daha sonra bir kez de Nahit'in evine gittiler. Nahit, annesiyle, Gülcan'la tanıştırdı Serap'ı. Birlikte yemek yediler, sohbet ettiler. Gülcan'la hemen ısındılar, sevdiler birbirlerini.

Onca birlikteliklerinde, duygularına dair tek söz etmediler. Yok muydu böyle bir duygu? Tam da o gençlik çağında bir erkekle bir kız için aşktan, sevdadan söz edilemez miydi?.. Elbette edilebilirdi... Daha ilk karşılaştıklarında duyumsadıkları yakınlığa, sonrasında sürekli birlikte olmayı istemelerine, o uzun, doymak bilmedikleri sohbetlerine bakacak olursanız böyle bir duygudan, ilişkiden rahatça söz edilebilirdi. Bunu, böyle bir ilişkiyi, birbirlerine bakışlarındaki anlamı, sevgiyi, biraz da onları böyle görmek istedikleri için, en çok atölyedeki işçiler yakıştırıyordu. Bunun içindir ki onlara iki sevgili gözüyle bakıyorlardı. O bir günlüğüne Nahitlerde misafir kaldığında Gülcan da ayrımsadı bunu. Her ne kadar sonraları Nahit inkâr etse de Gülcan'a göre bal gibi bu ikisi birbirine sevdalıydı. O da, hatta örgütten kimi arkadaşları da böyle düşünüyordu ama onlar sevdanın, sevmenin, âşık olmanın sözünü bile etmiyorlardı. Etmiyorlardı, çünkü bu günler sevdadan, aşktan söz edilecek günler değildi. Yoldaşlarının cezaevlerinde ölüme yattığı günlerdi yaşanan günler. Açlık grevleri birçok cezaevinde ölüm oruçlarına çevrilmişti. Nahit'in tutuklanmasından önce de sohbetleri hep cezaevinden gelen haberlere ilişkindi. Ne olacaktı? İstekler kabul edilecek miydi, yoksa geçmişte çok kez yaşandığı gibi yine ölümler mi başlayacaktı? İç karartan, sevgiye dair, aşka dair her duygunun önünü kesen sorulardı bu sorular. Bu nedenle her konuşmanın başı da sonu da bu minvalde sürmüş, işte sonunda Nahit de tutuklanmıştı.

Şimdi Nahit sıradaydı. Ne olacağı belli mi? Belki o da başlar, o da ölüme çevirirdi eylemi. Ölüm!.. Ne çok dillerde dolanan bir sözdü şimdi! Yat, kalk ölüm! Gece gündüz ölüm! Nereye kadar? Kim sorumlusu? Vicdanlar nerede?.. Biliyordu, bunun değiştirilmesi, bundan vazgeçilmesi tartışılmazdı. Ancak bu aşamadan sonra neler yapılacaktı, yalnızca bunlar konuşulup kararlaştırılabilirdi.

Açlık grevinin ardından çoğunluk eylem ölüm orucuna çevrilir, bundan sonra da, ölümün gerçekleşme olasılığına göre tutuklu hastaneye kaldırılırdı. Tabii ki ölüm kimsenin kabulleneceği bir olgu değildi. Özellikle hastaneler ölüm orucundaki tutuklunun caydırılma koşullarına en uygun ortamdı. Koğuşundan, örgüt arkadaşlarından, cezaevi ortamından uzaklaşıp bir odada yalnız kalan, son günlerini yaşayan tutukluyu ikna etmek daha kolaydı. Bu nedenle savcısından doktoruna, hastane yönetiminden davayı desteklemeyen aile bireylerine, anneye, babaya, amcalara, dışarıdaki ilgisiz akrabalara kadar herkes, o aşamada tutukluya tedaviyi kabul etmesi, ölüm orucundan vazgeçmesi için baskı yapardı. Kimileri zorla tedavi edilmişti. Bilincini yitirmiş mahkûma bu aşamada müdahale edilmesi, tedavi edilmesi, kısaca bu noktadan geriye dönüş, neredeyse yüzde yüze varan oranda sakatlıkla sonuçlanırdı. Bu sonuç herkesin bildiği bir durumdu. Bu durumdaki mahkûmların çok azı sağlığına kavuşmuştu. Çoğunluğu bu müdahalenin sonucunda, geçmişini anımsamıyor, felç olmuş, bitkisel bir hayat sürüyordu. Böyle bir sonu doğaldır ki hiçbiri yaşamak istemiyordu. Ölüm orucunun bu aşaması geri dönülmez bir noktaydı tutuklular için, dönmüyorlardı. Ama hastanelerde bu çalışmanın yoğun biçimde sürdüğünü de biliyorlardı. Son aşamada da olsa bundan sonrası, bilinçsiz, geçmişi silinmiş, kimliksiz bir yaşam da olsa, doktorlar her şeye rağmen tutuklunun yaşamasını sağlamaya çalışıyorlardı. Onlar müdahale edip yaşatmayı, böyle bir yaşamı istemeyen tutuklu da müdahaleyi önlemenin olanaklarını arıyordu. Müdahale, eğer tutuklu yalnızsa, o anda engellenmiyorsa daha da kolay yapılabilirdi.

Tutukluların büyük çoğunluğu mücadeleyi, istediklerini elde etmek için sonuna kadar götürmeye kararlıydı. Kimi ailelerin hastane aşamasında dayanamayacakları, çocuklarını ölümden kurtarmak için savcıyla, doktorlarla işbirliği yapacakları kaygısı vardı. Bu durum geçmişte, ölüm oruçları sürecinde yaşanmıştı. Bir çözüm bulmaları gerekiyordu. Avukatların önerisiyle çözümü yasal vasinin atanmasında bulmuşlardı. Bunun için davaya inanmış, yapılacak müdahaleleri engelleyecek, tutukluyu koruyacak güçte, kararlılıkta yasal yetkisi olan bir vasi gerekiyordu. O da dışarıdan, en yakın arkadaşlarından biri olabilirdi, uzunca bir zamandır onlar da bu yolu deniyorlardı. Nahit de kendini yavaş yavaş açlık grevine hazırlıyordu. Böyle bir sürece doğru evrilirse Gülcan'ın o toyluğuyla, o duygusallığıyla buna dayanamayacağını biliyordu. Geriye ailesinden kimse kalmıyordu. Ailesinin dışında, aynı siyasi yapıdan yoldaşlarını düşündüğünde de aklına ilk gelen Serap olmuştu. Onunla eylemin doğru, düşündüğü gibi gideceğine inanıyordu. Koğuş arkadaşlarına konuyu açmış, tartışmış, doğru seçimin Serap olacağını onlar da onaylamıştı. Karar Serap'a bir örgüt temsilcisi tarafından bildirilmişti. Serap için bu kararı onaylamak kolay olmamıştı tabii. Düşünmek için zaman istemiş, kararsız günlerinde Nahit'ten aldığı bir mektup, onu o gece, sonraki gün uykusuz, ne yapacağını bilmez bir hale sokmuştu. Ama sonunda kararını bildirmiş, Nahit'in vasisi, mahkeme kararıyla Serap olmuştu.

İşte bu karardan sonra, vasisi olduğu Nahit'le görüşmeye başlamış, bugün, şu an da bir saate yakın zamandır konuşuyorlardı. Bir-iki gün içinde Nahit de başlayacaktı açlık grevine. Ölüm orucuna dönüşüp dönüşmeyeceği henüz belli değildi. Ama Serap'ın içinden bir ses, eğer açlık grevinden bir sonuç alınmazsa Nahit'in de sonuna kadar gideceğini söylüyordu. Art arda gelen ölüm haberlerini düşündükçe o küçücük serçe yüreği sıkışıyordu. Çok üzülüyordu ama biliyordu ki alınan bu karardan da hiçbiri geri dönmeyecekti. Bunu biliyordu, bunun için tedirgindi, kaç gecedir uykusuzdu, bütün yoldaşları gibi o da uyuyamıyordu. Bu işin sonu nereye varacaktı? Neydi bu böyle? Neden iktidar bu kadar duyarsızdı? Onların da çocukları, anneleri, bacıları yok muydu? Göz göre göre ölüme gidiyordu tutuklular. Bütün basın, aydınlar, yazarlar şairler, sendikalar, muhalif partiler ayaktaydı. Büyük kentlerde sabah akşam büyük kalabalıkların başlattığı yürüyüşler vardı. Caddelerde sloganlarla, öfkeyle binlerce insan yürüyordu; duyan yoktu. İşte "üç maymun"u oynamak tam da buydu. En büyük oyuncu da iktidardı. Görmüyor, duymuyor, işitmiyordu. İşte dayanılmayan buydu. Bunun için gözlerinin açık olduğu her saat, bütün yoldaşlarının olduğu gibi onun da öfkesi hep ayaktaydı.

Konuşuyorlardı karşılıklı; Serap, Nahit'i, gelecek günleri düşünüyordu. Ya düşündüğü gibi olursa? Sonunda hastaneye kaldırılırsa? Orada, o ortamda bu sorumluluğu yerine getirebilecek miydi? O gücü kendinde bulabilecek miydi?

Nahit her sözcüğün üstüne basa basa, düşüncesini Serap'a doğru anlatabilmek için ağır ağır konuşuyordu. Serap'ın gözleri o her zaman kundura kalıbını sıkı sıkı tutan Nahit'in ellerine takılıp kalmıştı. Şimdi orada olmalıydı, tezgâhın başında, yığılı kunduraların arasında... Çaycı, "Çaylar taze!" deyip dalmalıydı içeri, sormadan iki tavşankanı çayı koymalıydı önlerine. Avucunun içinde sıcaklık, atölyedeki o ilaç, deri, ter kokusu karışmalıydı soluklarına. O uğultunun, o sesin içindeki sessizliğin içinde ona bakarken yudumlamalıydı çayını. Hamido!.. Saçlarını okşamalıydı o kara gözlü oğlanın... Orada!.. Öyle dalıp gitmişti ki, etraftaki gürültünün, görüş günü heyecanının, konuşmaların, bağrış çağrışın ayrımında değildi. Nahit, "... İşte iyi oldu," dediğinde sanki düşten uyandı. "Hadi, görüş zamanı doluyor. Kalkmam gerekiyor. Bize git, demin söylediğim gibi, anneme bundan söz etme. Ama

Gülcan'a söyle, bilsin. Ailede birinin bilmesi iyi olur. Kim bilir, bakarsın abim buralarda olur, denk gelir, onun da bilmesinde yarar var. Bir tek annem bilmesin."

"Duyacaklar, abinin de haberi olacak, en azından basından duyacak," dedi Serap.

"Evet, haklısın, duyacak, görecek... Kim bilir ne düşünecek?"

"Bilmiyorum... Bu gibi olayda, hayat söz konusu olduğunda yakınlarımızın nasıl davranacağı önceden kestirilmez... Bak bana!.. Hâlâ düşte gibiyim. İçeride olanlar, ölüme yatanlar, bu karmaşa, kaos inanılır gibi değil. Bir kötü düş gibi. Onun için zaman zaman bir karabasan olarak algılıyorum yaşananları. Burnumuzun dibinde yoldaşlarımız adım adım ölüme yaklaşıyor. İşte bu kabul edilir bir şey değil. Yoksa mücadele etmek, kavganın içinde olmak anlaşılır bir şey. Hatta hayatı anlamlı kılan, hayata denk düşen bir eylem biçimi... Ama işte ölüm!.. Bunu kimsenin onaylayacağını sanmıyorum. Buna rağmen yaşanıyor. Hayat, kavga getirip dayatıyor."

"Bir yol seçtik kendimize Serap. Kolay olmadı. Bu yolda şimdi kararlı bir biçimde ilerliyoruz. Bu aşamada sonuçlarını ancak, zafer boyutuyla, elde edilecek kazanımlar boyutuyla konuşmalıyız. Bunun ötesine bakmamamız gerekiyor. Eğer kaybedilecek yanını, bu ister ölüm olsun, ister sakat kalma veya buna benzer kayıplar... nereye varırsa varsın, yalnızca bu yönünü görecek olursak daha baştan kaybetmiş oluruz... Arkadaşlar da bana, benim başlamama karşı çıkıyorlar. Benim yeni olduğumu, daha pişmem gerektiğini düşünüyor, engellemeye çalışıyorlar. Ama ben bir karar verdim. Bunu açıkladım. Bu kavgamın, bu kararlılığımın daha başında söyleneni yapıp vazgeçersem, bundan sonrası, hayatım boyu hep böyle gider. Kararlılık önemli. Bu mücadelede şimdilik en büyük silahımız açlık grevleri. Başladığımız gibi yol almalıyız. Yoksa iktidarın istediği noktaya çok çabuk geliriz. Sonra bizi kimse, öncelikle kitleler dikkate almaz. Yani demin de söylediğim gibi baştan kaybetmiş oluruz... Sen şimdi bunları düşünme. Mücadeleden zaferle çıkacağımızı, bize dayatılanı, F Tipi'ni kabul etmeyeceğimizi, sonunda mutlaka kazanacağımızı, o günleri düşün. Salt bunu!.. O günleri! Tutsak olmadan, dışarıda, özgürce tartışacağız... Bu mücadelenin onurunu bir yaşam boyu taşıyacağız. Mücadelemizin, verilen kavganın yalnızca bu yanına bak."

Nahit son sözünü söyledikten sonra oturduğu sandalyeden kalktı, kararlılığını, inancını, başladığı bu savaşımı sonuna kadar götüreceğini Serap onun gözlerinde, bakışlarında gördü. İçinden, "Buna hazırlan!" diye geçirdi, bu duyguyla, içinde, yüreğinde bir eziklığin, bir burulmanın hissiyle Nahit'e, "Hoşça kal," dedi.

"Güle güle," diye karşıladı Nahit, döndü, yürüdü, bir kapıdan girdi, kayboldu. Serap, o yokken bile onun gidişini, yürüyüş biçimini, boyunu, ellerini görüyordu... İşte tam bunların içinde aklına Nahit'in ailesi geldi, onları, o iki kız kardeşi düşündü.

30

Şimdiki zamanda bir akşam: Süsen'le Gülcan'ın gözyaşları Nahit için

Gülcan, Süsen'in evinde bir divanın kıyısına ilişmiş, Nahit'in açlık grevini anlatırken, Süsen önce anlatılanlara inanmadı. Bütün şaşkınlığını iki dizini döverek ortaya koydu. Gözyaşları ne zaman pınar olup akmaya koyuldu, onu da anlamadı. Bir süre uğraştı akan sularla. Elinin tersiyle, kolunun yeniyle silmeye çalıştı, sonra bıraktı peşini; ince bir çizgiye dönüşmüş gözyaşları başını alıp burun kanatlarından aşağıya doğru akıp gitti.

"Nasıl yani?.. Kaç gün olmuş kaç? O günden bugüne yemek yememiş mi? Neden?.. Açlık grevi, ölüm orucu ne?.. Neden bunu yapıyor? Aklını mı kaybetmiş? Anlamıyorum... Niye annemi düşünmüyor, bizleri düşünmüyor? Hapse düşmesi yetmezmiş gibi bir de bu... Olacak şey değil bacı, olacak şey! İnanamıyorum..."

Süsen, bu soruları art arda sıralarken, aynı zamanda aklının bir yanında da birkaç görüntü daha dolaşıp duruyordu. Rüyada gibiydi. Doğru muydu duydukları? Olamazdı. Bir yanlışlık vardı. Biraz sonra bütün bunların bir rüya olduğunu öğrenecekti. Evet, evet, rüya!.. Ya da bir başka şey olacak... Örneğin Nahit'in şaka yaptığını, yine bir oyun oynadığını öğrenecek, rahatlayacaktı. Olur mu canım? Durduk yerde insan canını böyle yok yere ortaya koyar mı? Pazarda mı bulmuştu canını ki gidip öyle bedavaya harcasın? Olamazdı, yanlışlık vardı. Bu bir rüyaydı; az sonra uyanacak, gerçek olmadığını öğrenecekti... Böyle düşünmesine rağmen yine de ölüm korkusu arada onu yokluyor, o anda ürperiyor ama hemen bundan kurtulmak için başka şeyler düşünmeye yöneliyordu. Aklında dönüp dolaşanların birisi de Zahit abisiydi. O da kaşlarını çatmış, ters ters bakıp duruyordu. Nasıl da yakışıklıydı adı güzel abisi, Zahit!.. Adı güzel abisi!.. İşte yine kızmıştı, ters ters bakıp duruyordu. Bundan da kurtulmalıydı... Sonra babası, nice zamandır görmediği annesi, Yusuf, bir de Şair... Gülcan'ı dinlerken hayatının ortasında duran, onu hep meşgul eden, üzen, sevindiren bu insanlar takılıp kalmıştı aklının bir yanına. Yalnızca birisi farklı bir duyguyu yaşamasına, yüreğinin sızlamasına neden oluyordu. O böyle algılıyordu: "Yüreğim sızlıyor," diyordu içinden. Şair!.. Son zamanlarda onunla pek görüşemiyordu. Arada bir geliyordu bara. Alev ondan pek söz etmiyordu. Ona anlatılmayan, saklanan bir ilişkinin, yaşanan farklı şeylerin olduğunu düşünüyor, üzülüyordu. Hatta: "Canı yanıyordu!" İşin en kötüsü, bütün bunların karşısında duyduğu çaresizlikti. Ne oluyordu? Alev'le sevgili mi oldular? Kendisinden habersiz Alev'in evinde mi buluşuyorlardı? Alev'e, "Şair'i görüyor musun, hiç ortalıklarda yok," diye sorduğunda, "Ne bileyim ben!.. Ben de bilmiyorum, haberim yok," diyordu. Yanıtlarken gözlerini kaçırıyor, ardından sorular gelecek korkusuyla bir bahane bulup Süsen'den uzaklaşıyordu. İşte onu çıldırtan buydu. Ne olup bittiğini öğrenmeliydi. Şair neden bardan ayağını kesti? Ne yapıyor şimdi? Bir yolunu bulup öğrenmeliydi.

Bu karmaşık duyguların içinde, bir yanı rahatsızdı, "Ne yapıyorum ben?" diye geçirdi içinden. Gülcan, Nahit'i anlatırken böylesine kendiyle ilgili düşlere dalmasından utandı, rengi değişti, kendine kızdı; içinden, "Allah seni öldürsün Süsen! Çarpsın seni!.. Ne yapıyorsun sen böyle? Orada gardaşın, dört duvarın ardından belki de sağ çıkmayacak. Sen neler düşünüyorsun böyle? Ne oldu sana? Niye bu hale geldin?.. Biz niye bu hale geldik abi?.. Zahit abi söyle!.. Niye seni dinlemedim, söyle!.. Baba neredesin?"

Bir anda hüngür hüngür ağlamaya başladı; sarsılıyordu. Gülcan sarıldı.

"Abla ağlama, dur! Daha ne olacağı belli değil. Belki vazgeçecek... Belki de hükümet istediklerini kabul edecek, vazgeçecekler! Daha zaman var. Gün doğmadan neler doğar... Baksana bütün insanlar ayakta. Yürüyüşler yapılıyor, hükümetle görüşüyorlar. Nereye kadar ölümler görmezlikten gelinecek? Bu işin bitmesi için ilgili olan, sözü geçen herkes elinden geleni yapıyor, çaba harcıyor."

"Neden yapıyor?.. Benim aklım almıyor... Babam yok, abim yok!.. Böyle günde!.. Neden?.. Onlar olsaydı bari gidip konuşurlardı. Belki de o zaman vazgeçerdi bacı. Kim bilir? Abimiz... Zahit... Onu dinlerdi. Ne çok özledim onu bir bilsen!"

"Ben de özledim, ben de... Annem hep gizli gizli ağlıyor. Bana göstermiyor gözyaşlarını ama biliyorum, çok ağlıyor. Bir de sana bir sır vereyim abla... Ama sakın kimseye söyleme!"

"Sır mı? Abimle mi ilgili?"

"Evet, abimle."

"Ne olmuş?"

"Abim ara ara buraya geliyor. Haber aldım. Bana da birisi söyledi. Onunla haber göndermiş. Buraya geliyormuş. Çok şeyden haberliymiş. Belki bir gün beni görecek... Fırsat bulursa beni görecek."

"Ona de!.. Görürsen ona de vazgeçsin, gelsin evine. Eski günlerdeki, o güzel günlerdeki gibi... Eve gelsin! Ona de! O bilir, o halleder her şeyi... Belki babamı da bulup getirir. Nahit'i vazgeçirir aç kalmaktan. Aç kalmak olur mu? Eve toplar herkesi! Toplar!.. Bir ben hariç!.. Beni istemez... Biliyorum, istemez beni!"

"Neden istemesin abla?.. O iyi yüreklidir. Abim hepimizi sever. İster seni... Affeder, ister... Ne var ki Yusuf'u biraz zor... Onu istemez belki."

"Boyu devrilsin Yusuf'un!.. Kahrolsun!.. Gebersin kavat! Ömrümü yedi! Benim hayatımı ne hale soktu şerefsiz!.. Kimseye görünecek yüzü yok..."

"Geçer, hepsi geçer..."

"Nahit'i nasıl özledim bilmezsin. Aha şuram sızlıyor. Hepsini çok özledim, annemi, babamı! Ne olacak benim sonum Gülcan?"

"Dur bakalım abla... Derler ki zaman her derdin ilacıdır. Zamana bırakalım."

"Nahit'i gidip göremez miyim?"

"Bilmiyorum... Şimdi orası çok karışık... Artık görüşler yalnız avukatlarla, dışarıdan gelen yazarlarla, gazetecilerle yapılıyor. Zor biraz... Hele bekle biraz daha. Belki anlaşma olacak, düzelecek, o zaman birlikte gideriz ziyaretine."

"Bana kızıyor, değil mi? Belki de görmek istemez."

"O senin gibi yaşamı olan kadınlara farklı bakıyor. İkisi de öyle. Onlar Yusuf değil ki. Onlar yaşadığınız bu hayattan seni, senin gibi olanları sorumlu tutmuyor ki! Onların derdi, böyle bir hayata seni, diğer insanları, yani kötü hayata sürükleyen, bu koşulları yaratan sistemle... Neyse, sen şimdi bunları da kafana takma... Bu nedenle sandığın gibi sana kızgın değiller... Bunu anlatmak zor ama böyle... Öyle bakıp durma yüzüme! Doğru söylüyorum. Sen artık sadece sana öfkeli olmadıklarını bil, yeter. Merak etme. Dediğim gibi koşullar olursa abimi ziyarete gidersin. Göreceksin, korktuğun gibi bir durumla karşılaşmayacaksın."

"Ben yalnız gidemem. Hem o yolları... Nasıl gidilir bilmem ki. Birlikte gideriz."

"Olur... Birlikte gideriz."

Süsen kalktı yerinden, Gülcan'a sarıldı. Yine gözyaşlarına sahip olamadı. Onca gözyaşlarının ardında, onca insanın, onca olayın ardında, uzakta bir yerde o vardı, Şair! Onun yanında Alev! Bu görüntüyü uzaklaştırmak istedi usundan, Gülcan'i yanaklarından öptü.

"İyi ki geldin bacı. Benim güzel bacım, iyi ki geldin. Gönlüm ferahladı, sağ ol!"

Yine sıkıca sarıldı, gözünden öptü. Gülcan'ın da gözleri doldu.

"Evet, artık sık sık geleceğim abla. Birbirimize sahip çıkma zamanı. Daha çok görüşmeliyiz."

Sustu. Öyle sarılmış halde kaldılar. Hava kararıyordu. Şehrin isi, karanlığı bir başka atmosfere, bir başka görüntüye dönüşüyordu. Süsen şimdi bir tek onları düşünüyordu, Şair'le Alev'i.

31

Şimdiki zamanda bir akşam: Küçüğüm! Ölüme yattı, ölüme!

Bu akşamı, bu yemeği, burada toplanmayı nasıl da zorlayarak gerçekleştirmişti, bir o biliyordu. Nice zamandır bir araya gelmemişlerdi. Kaç gündür bu planı kuruyordu. Göremiyordu onu, Şair'i. Özlemişti eski günleri. Ağız dolusu gülmeleri, gece yarısında başlayıp sabaha kadar süren sohbetleri, geçmişi unutmayı, kaybolup gitmeyi...

Israr etti, dönüp dolaşıp aynı konuyu açtı, sonunda Ekrem Bey'i razı etti. Ona, "Bir akşam, hafta ortası bir gün erken çıkıp Şair'i de alıp benim evime gidelim patroncuğum," dedi. Sarıldı boynuna koltuğuna yaslanmış Ekrem Bey'in. "Yoruldum," diye sürdürdü, "bir soluk almak istiyorum. Hep beraber, Alev'i de alırız tabii. O gün ben gündüzden hazırlık yaparım. Yemek hazırlarım, meze falan... Şöyle bir gece de kendi çöplüğümüzde sabahlayalım... N'olur hayır deme! Hadi! Senin de ihtiyacın var. Hem kaç gündür bana gelmedin. Bende hiç kalmadın... Saçlarımı artık okşamaz oldun. Hayır, deme!.. Bana ne, o gün de erken kapat dükkânı. Bir gün... Ne olacak? Zarar mı edersin? Çocuklar da, garsonlar, azıcık dinlensinler... Hayır mı diyorsun?.. Neden başını salladın öyle?.. Hadi, beni kırma!.. Zaten Yusuf kavatı canımı çıkarıyor. Ne yapacağım ben onunla? Ha?.. Ne yapacağım?.. Ömrüm bu yollarda mı tükenecek?.. Nereden nereye geldim. Sen de eskisi gibi değilsin. Evet, öyle... Değiştin. Herkes değişti. Şair bile eski Şair değil. O da uzaklaştı benden. Evine çağırmıyor artık eskisi gibi. Hepiniz bilerek, isteyerek beni bu kavatla bir başıma bıraktınız. Bilerek planladınız!.. Yok, kendi aranızda toplanıp da yapmadınız tabii. Ama işte, onun gibi bir şey işte... Bu kavat son zamanlarda kuruyu artırdı. Nereden bulur bilmem. Şu götten bacaklı, hani şu Aydınlı Zehra mı sağlıyor buna bilmem, artırdı. Soruyorum, söylemiyor. Artırdı... Çekip çekip canımı çıkarıyor. O karıyla aralarında bir şey var. Buna veriyor mu, ne?.. Kimse yüzüne bakmaz onun bundan, hayâsızdan başka. Bir baksa baksa bu... Hele bir de kuru tedarik ediyorsa, istediği yerde üstüne çıkar. Ben bilmez miyim malımı? Önceleri böyle değildi, ilk zamanlar... Amaan sen de! Bendeki derde bak. Önceleri mi kaldı? Hiçbiri kalmadı patron, hiçbiri!.. Her şey bozuldu. İnsanlar bozuldu. Soysuzlaştı, kaltak oldu insanlar! Bak Şair'e... O bile değişti. Bu Alev inkâr ediyor ama bence yalan söylüyor. Şair'i çoktan attı yatağa. Yapmaz mı?.. Hadi canım sen de! Daha ilk günden planlıyordu bunu. Benden istedi Şair'i... Ona ayarlamamı istedi. Ben kendi elimle götürdüm Şair'e. Ama hâlâ inkâr ediyor. İkisi de... Şair'e sordum, doğru düzgün söylemedi. Yokmuş... Ciddi bir ilişki değilmiş onlarınki. Ciddisi nasıl olurmuş kuzum?.. Yatmanın, sikişmenin ciddisi middisi mi olurmuş?.. Kızgın mıyım?.. Kime?.. Şair'e mi?.. Yok, yok! Niye kızgın olayım?.. İşte, arada oturuyorduk, bir-iki sohbet, bir-iki şiir bize moral oluyordu. Onu kaybettik. Arkadaşları da gelmiyor artık. Eski güzellikleri... Buna kızıyorum... Yoksa bana ne?.. İster düzüşsünler, ister ne yaparlarsa yapsınlar. Benim derdim o eski günler. Seninle, onlarla... Ben böyle böyle nefes alıyorum. Yoksa bu Yusuf kavatı beni öldürecek!

Sen bilirsin onu. Ben ne yapacağım? Nereye kadar gidecek bu böyle? Sabır mı edeyim? Sabır mı kaldı bende, hayat mı?.. Kardeşim düştü içeriye, Nahit, küçüğüm... O da kalkmış cezaevinde açlık grevi mi ne, ona başlamış. Küçüğüm! Ölüme yattı, ölüme! Ölünceye kadar yalnız su... su içecekmiş, başka yemeyecek. Ben ne yapacağım? Hangi birini çekeceğim?.. Bir de kalkıp eğlence mi tertip ediyorum?.. Ne eğlencesi? Benim evimde bir akşam, belki Şair'le bunları da konuşuruz. O akıllı adamdır, bana bir yol çizer. Benim evimde oturup bir akşam yemek yiyeceğiz. Bir kadeh bir şey içeceğiz, o kadar. Çalıp oynayacak değiliz ya!.. Bir tek bu Yusuf kavatını bir yere göndersen? O olursa, burnumdan getirecek... Ne yapacaksın ne? Bar açık mı kalacak? Haa!.. Tamam, iyi olur. İşin başında kalsın. Onu da o götten bacaklı Aydınlıyla baş başa bırakalım. Yalnız bak, uyar!.. O şimdi barda kurunun dibini bulur... Tabii... Başımıza dert olur... Sağ ol be patron! Sen güzel bir adamsın, hep söylerim bunu. Hep söylerim, hem güzel hem de iyi adamsın. Dur seni bir öpeyim... Sarılacağım... Bir de şuna, küçük Ekrem'e bakayım! Hah, hah!.. Dur, dur! O okşanmayı sever, dur!.. Ee, tamam, tamam, bıraktım! Âlemsin vallaha!.. İyi adamsın be! İyi ki sen varsın. İyi ki senin yanında çalışıyorum. Yoksa ben ne yapardım? Sağ ol patroncuğum, sağ ol! Yarına hazırlıyorum. Yarın akşam... Ben Şair'le Alev'i ayarlarım, tamam mı? Hadi şimdi kalkayım, iş başladı, ördekler yavaş yavaş düşmeye başlar. Ben çıkayım şimdi. Bakalım bugün neler göreceğiz, neler yaşayacağız, bakalım..."

32

Şimdiki zamanda bir gece: Hayalleri başka, hayatları başka olan yitikler

Süsen o geceye yeniden bir şeylere başlamanın heyecanıyla hazırlandı. Bütün gün mutfaktan çıkmadı. Çeşit çeşit meze hazırladı. Yemekleri, salataları, her şeyi bir güzel akşam için, gecenin güzelleşmesi için özenle yaptı. Evi temizledi, camları sildi. Yusuf, öğlene kadar evde kaldı, arada ona yardım etmek istediyse de, Süsen geri çevirdi, kabul etmedi yardımını.

İşte akşam olmuştu. Şen Mahalle'ye iki adım ötede, bu küçük dairesinde, şimdi yavaş yavaş karanlığın bastırdığı bu saatte onları, arkadaşlarını, patronunu bekliyordu. Evine, mutfağa bir kez daha göz gezdirdi, her şey hazırdı. Yusuf çıkıp gitmişti. Şimdi yalnızdı, onu düşünüyordu, Şair'i. Ne yapıyordu şimdi? Onunla mıydı? Birlikte mi geleceklerdi? Belki de birlikte gitmişlerdi bara, oradan patronun arabasıyla geleceklerdi. Ne oldu ki birden öyle uzaklaştı? Bunları düşünürken pencereye yaklaştı, karanlığın ardındaki Şenlik Mahallesi'ni düşledi. Kim bilir bu saate, şimdi nasıl da canlıydı. Şu anda sokaklarında tanıdığı yüzler vardı... Onlar!.. Görmek istediği, özledikleri!.. Camın ardında, karanlığın yüzleriydi şimdi onlar... Telaşsız, heyecansız evinin yolunu tutan eski bir üzüm işçisi, kahvede pineklemiş, evine gidip gitmemek konusunda kararsızlık yaşayan bir işsiz adam, patronunun askıntılık hallerinden bıkıp usanmış, "Ne olacak canım, bugün de biraz geç gitsem batacak mı pezevenk!" deyip ağırdan alan birahane çalışanı bir kadın... Balkona pineklemiş, sevdiğinin işten dönüşünü bekleyen bir yeni sevdalı... Onlar!.. İçinde eski bir yara gibi saklı duranlar!.. Ya annesi?.. Gülcan?.. Onlar ne yapıyordu şimdi? Gülcan ya odasında ders çalışıyor ya da sevdiği dizilerden birini izliyordu. Annesi mutfakla oda arasında dalgın, çoğu içinden konuşup duruyordu yitikleriyle... Yitikleri!.. Yola çıkışları, hayalleri başka, hayatları başka olan yitikler! Keşke gidebilseydi!.. Tren yolunu geçip o mahalleye gidebilseydi. Sanki üzümden geliyormuş gibi durup sağda solda, kaldırımlarda oturanlarla konuşsaydı, hal hatır sorsaydı. Şimdi orada, o yolların havasının, işe gidenlerle, gelenlerle yaşayan canlı havasının, o ânın içinden geçseydi. Ağır adımlarla, apartmanın alt katındaki daireye, çantasından çıkardığı anahtarıyla kapıyı açıp girseydi. Annesi mutfaktan, "Süsen!.. Geldin mi kızım?" diye seslenseydi. Yanıt vermeden gidip annesine sarılsaydı. "Evet, geldim anne! Geldim, artık hiç gitmeyeceğim!" deseydi. Annesine!.. O saçları ağarmış, yaşlanmış annesine sarılsaydı. Sabun kokulu saçlarını koklayıp öyle kalsaydı. Hiç ayrılmasaydı ondan. Kokuyu sindire sindire içine çekseydi...

Kapının zili çaldı. Yüreği çırpındı, sandı annesi geldi. Koştu, açtı, karşısında Ekrem Bey, onun ardında Şair'le Alev.

"İyi akşamlar," dedi Ekrem Bey. O öyle dikilmişti. Şaşkın şaşkın bakıyordu. Annesi gelecekti, nerede annesi?.. "Ne oldu Süsen? Çekil kapıdan, yoksa bizi tanımadın mı?" diye konuşunca Ekrem Bey, "Pardon! Bir şey düşünüyordum, öyle dalmıştım zil çaldı," dedi. "O andan kurtulamadım, girin, girin!"

Girdiler, Alev sarıldı.

"Kız ne haber? Ne güzel olmuşsun böyle!" dedi.

"Ne güzeli? Sabahtan canım çıktı size güzel yemekler hazırlamak için... Temizlikle uğraştım, kendime doğru düzgün bakamadım bile."

Girmişlerdi, koridordaydılar, üstlerini çıkardılar.

"Hadi, hadi süslenip püslenmişsin. Ama her günkü gibi değil tabii... Çalışmayacağız bugün kızım!"

"Evet," dedi. O ara Şair'e uzanmıştı. "Hoş geldin kaçak!" dedi, onu yanaklarından öptü. Dudağı yanağına değdiğinde ürperdi. O da tıraş olmuş, losyon sürmüştü. "Evet, Şair Bey kaçak oldu. Nedense, artık yolu bizim semtimize pek düşmüyor."

"Yoktum," dedi Şair. "Yalova'ya gitmiştim," deyince, anladı neden gittiğini, üstelemedi. Bu, bir yandan da onu içten içe sevindirdi. Demek ki düşündüğü gibi yok olduğu zamanlarda hep Alev'le değildi.

"Tamam, tamam, tekrar hoş geldiniz," dedi, şimdi hepsi salondaydı. Yemek masası bir köşedeydi, üzeri soğuk mezelerle, salatalarla doluydu.

"Oo!.. Gerçekten güzel bir sofra!" dedi Alev. "Niye beni çağırmadın, gelir yardım ederdim. Böyle bir hazırlık yaptığını bilseydim vallaha gelirdim kız. Keşke çağırsaydın."

"Hazırladım işte. Ne bileyim, aklıma gelmedi."

Ekrem Bey çöktü koltuğa, Süsen'e bakıyordu. "Bu kız hep deli," diye geçirdi içinden. "Hep böyle bir ev özlemi, mutlu yuva, gelen giden arkadaşları... Bu akşam da belli ki bu özlemin sonucu bunca heyecanı, bunca çabası," diye düşünürken, "Zahmet etmişsin. Bu kadar yemeği kim yiyecek?" dedi. Şair de oturmuştu. Alev'le Süsen ayaktaydı.

"Yeriz, yeriz... Sabaha kadar oturacağız, yatmak yok, ona göre! İş hayatının başka böyle bir günümüz ne zaman oluyor ki? Gece bizim. İstediğimiz saate kadar otururuz, değil mi?" diye sordu, sorusuna yanıt beklemeden, Alev'e döndü. "Hadi, biz mutfağa geçelim," dedi.

"Yusuf yok mu?" diye sordu Alev.

"O sonra gelecek, bar kapandığında," diye yanıtladı Ekrem Bey. Şair'e döndü. "Anlat bakalım neler yapıyorsun? Kitap falan var mı? Yazıyor musun?" diye sorduğunda, iki kadın konuşa konuşa mutfağa girdi.

Bundan sonrası ağır ağır, özellikle kadınlar bu ânın tadını çıkararak zamanı geçirdiler. Alev neşeliydi. Arada yüksek sesli kahkahalar atıyordu. Şair çok konuşmuyordu. Daha çok sorulan sorulara yanıt veriyordu. Süsen, bir duygudan bir başka duyguya, bir düşünceden başka bir düşünceye yuvarlanıp duruyordu. Aklından hiç gitmeyen Şair! Ona bakıyordu. Gözlerine, ellerine, gerilere gidiyordu. Onun evinde yaşadığı o geceyi ayrıntısıyla anımsamaya çalışıyordu. O gece!.. Kendinden bile sakladığı düşleri!.. O geceyi, Şair'i düşünürken, sanki iki çift göz de Süsen'i izliyordu... İki göz!.. Biri Zahit, diğeri de Nahit!.. Ama Nahit'i düşlediğinde açlık geliyordu aklına hep, açlık!.. Ne yapıyor şimdi? Neden aç kalıyordu?.. Onu düşündüğünde, ağzındaki lokma büyüyordu. Öyle, ağzında tatsız tuzsuz lokma, durup bakıyordu birinin yüzüne, ama baktığını görmüyordu. Bir zaman sonra, lokmayı yuttuğunda, önündeki rakı kadehini alıyor, dolu bardağı bir yudumda yarılıyordu. O!.. Şair!.. Şimdi karşısına oturmuş, arada göz göze geliyorlar. Bugün hep bu ânı düşlemişti, işte karşısında!.. İçinden atamadığı, unutamadığı adam!.. Ona karşı duydukları, hissettikleri... Adını andığında alabora olması... Adını hâlâ koymuş değil... O gece!.. Sarhoş olduğunda, onun evinde... O da sarhoştu, geçmişine dalıp gitmişti... Ona sokulmuştu, kokusunu içine çekmişti... Sokulmuş, sabaha karşı odasında?.. O günü düşündüğünde, hâlâ bir düş müydü, yoksa gerçek mi, içinden çıkamıyor. Bunu bir bilebilse!..

Bu konuda emin olabilse!.. Olamıyor. Bir şeyler yaşandı, bundan emin, ama ne?.. Ona baktığında, ona dokunduğunda duyguları, istemleri o gecenin etkisinde değil mi?.. Her isteminin ardında, onunla sabahlamak, sabaha kadar sevişmek isteği baskın değil mi?.. Nasıl kurtulacak bu durumdan? Bir bilebilse!.. Titriyor... Bir tek ona dokunduğunda titriyor... Yüreği pır pır... Bir tek o!.. Girse koynuna, okşasa, kokusunu içine çekse... İçine çekse, en derin yerlerine!.. Onu alsa, kaybolsa, iyileşecek! Sakinleşecek!.. Bunları düşünürken ateş basıyor. Sanki odada herkes ona bakıyor. Düşündüklerini öğrenmişler gibi tedirgin, "Fırında et var, onu getireyim," dedi, hızla mutfağa girdi. Mutfağın ortasında durdu. Hâlâ kalbi hızlı hızlı çarpıyordu. Hâlâ kurduğu düşün içindeydi. İçindeydi, bundan da büyük haz alıyordu. Birden, o anda, bir başka yüz ona bakıyor gibi gelip geçti yine. Nahit!.. Oraya, o hiç tanımadığı, görmediği parmaklıkların ardına gitti, geldi. Bir Nahit, bir Şair... Düşünceleri şimdi ikiye bölünmüştü, bir onu görüyordu, bir öbürünü.

Masadaydılar, dört kişi, akşamdan oturup usul usul sohbet ediyor, arada daha çok Alev'in sesi yükseliyordu. Ekrem Bey'in sağında Alev, onun karşısına Şair, yanına da mutfak kapısına sırtı dönük Süsen oturuyordu. Arada Süsen'in kolu, bacağı Şair'e değiyor, o bildik ürperti gelip geçiyordu. Bu duygular içinde gelgitler yaşarken, gecenin yarısına doğru Yusuf kapıyı açıp girdi içeri.

"İyi akşamlar," dedi.

"İyi akşamlar... Kapattınız mı dükkânı?" diye sordu Ekrem Bey.

"Kapattık," dedi.

"Bir vukuat falan olmadı değil mi?"

"Yok, yok, olmadı. Bir-iki arıza vardı, onları da sepetledim, mesele kalmadı."

"İyi, gel o zaman! Gel otur sofraya."

"Ben tokum, size afiyet olsun," diye yanıtladı ezik bir tavırla Yusuf.

"Gel canım! Ne demek tokum... Gerçi sen kurulanmışsındır ya! Sulu da gider üzerine ufak ufak herhalde."

"Yok patron! Ne kurulanması?"

"Neyse, tamam, tamam! Hadi yaklaş!"

Süsen kalkmış, patronun yanına bir sandalye koymuştu. Gitti, mutfaktan tabak, çatal, bıçak getirdi.

"Otur," dedi, Yusuf öyle bir, görmeden baktı yüzüne, geçip oturdu sandalyeye. Önce Şair, sonra Alev, "Yusuf, hoş geldin," dediler.

"Hoş bulduk, afiyet olsun," dedi Yusuf, o anda Ekrem Bey şişeyi sürdü önüne:

"Al! Doldur. Ama ağır git ha!"

"Peki, patron."

Süsen suskun, ayakta bekliyordu. O da çekti sandalyeyi, oturdu. Yusuf tabağına sofradaki yiyeceklerden aldı, rakısını sulandırdı. Dudağına götürürken Ekrem Bey, "Hadi sağlığa," dedi, kaldırdı kadehini, diğerleri de kaldırdı, Alev, "Patrona içelim, onun sağlığına," dedi. Ekrem Bey, "Sağ olun," dedi, gülümsedi. Halinden, yaşanan havadan memnundu Ekrem Bey, sevecen gözlerle onları süzüyordu. Her birinin nice dertlerle boğuştuğunu biliyordu; işleri zordu. Nereye kadar gidecekti bu hayatları, kim bilir daha neler yaşayacaklardı. Biliyordu ki bundan sonra hayatları öyle çok da güllük gülistanlık olmayacaktı. Bunları düşündü, daldı gitti. Bir süre sonra çatal kaşık sesleri doldurdu odayı. Sonra yavaş yavaş sohbet gelişti. Şimdi konuşuyorlardı, bir tek Yusuf suskundu. Süsen arada bir mutfağa girip çıkıyordu.

Kimse saatten söz etmiyordu ama neredeyse sabah olacaktı, Ekrem Bey koltuğa çökmüştü, onun yanında Alev, başını adamın göğsüne koymuş, gözleri kapalıydı.

Şair, onların karşısında koltukta, kimi zaman gözlerini kapatıp geçmişe gidiyordu. Gözlerini açtığında Alev'in, sanki babasının göğsüne yatmış gibi mutlu olduğunu, yüzünden, zaman zaman hafifçe gülümsemesinden anlıyordu. Alev içinse tam bu anda Ekrem Bey çoktan babasının yerine geçmişti. Dönüp dönüp adamın yüzüne bakıyordu. Gördüğü, yine babasının yüzüydü. Bir zaman sonra hayallerinin içinde çok uzaklara, uzunca bir yolculuğa çıktı.

33

Geçmiş zamanda bir sabah: Alev'in hayalinde babasına yolculuğu

Sabah erkenden, Alev daha uykudayken kapının zili çalmış, ama o duymamıştı. Zil çalmaya devam ettiğinde, düşünde mi algılıyordu zilin sesini, yoksa gerçekten dışarıdan mı biri zile basıyordu; bir süre, yarı uyanık bu soruyu sormuş kendine, sonra düş olmadığını anladığında yataktan çıkmıştı. Kapıya gittiğinde, "Allah Allah! Kim bu sabahın bu saatinde?" diye sormuştu içinden. Evi birlikte paylaştığı arkadaşı da uyanmıştı.

"Kimdir bu acaba?" diye söylendi arkadaşı, yatağın içinde yarı doğrulmuş bir halde. Alev, "Ne bileyim kim?" dedi. "Çalıyorlar işte, bakayım, şimdi öğrenirim."

Kapıyı açmadan, seslendi dışarıya:

"Kim o?"

"Benim kızım," diyen sesi önce çıkaramadı. Sonra içinden, "Babam!.. Babamın sesine benziyor," diye geçirdi. Bu duyguyla seslendi:

"Baba!"

Yanıt almadan yavaşça anahtarı çevirdi, babasını karşısında gördüğünde ilk aklına gelen annesi oldu.

"Ne oldu? Yoksa anneme bir şey mi oldu?"

"Yok, yok!.. Annene bir şey olmadı."

Öylece kapıda duruyordu babası, bitkin, solgun bir hali vardı. Kötü bir şey olmuştu, ama ne? Birden kapıda dikilip durduğunu, babasını içeri alması gerektiğini ayrımsadı, heyecanla, "Girsene baba!" dedi, adam girdi. Kapıyı kapatır kapatmaz paltosuna uzandı Alev, "Gel baba, gel... Paltonu ver bana, ben asarım."

Babası ağır hareketlerle paltosunu çıkardı, Alev aldı, yanındaki askılığa uzandığında, babasını gördüğü andan bu âna kadar yaşadığı korkudan kurtulmak için bir kez daha sordu:

"Ne oldu baba? Bu saatte ne işin var burada?"

Adam, ayakkabılarını çıkarırken, "Dur kızım, dur! Anlatacağım," diye yanıtladı kızını. Yüzünden, o an nasıl da kendisiyle mücadele ettiği, bir karabasanın, sıkıştırılmışlığın içinde olduğu anlaşılıyordu.

"Baba!.. Kötü bir şey mi oldu?"

Öylesine, bilinçsizce, "Yok," derken, salona geçti, bu ara Alev'in arkadaşı da kalkıp gelmişti, babayla kızına merak dolu gözlerle bakıyordu.

Koltuğa çöktüğünde derin bir soluk aldı adam. Alev' in kalbi küt küt vuruyordu... Vardı, bir şey vardı! Ağabeylerine mi bir şey olmuştu? O ara onları, Umut'u, Müslüm'ü, ablası Gülizar'ı düşünüyor, aklı bunların arasında gidip geliyor, nedense, sanki evin dışında olduğundan, ona bir şey olmazmış gibi bir kişiyi, çok sevdiği, hayatının en güzel insanını, sevgilisi, canı, yoldaşı, her şeyi olan Adem'i aklına getirmiyordu. Sonraları nişanlısını o an neden hiç aklına getirmediğini kendine sorup durdu. Neden?.. Hayatında her sevinç, her üzüntü, keder ilkin onu, Adem'i anımsatırken, bu sabah, babasını kapıda rengi solmuş, gözlerinin feri gitmiş, bitkin bir halde gördüğünde neden onca yakınının başına kötü bir şey gelebileceğini düşündü de bir tek Adem'i düşünmedi? Bu soru hep takılıp kaldı aklına sonraki günlerinde, ta ki hayatının evirilip bir başka hal aldığı günlere kadar.

Tabii ki bunları o an düşünüp sorgulamadı. Daha

zaman vardı bu sorularla baş başa kalacağı, kıvranıp acılarla yoğrulacağı günlere. Şimdi babası, koltukta dalıp bir başka dünyanın, duygunun içine yuvarlanıp gitmişken, o ayakta, salonun ortasında, sanki geleceği bir başka serüvene gebeymiş gibi bir algı, bir sezgi içinde tekrar babasına sordu:

"Baba ne oldu?"

"Gel otur yanıma kızım," dedi babası. Ona baktı, babasına, Kasabalı halini düşündü şimdi de. Kasabalı Ömer!.. Araplı Ömer! Muhitinde, "kasaba"sında sayılan, sevilen Ömer... Gediz'in kıyısında, üzüm bağları, pamuk tarlalarıyla bir ömür didinip duran, güzel yüzlü, güzel yürekli baba!.. Tek isteği çocuklarına güzel bir gelecek hazırlamak olan, bunun da tek yolunun üniversite bitirmek olduğuna inanan, bunun için gece gündüz demeden toprakla boğuşan güzel baba!.. Onca istemesine, onca çabasına rağmen ne yazık ki Alev hariç, diğerleri, hiçbiri okumadı. Liseyi bitirdiler, orada kaldılar. Oğullardan biri baba mesleğini seçti, çiftçilikte karar kıldı; bir diğeri zahireci oldu, o da aynı meslek sayılırdı; sonuçta, Alev'in dışındakilerin yaşamları çok da değişmedi. Gediz'in verimli toprakları ayaklarının altından eksik olmadı. Ablası da, daha lisenin ikisindeyken bir traktör şoförüne, Afyonlu bir Kırlıya tutuldu, onunla evlendi. Bir tek kendisi Kasabalı Ömer'i mutlu etti. Üniversiteyi, hem de kasabaya bir saat uzaklıktaki en güzel üniversiteyi kazandığında, evlerinde bayram yaşandı. Kasabalı Ömer kurban kesti, hem de iki tane, bir gece de Giritlinin meyhanesini kapattı, arkadaşlarıyla sabaha kadar bu güzel günü kutladı. Ne güzel günlerdi o günler!.. Şimdi ne oldu ki?..

"Gel, otur kızım!" dedi babası, oturdu. Sarıldı babası, kolunun arasına aldı, saçlarını kokladı. "Otur da beni dinle... Dinle de, de ki insanın başına hayatta hep iyi şeyler gelmez ki... Keşke hep iyi şeyler olsa, kötülük, üzücü şeyler insanoğlundan uzak dursa... De ki bazen de öyle işte... istemediğin gelir... Gelir de seni bulur."

"Baba, ne oldu, lütfen söyle!"

"Dur kızım, dur! Anlatıyorum. Sen akıllı bir kızsın. Sen iyi bir kızsın, zorluğa, sıkıntıya dayanıklı bir kızsın..."

"Ben?" diye geçirdi içinden, "Ben öyle miyim? Acıya dayanıklı biri miyim?"

Aslında şimdi iki göğse koymuştu başını, şu an; biri Ekrem Bey'in, biri de babasının göğsüydü. Bu soruyu, "Ben öyle miyim?" sorusunu soran, gecenin bu geç saatinde, Süsen'in evinde, sessizliğin içinde, Ekrem Bey'in göğsüne yatan Alev'di, şimdiki Alev. Soruyu sorduktan sonra bilinci, bu sorudan çok önceye, dayanıklılığını denediği günlere atlıyor...

Kapanmış, günlerdir okula gitmiyor. Gözleri, yüzünün şekli değişmiş, ağlamaktan "gözpınarları kurumuş", her şeyden vazgeçmiş bir Alev... Alev mi? O zaman adı Alev değildi ki! Unuttu o adı. Anmaz oldu. Kimse bilmiyor, bilmeyecek!.. Babasıyla konuştuğu o sabahtan sonra öyle bir yere gelmiş ki, öncesinde kime söylesen inanmazdı. Ama o noktaya geldi işte! Bu da onun gerçeği... Uğruna kurbanlar kesilen, şenliği kasabaya yayılan kızın üniversite coşkusu, eğitim isteği bir anda tükenivermiş. Hayatına anlam katan her şey, başta üniversite olmak üzere, bir anda anlamsızlaşmış. Artık hiçbir şeyin, okumanın, iyi bir meslek edinmenin, kariyerin, evlenmenin, aile olmanın, yuva kurmanın... hiçbirinin anlamı yok. Canı cehenneme bütün bunların!.. Ne anlamı var?.. İşte bu ruh haliyle vazgeçti üniversiteden. Babası, ağabeyleri günlerce gelip gittiler, okuluna gitmesi için dil döktüler ama boşuna. Hiçbirini dinlemedi. Bir akşam kendini, "Barlar Sokağı"nda buldu. O günden sonra alkol yaşamının vazgeçilmez, tek dayanağı oldu. Gece yarılarına kadar barlardan çıkmadı. Yeni arkadaşlar edindi, yeni yüzler tanıdı. Bir gece de biriyle tanıştı, uzun boylu, o çok sevdiği, artık hayatta olmayan sevdiğine benzeyen bir adamla. O bar senin, bu bu meyhane benim sürüklendi bu adamın peşinden, ta ki Ekrem Bey'in barına üçüncü gelişlerinde, yine bir gece yarısı o adamın ortadan sıvışıp onu yalnız başına bıraktığı geceye kadar. O kayboldu, ne fark eder, hesabı ödeyemeyince, "Burada kalıyorum," dediğinde, bir kadın oturdu yanına, "Yapma! Alkollüsün, iyi düşün!" dediyse de dinletemedi. O geceden sonra o da Alev adlı bir "bar kadını", kimine göre de "pavyon kadını" oldu.

Ekrem Bey'in göğsünde, bu düşün içinde kaybolmuşken, sanki bir şeylerin eksik kaldığı, bir yerlerde bir şeylerin yitip gittiği düşüncesiyle kapatıyor gözlerini... Babası!.. Evet, kapıda kalmıştı! Yok, yok! İçeri girmişti, koltukta onu sarmış anlatıyordu... Anlatıyordu ama anlattıkları güzel şeyler değildi ki!

"Söyle baba! Ne oldu?"

"Dün gece, Giritlinin meyhanesinde bir olay oldu kızım. Bizimkilerden, köyden iki kişi tartışmış, ardından, ikisi de silahını çekmiş, bir anda ortalık kan gölüne dönmüş. Bir kurşun da Adem'e..."

"Neee?"

Alev öyle bir, "Neee?" diye bağırdı ki, arkadaşı diken diken oldu.

"Evet, kızım..."

"Baba! N'olursun yaşıyor de! Baba, buna dayanamam, baba!"

"Maalesef kızım. Adem yok artık!"

Bundan sonrasında yaşananları ev arkadaşı okulda günlerce anlattı. Çünkü bir anda saçlarını yolmaya, kendini dövmeye başladı Alev. Babası ellerini zor tutuyordu. Uluya uluya ağladı. Zaman zaman çığlığa döndü sesi, feryatlar birbirine karıştı, yüzünü yırttı, saçlarını tutam tutam yoldu, koltuğa yığılıp kaldı.

34

Şimdiki zamanda bir gece: Süsen'in elinde patlayan silah

Alev yeniden bu âna dönmüştü. Düşünde, onca uzaklaştıktan sonra burada, yeniden Süsen'in evindeydi. Bir film izlemişti az önce. Bir film ki, yüreğinin sızlayan yanı yine öne çıkmıştı. Başı, babasının yerine koyduğu Ekrem Bey'in göğsünde, adama biraz daha sokuldu, Ekrem Bey'in eli saçlarına gitti. O biliyordu Alev'in bu hallerini. Düşlerinde babasıyla olduğu, onu düşlediği, onunla yaşadığı günlere gittiği halleriydi bu hal. O an işte Ekrem Bey'in elleri sanki bilinçdışı Alev'in saçlarını okşardı. Şimdi de aynı hareketi yaptı, yavaş yavaş saçlarını okşadıkça Alev daha çok sokuldu Ekrem Bey'e. İşte bu ânı, Alev'i, yüzündeki değişimi, bir düşün içinde kaybolup gittiği ânı Şair nice zamandır izliyordu. Gözleri Ekrem Bey'le karşılaştı, adamın sıcak gülüşüne bir sıcak gülüşle karşılık verdi. Tam o anda Alev, Şair'e baktı, içinden, "İyi ki sen varsın!" diye geçirdi. "Sana sorduğun o fotoğrafın, duvarda ayrı duran fotoğrafın hikâyesini anlatmanın zamanı geldi," diye düşünürken, gülümsedi. Şair de karşılık verdi; bu bakışlar Süsen'in gözünden kaçmadı, öfkeyle kalktı, mutfağa gitti. Ardından baktılar, ikisi de yine kendi içine döndü. Yusuf hâlâ masadaydı. Şair kalktı, akşamdan beri sigara içmemişti, tek tük de olsa içiyordu, sehpada duran sigara paketini aldı, mutfağa yöneldi, mutfak balkonunda içecekti sigarasını. Süsen, mutfakta boşalan tabakları çeşmede suya tutup bulaşık makinesine yerleştiriyordu. Şair'in mutfağa girdiğini görünce döndü, ona baktı. Şair, "Bir sigara içeceğim balkonda," dedi.

"Tabii, geç... Aslında benim de canım istiyor. Masada kül tablası var... Kahve yapayım mı sana?"

"İyi olur... Sigarayla daha iyi."

"Peki, sen otur. Hemen yaparım şimdi."

Şair geçti balkona, sandalyeyi çekip oturdu. Süsen su ısıtıcıya iki kahvelik su koydu, kahveyi çıkardı, iki de fincan aldı cam kapaklı dolaptan. Arada bir dönüp Şair'e bakıyor, bir an önce kahveleri yapıp yanına oturmak istiyordu. Şair'e seslendi:

"Şekersiz içiyorsun yine, değil mi?"

"Evet, şekersiz."

Birinci fincana kahveyi koyarken bol köpüklü yapmaya özendi. Sonra diğerini de doldurdu, geçti balkona, kahveleri masaya koydu, Şair'in yanına oturdu. Sigara paketini önceden masaya koymuştu, bir sigara da o yaktı.

"Gece ne kadar sessiz, değil mi?"

"Evet," dedi Şair. "Çok sessiz. Hiç gündüz gördüğümüz kente benzemiyor."

"Karşısı, şu aydınlık olan yerin arkası bizim mahalle, Şenlik Mahallesi... Bak orada, biraz ışıkları sönük. Görüyor musun, öyle buraları gibi aydınlık değil."

"Doğru, değil. Demek bu kadar yakınında, ha?"

"Evet, yürüsem on beş, yirmi dakika, bilemedin yarım saatlik yol işte... Şimdi orada, bir evde annemle bacım uyuyor. Eskiden o evde altı can uyurdu. Şimdi yalnızca iki can kaldı. Dördü uçtu yuvadan. Yitiğe gitti dördü... Dönülmez yollara düştüler."

"Evet, insan bazen inanamıyor, bir başkasının, başkalarının yaşadıklarına. İşte o kadar çok acı yaşanıyor ki, insanın inanası gelmiyor. Ama yine de kanıksıyor zamanla. Alışıyor insan. Sıradan bir olay oluyor bu yaşananlar... Eskiden destancılar vardı. Bunlar daha çok trajik olayların, ölümlerin, yitimlerin üzerine sıcağı sıcağına destan yazardı. Bir sayfalık destanlardı bunlar... O bir sayfalık hayat hikâyesine para verip satın alırdı insanlar. Okur, ortak olurdu acıya. Yani paylaşırdı hiç tanımadığı, yüzünü bile görmediği o insanın acısını. Şimdi televizyonda, gazetelerde her gün onlarca böyle olayın haberi yapılıyor. Acılar, trajedi boyutu arşa çıkıyor, neredeyse naklen yayınlanıyor ama kimse görmüyor, kimse duymuyor. Öylesine bakıp geçiyorlar. İşte senin orada, o mahalde bir evde yaşananlar da bugünün haberi. Herkes yalnızca bakıp geçiyor ve o anda unutuyor. Bu dünya şimdi böyle bir dünya..."

Şair anlattıkça, Süsen tepeden tırnağa hüzne batıyordu. Parmağının arasındaki sigarayı durmaksızın soluyordu. Şair anlattıkça, ağabeyi, annesi, Nahit daha da yakına geliyordu. İşte bu duyguların içinde yavaş yavaş Şair'e sokuldu. İşte bu duyarlılıkla yoğrulmuşken Şair'in elini yakaladı, öptü. Sonra kokladı onu, çenesinin altına girdi, bacaklarını yapıştırdı bacağına. Şimdi, şu an tir tir titriyordu. Şair uzaklaşmak istedi, çekildi. Süsen kısık, hüzün dolu bir sesle sordu:

"Neden çekiliyorsun? Neden benden kaçıyorsun, ne oldu?.. Önceleri böyle değildin. Başka bakıyordun... Göğsüne yattığım akşamı hatırlıyor musun? Ne oldu?.. Benden vazgeçtin, değil mi?"

"Vazgeçmek mi?.. Sen beni yanlış anlamışsın Süsen. Bundan hep korktum, hissetmiyor değildim, hissediyordum. O akşam, geçmişimi anlattığımda birine dokunma ihtiyacı duydum... Ondan o akşam saçlarını, kızım gibi..."

"Kızın gibi mi?.. Yalan söylüyorsun! Her şey Alev'i tanıyınca, onunla çıkınca değişti! Sen de ondan sonra değiştin!"

"Sen evlisin Süsen, bak bir kocan var."

"Ne olduğunu, nasıl bir koca olduğunu, ondan nefret ettiğimi biliyordun... Buna sığınma şimdi!" Sıktı elini Şair'in, boynuna uzandı, kokladı. "Bu kokunu özlemişim, o geceden kalma kokunu."

"Yapma!.. Yanlış yapıyorsun, alkol aldın, ondan böylesin."

"Değil!.. Senin için her şey! Senin için yaşıyorum. Yoksa bir gün yaşamak istemem!.. Senin için, anla bunu!"

"Beni şaşırtıyorsun Süsen. Hem de çok. Böyle değildin... Alev'i kıskandığından böyle davranıyorsun. O olmasaydı yapmazdın. Uzaklaş lütfen, dur! Şimdi bir gelen olur... Çekil!"

"Kendimi öldüreceğim!.. Artık yaşamanın bir anlamı yok! Bak, kardeşim de âşık olamadan ölüme yattı. Ben de yatacağım ölüme!.. Sensiz olmaz!"

"Saçmalama! Dediğim gibi, içkilisin! Ondan böyle davranıyorsun. Hadi mutfağa geçelim, hadi!"

Kalkıp da mutfağa yöneldiklerinde Yusuf kapının ardından hızla uzaklaştı, salona geçti. Konuşmaların çoğunu duymuştu. Salona, önde Süsen, ardından Şair girdi. Şair bozuktu, koltuğa oturdular sessizce. Ekrem Bey dalmıştı, hafiften horluyordu. Yusuf da karşıda bir koltuktaydı. Sehpada dolu duran rakı bardağını aldı, bir solukta yarıladı. Gözleri Süsen'de, öfkesi yüzünden, bakışlarından anlaşılıyordu. Süsen, önceleri bunun, bu bakışın farkında olmadı. Masanın önünde, ayakta duruyordu. Kendisine rakı koydu, sonra da Şair'e kırık bir sesle sordu:

"Rakı koyayım mı, ister misin?"

"Yok, artık içmeyeceğim, başım ağrıyor."

"Bir kadeh... Az koyacağım, hadi bana eşlik et!"

"İstemiyorum, içmeyeceğim."

"Ne çıkar, içme... Önünde dursun," diye ısrar etti. Bardağı çekti önüne rakı koydu. Alev uyanmıştı.

"Ne o kız!.. Benim kadehimi doldurmayacak mısın?" diye sordu.

"Tamam, sana da koyuyorum."

Bu ara Yusuf bardağında kalan rakıyı da bir dikişte içti, geldi yanına, şişeye uzandığında, Süsen, "Sen yavaş git!" dedi.

"Nedenmiş o?.. Herkese zorla veriyorsun, ben neden içmeyeceğim?" dedi, bardağını yarıdan çok rakıyla doldurdu, geçti yerine.

"Sende herkes gibi olmuyor, sapıtıyorsun da ondan."

Bardaklarla geldi, Yusuf'la patronun ortasına bir koltuğa oturdu, Şair'in kadehini sehpaya, önüne koydu.

"Hadi şerefe!" dediğinde, Yusuf kaldırdı kadehini, tokuşturacaktı, "Sana değil!" dedi Süsen.

İşte bu andan itibaren başlayan çatışmayla sinirler giderek gerildi. Şair ne yapacağını bilemiyordu. Alev balkona geçmiş sigara içiyordu. Yusuf bir kadeh, bir daha derken, ara vermeden, öfkeyle, kızgınlıkla durmadan kadehini doldurdu. Sürekli konuşuyor, Süsen'e o güne kadar etmediği lafları ediyordu. Süsen Ekrem Bey'i uyandırmak istedi, vazgeçti. "Buna ben haddini yalnız başıma bildirmeliyim," dedi içinden, "yalnız başıma!" Yusuf birden, gözlerini Süsen'in gözüne dikip kısık, öfkeli bir ses tonuyla konuştu:

"Büyük orospu! Bir tek onun altına yatmadın, bir o kaldı, Şair! Şimdi onun peşindesin, değil mi?.. Neredeyse zorla koynuna gireceksin! Adam istemiyor, istemiyor seni!.. Kendini paralasan da istemiyor!" dediğinde, Süsen, elindeki bardağı Yusuf'un yüzüne fırlattı. O anda Yusuf bütün gücüyle Süsen'in yüzüne tokadı indirdi. Ekrem Bey uyandı, "N'oluyor ulan?" diye bağırıp kavgayı önlemek için dikelmeye çalıştığında, belindeki silahın yerini çok iyi bilen Süsen, bir hamlede aldı, göz açıp kapayacak kadar kısa bir anda, Yusuf'un dizinden aşağı iki el ateş etti. Bir anda her şey dondu kaldı. Olanlara hiçbiri inanamadı. Alev mutfaktan koşup geldi, Yusuf, "Ne yaptın ulan orospu!" diye bağırdı, koltuğun önüne yığıldı.

35

Şimdiki zamanda bir akşamüzeri: Zahit siyasi yapıdan kopuyor

Zahit, dar sokaklarda yol alırken kendi kendine, "Gidecek başka yerim mi var? Başka adres?.. Yok! Yalnızca burası... Bir gecekondu... İki oda bir salon, küçük bir mutfak..." Cebindeki o küçücük şiir kitabını okşuyor, Kavafis'in şiirlerinin olduğu kitabı. "Kent"!..

Yeni ülkeler bulamayacaksın, bulamayacaksın
yeni denizler.
Hep peşinde, izleyecek seni durmadan kent.
Dolaşacaksın
aynı sokaklarda.

Bulamayacak! Gidecek başka kent, başka ülke yok! Gidebildiği, sığınabildiği yalnızca orası: gecekondu! Onu çeken, büyüsü olan ev... Gece yarılarına kadar süren sohbetlerde sıkıntılarından, kaygılardan, sorulardan kurtulduğu, anların, dakikaların önemli olduğu yer. Şiirleri orada yüreğine siner bir dille dillendirdiği, iki sadık dinleyicisinin olduğu ev... Dinginleştiği, dinlendiği, huzur bulduğu ev... Sıcaklığıyla yenilendiği, kendini bir başka duygu dünyasında bulduğu oda... Uyuduğunda... Bir tek o sıkıntı olmasaydı, o!.. Neydi onu çeken? Kendinden sakladığı sırrı neydi? Yanıt veremediği, geçiştirdiği sır? Neden düşlerine girmiş, neden ona düşünde o sözleri söylemişti. Düş müydü?.. "Ben artık iflah olmam! Sensiz bir hayatım olmaz Zahit," demişti. Günlerce bu söz aklından çıkmadı. Nereye gittiyse onu bu sözle anımsadı. Şimdi ne yapacaktı? Vazgeçecek miydi?.. Ya kendisi?.. Hangi biriyle başa çıkacaktı? Duygularıyla mı, yoksa diğer yaşadıklarıyla mı?" Yine büyük bir çatışma yaşıyordu son günlerde örgütsel yapıyla. Onlar büyük eylemin peşindeydiler. Büyük eylem!.. Büyük eylem dedikleri, şehrin en kalabalık yerinde patlayacak bir araç dolusu bomba. Büyük patlama!.. Öyle bir eylem ki, örgütü hem dünyada hem de ülkede bir anda gündeme oturtacak, bütün dünya bu eylemi konuşacak. Korku salacak yüreklere, ses getirecek. Yaşananları hiçe sayan, duymayan, görmeyen, işitmeyen, ölümleri yok sayan iktidara bu eylem sarsıcı bir şok olacak. Panikleyecek düzene hâkim olanlar. Onların maşası, emperyalizmle işbirliği içinde olan büyük sermaye... Cezaevlerinde adım adım ölüme giden yoldaşların yüreğine su serpecek. Onların direncini yükseltecek bir eylem... Cezaevlerindeki direniş konusunda "üç maymun"u oynayan iktidarı dize getirecek bir eylem... Evet, cezaevleri direnişinde iktidarı sıkıştırmak, direnişe dikkat çekmek için bu eylemden başka çıkış yolu yok! Tükendi!.. Bütün yollar tükendi!.. Onca aydının, şairin, sendikaların, işçilerin, yoksul halkın isteğini, çabasını görmediler, dikkate bile almadılar... Bütün yollar tükendi! Bu gidişle cezaevlerinde büyük kayıplar verilecek. Yoldaşların çoğu yaşamını yitirecek, kalanlar sakat olacak. Hiç zaman yitirmeden eylem gerçekleştirilmeli... Duygusal davranmanın, duygularımıza yenilmenin zamanı değil! Kararlı olmalıyız. Zahit!.. Adına uygun davran! Sorma, sorgulama, eylemi gerçekleştir Zahit! Çok fazla düşünecek, ölçüp biçecek zamanımız yok!..

Bunları düşünüyordu yürürken, saatlerce süren tartışmayı. Onca baskıya nasıl karşı koyacaktı? İşte bu kez bunun için şehre inmişlerdi. Bu nedenle buradaydılar. Ama bu süreçte fikri değişmişti Zahit'in. Ne yapsa, ne etse aklına yatmıyordu bu eylem... Karşı çıkmıştı, bir tek o, Zahit karşı çıkmıştı. Bu eylemin doğru bir eylem olmadığını, sokakta işine gücüne giden onlarca masum insanın, bu olup bitenlerle hiçbir ilgisi olmayan sıradan insanın yaşamını yitireceğini, sakat kalacağını, geride onlarca anne babanın, eşlerin, çocukların acı çekeceğini, yüreklerin yanacağını söylemiş, bu biçim bir eyleme karşı çıkmıştı. Gece yarısına kadar tartışmışlardı. İpler gerilmiş, "ihanet" sözcüğü dillendirilmişti. Orada silahların çekileceğini, öldürülebileceğini düşünmüştü bir an. Her an böyle bir sonla bitebilirdi toplantı. Bunu anladığında geri adım atmıştı. Çoğunluğun kararına uyacağını söylemişti. Toplantıdaki yoldaşları derin bir nefes almıştı. Bunu yüzlerinde, bakışlarında görmüştü. Onlar rahatlamış ama Zahit'te de o anda bir kırılma olmuştu. İçinden, "Artık hiçbir bağım kalmadı! Bu andan itibaren koptum. İstesem de bu yapının içinde durmam," diye geçirmişti içinden. İki yıldır bu örgütsel yapının içindeydi. Bir başka örgütten, bu yüzden, onlara göre, "sekter" tavırlarından dolayı kopup buraya katılmıştı. İki yılda çok şey yaşamıştı. Kaç kez çatışmaya girmiş, kayıp vermeden çatışmanın içinden sıyrılıp çıkmayı başarmışlardı. Nasıl da birbirlerine sarılıp eylemi kayıpsız atlattıkları için terli yanaklarını yoldaşlarının yanaklarına gömmüştü. O ânın duygusunu, o sevinci anımsadı. İçi ezildi. Şimdi onlardan, o sevinci, o coşkuyu yaşadığı yoldaşlarından bir anda soğumuştu. Yine içinden, onu yakan soruyu sordu: "Demek beni burada öldüreceklerdi, ha?! Bunu gördüm!.. Gözlerinde gördüm! Evet, evet, öldüreceklerdi!" dedi kendi kendine, ürperdi... Bunları düşünürken, ölüm orucunda olan kardeşi geldi aklına, Nahit! Aklına gelir gelmez bu kez bir başka soru sordu kendine: "Kardeşime ihanet mi ediyorum?" Bu soru uzun zaman bilincinde yankılanıp durdu. "İhanet!.. Hem de kendi kardeşime!" Ona sorabilseydi, Nahit'e... Nasıl bir yanıt alırdı?.. Ya eylemi onaylasaydı?.. "Onaylamam!" dediği yankılandı kulaklarında. "Onaylamaz!" diye tekrarladı. Sorabilse!.. Birden bu düşünce onu rahatlattı. Neden olmasın? Bu soruyu iletebilirdi kardeşine. Senin için, yoldaşların için yapılacak böyle bir eylemi destekler misin? Gülcan'ı gönderip sordurabilirdi. O an, orada yoldaşları eylem üzerine planlar yaparken, o bunları düşünüyordu. Sonunda eylem günü, saati kararlaştırılmıştı. Önünde yalnızca üç günü vardı. Bu üç gün içinde ne yapıp edip Nahit'in görüşünü almalıydı. Evet, evet, almalıydı! Gülcan'a haber iletip çağırmalı, onun aracılığıyla en kısa zamanda Nahit'e görüşünü sormalıydı... Bu düşünceyle ayrıldı toplantıdan, aklında onlarca soruyla yola çıktı.

Rüstem, sendikadan bir arkadaşıyla haber göndermişti, Gülcan buraya gelecekti, gecekonduya. Şimdi, az sonra kardeşlerinden birini görecekti, üzerine yaprak gibi titrediği en küçüğünü. Acaba nasıl bulacaktı? Öbürü ne durumdaydı, Süsen? Bataklık gülü Süsen!.. İşte şimdi adımları genişleyerek yol alıyordu. Kalp atışları hızlanıyordu bunları düşünürken. Hava kararmıştı, sağdan soldan köylerde olduğu gibi köpek sesleri geliyordu. Bu mahallede, akşamın bu saatinde hava, sokaklar bir gizeme bürünürdü düşlerinde. Önden, arkadan gelip hızla yanından geçenler, bir gizli toplantıya gider gibi, sessizce, çok yaklaşmadan hızla uzaklaşanlar... Gökyüzünde parça parça bulutlar vardı. Dolunaydı; ay şaşırtıcı şekilde bir hızla bulutların kimi zaman önünde, kimi zaman da ardında yol alıyordu. Sanki buralardaki gizeme, hıza o da ayak uyduruyordu. Bunları düşündükçe heyecanı da artıyordu. Kapıya geldiğinde heyecandan neredeyse bayılacaktı. Kapıyı çaldı, Aysel karşısındaydı. Şaşırdı. Sanki kapının ardında onun gelmesini bekliyordu Aysel. "Hoş geldin Zahit!" dediğinde arkasında Gülcan bitiverdi.

"Abi!.." Daha içeri girmeden, kapıda atladı boynuna Zahit'in. Öyle bir sarıldı ki, saçlarının içine gömdü ağabeyinin yüzünü. "Abi!.. Canım abim!.. Nasıl özlemişim seni... kokunu... kokunu özlemişim..."

Zahit'in sert sakallarını yanağına gömdü. Aysel'le Rüstem bu duygulu ânı izlerken birbirlerine bakıp gülümsediler.

"Dur! Dur kızım sana bir bakayım."

Usulca çekildi Gülcan, öyle, özlem dolu bir gözle baktılar birbirlerine.

"Kocaman adam olmuşsun abi."

"Sen de... Sen de büyümüşsün. Çok değişmişsin, çok güzel bir kız olmuşsun."

Bir daha sarıldılar.

"Hadi geçin, kapıyı kapatayım," dedi Rüstem, yürüdüler oturma odasına, divana yan yana oturdular.

O an onları Aysel bir başka duygu içinde izliyordu. Duygu yüklü havanın yüzüne yansımasıydı yaşadığı; özlemle, istekle bakıyordu. "Ne şanslı kız! Onun yerinde ben olmalıydım şimdi, ben!... Boynuna sarılan, yanaklarına, sert sakallarına gömülen, terini, kokusunu içine çeken ben olmalıydım!" diye düşünürken öylesine kendisinden geçmişti ki, yanındaki kocası sanki kardeşiydi, az kalsın bu düşündüklerini dönüp Rüstem'le paylaşacaktı. "Ne saçmalık!.. Neler düşünüyorum böyle!" dedi içinden, sonra onlara, kızla ağabeyine, "Yemek hazırladım," dedi. "Açsındır Zahit, sofrayı açayım mı?"

Sanki uzaklardan gelmiş yorgun argın sevdiğine, kocasına soruyordu bu soruyu. Ona, Zahit'e bakarak konuşmuştu. Yaptığı yemekleri onun önüne koyacak, o istekle ekmeğe uzandığında, kaşığı ağzına götürdüğünde, hazla ağzındaki lokmayı çiğnediğinde büyük bir mutluluk duyacaktı... Yine ürktü bu düşünceden. Yanıt beklemeden, yine aynı duygularla mutfağa yöneldi. Oğlu da ardından koştu. Rüstem, karşıdaki divana çökmüş iki kardeşe bakıyor, onların konuşmalarını dinliyordu.

"... Kaçıncı gün oldu bilmiyorum ama çok ilerledi ölüm oruçları... Nahit'in açlık grevinde kaçıncı günü onu da bilmiyorum. Ama epey oldu. Çok korkuyorum abi, çok!.. Nahit'e bir şey olacak. Annem ölür! Buna dayanamaz, kesin ölür... Zaten açlık grevinin ilk günlerinde kaygılanmaya başladı. Bir ziyaretten çıktığımızda bana, 'Niye böyle zayıflamış Nahit?' diye sordu. Yok, zayıflamamış, sana öyle geliyor, dediğimde kızdı. 'Senin gözün kör mü?.. Zayıflamış! Aç kalıyor Nahit, aç! Yemek yapayım bundan sonra götür,' dedi. Olmaz, içeriye yemek sokmazlar. Arkadaşları var, her şeylerini paylaşıyorlar, aç kalmaz, dedim. Zor ikna oldu... Ne yapacağız abi? Ne olacak bu işin sonu?"

"Dur bakalım. Çeşitli çözüm yolları aranıyor... İktidarla görüşmeler sürüyor. Yalnız bu durumda Nahit'e biz müdahale edemeyiz. Bizimle olacak, çözülecek bir iş değil... Ben hem seni görmek istedim hem de senden bir isteğim var Gülcan. Benim için çok önemli."

"Nedir abi söyle... Yapabileceğim şeyse yaparım tabii."

"Anlatacağım... Çok önemli benim için," dediğinde Rüstem kalktı, özel bir konu olabilir düşüncesiyle bundan sonraki konuşmalara tanık olmak istemiyordu, "Hanıma yardım edeyim," dedi, o da geçti mutfağa. İkisi kaldı odada. Zahit anlattıkça Gülcan ciddileşen, bazen hayretlere düşen bir yüz ifadesiyle ağabeyini dinledi. Hiç soru sormadı. Yalnızca başıyla onayladı onun isteğini. Konuşmaları bittiğinde sanki hesaplanmış bir zamanlamayla Aysel girdi içeri, köşedeki masaya yöneldi. Tabakları, çatal kaşığı masaya düzenli bir şekilde koyduğunda alttan alta Zahit'e bakıyordu. Gülcan bu bakışları ayrımsadı; "Yok canım sen de!.. Olmaz öyle şey!" diye düşündü. Ama yine de rahatsız oldu. O anda, "Bana şimdi öbürünü anlat," dedi Zahit. "O ne yapıyor? Bataklık gülü. Ne haldedir?"

"Ablamı mı?"

"Evet, Süsen'i diyorum."

"Seninle buluşacağımı söylediğimde birden titremeye başladı. Allak bullak oldu. Sonra ağladı, çok ağladı... Bana hep şunu söylerdi abi, derdi ki: 'Ne zaman darda kalsam, ne zaman ki başıma bir iş geleceğini düşünsem, o an aklıma abim gelir, Zahit. İşte o an korkularımdan kurtulurum. Sanki orada, uzakta da olsa, o benim için her zaman bir kurtarıcıdır. Onun varlığıyla kendimi güvende hissederim.' Böyle söylerdi abi... Sen onun için çok değerlisin. Yalnız onun için değil tabii, benim için de öylesin. Seni çok özlüyorum... Evimizi, kalabalık günlerimizi... Babamı, Nahit'i..." Dönüp sarıldı ağabeyine, gözyaşlarını tutamadı. "Babam ne oldu abi? Nerededir şimdi? Niye çıkıp gelmiyor? Bunlardan, Nahit'ten haberi yok değil mi? Olsaydı gelirdi değil mi?"

"Yoktur... Yoktur, olsaydı tabii ki gelirdi, durmazdı. Orada, dağlarda. Duyduğuma göre Boşnak'la birlikte hayvancılık yapıyorlarmış. Arada bir iniyorlarmış ilçeye... hayvan alım satımı için... O herifle hâlâ evli mi Süsen?"

"Yusuf'la mı?"

"Evet, onunla."

"Evliler ama, ne evlilik... Çok değişti Süsen ablam. Yaman kadın oldu. Geçenlerde bir gece almış patronun belinden silahını sıkmış dizine Yusuf'un. Sakat oldu adam."

"Ne yapmış, ne?"

"Abi, bir gece... bunlar, patronu, arkadaşları ablamın evindeymişler. İşte öyle bir ortam, onlara göre. Yemekler falan hazırlamış, alkol almışlar, gecenin yarısına kadar içmişler. Sonra ne olmuşsa, ablam Yusuf'la tartışmış. O da ablama saldırmış. İşte o sinirle ablam koltukta oturan patronunun belinden silahını çektiği gibi sıkmış ayağına Yusuf'un. Dizi parçalanmış."

"Sonra ne olmuş?"

"Patrondan it gibi korkuyor Yusuf. Adam demiş ki, buna, Yusuf'a: 'Kaza oldu, silah elimde patladı, kimsenin suçu yok, diyeceksin.' O da öyle ifade vermiş. Yatıyor, ayağı alçıda. Ablam, topal olacak, diyor. Şimdiden adını koydu bile: 'Topal Yusuf.' Öyle bir keyifle anlatıyor ki o akşamı, bunu vurduğunu yani, bir görsen, anlatamam. Diyor ki, 'Tetiğe bastım, öyle bağırıyordu ki, apartmanı ayağa kaldırdı... Şimdi artık sesini çıkaramaz. Ne istesem yapacak,' diyor... Bir zamanlar sana haber göndermeyi, abi gel beni bundan kurtar, demeyi düşünüyormuş. Şimdi, 'Buna gerek yok, kendim kurtuldum,' diyor."

"Evet, kurtulmuş... Ama ne kurtulma! Ben onu bilmez miyim? Aslında şimdi başına kaldı. Vurdu ya, bu vicdan azabıyla ömrünün sonuna kadar o itten kopamaz."

"Haklısın abi. Ben de öyle düşünüyorum."

"Annemin sağlığı nasıl?"

"İyi, iyi... Yaşlandı işte, çok konuşmuyor. Gözleri hep kapıda... Umudunu hiç yitirmedi abi. Bir gün senin de, babamın da dönüp geleceğinizden başka şey düşünmüyor."

Zahit'in eve girdiği andan bu saate kadar geçen zamanda ilk kez yüzü değişti. Duygulandı, gözleri nemlendi, döndü Gülcan'a sarıldı.

"Bir gün hepimiz ineceğiz... Hepimiz geleceğiz evimize. Bir gün... Güzel bir günde, hayat güzel olduğunda, kimsenin evsiz, barksız olmadığı, yaşanan hayatın yaşamaya değer bir hale geldiğinde geleceğiz. Öncesinde gelmenin yolu yok. Alınmış onca yol, verilmiş onca mücadele yarıda bırakılıp gelinmez... Bir gün geleceğiz. O bir gün geldiğinde hepimiz evlerimizde olacağız. Anamıza, bacımıza, yârimize sarılıp hayatı güzelleştirmeye devam edeceğiz."

"Yârimiz" dediğinde Aysel girdi içeri, masanın başında, bu sözü duyduğunda durdu, bir Zahit'e, bir Gülcan'a baktı. İçinden, "Yârim!" diye geçirdi, o anda bir gece düşledi; yarı karanlıkta... "Yârim, sevdiğim!" diyen bir sıcak ses... O ses Rüstem'in sesi miydi?.. Yok!.. Nice zamandır Rüstem'den böyle sözler duymuyordu. Sözler!.. Ardından dönüp sarılacağı, içinde kaybolacağı bir gece! Ürperdi yine. Gülcan kalktı, "Ben de size yardım edeyim," dedi.

"Olur," dediğinde hâlâ o düşün etkisinde, Zahit'e baktı; bu böyle bir bakıştı ki, Zahit kızardı, yerinden sanki kalkacakmış gibi hamle yaptı, sonra yeniden oturdu. O bakışla, daha hareket halindeyken geçmişe gitmişti. O gece gördüğü düşe... O sözleri anımsadı... "Ben iflah olmam Zahit!.. Bundan sonra sensiz bir hayatım olmaz!" Gözlerini kaçırdı, Gülcan önde, tam mutfağa girecekleri zaman Aysel, bir kez daha dönüp baktı, gülümsedi. Çıktılar; Zahit Aysel'le, Süsen'le, annesiyle, Nahit'le kaldı.

36

Şimdiki zamanda bir öğlen vakti: Başını koyacağı, gözyaşını akıtacağı bir göğüstü aradığı

Gülcan, otobüsten inip de mahalleye doğru hızlı adımlarla yürürken, Nahit ağabeyinin solgun yüzü, dibe çökmüş gözleri aklından çıkmıyordu. Şimdi uykuda gibi, sanki bilincini yitirmiş, ayakları onu bir başka eve doğru götürüyordu. Bunu çok da düşünmemişti, bilinçaltında, kendiliğinden alınmış bir karardı; bir başka eve doğru, başını koyacağı, gözyaşlarını akıtacağı bir omuz, bir göğüs düşleyerek yürüyordu. Bir de akşama gideceği, Nahit'in sözlerini ileteceği öbür ev vardı aklının kıyısında. Şenlik Mahallesi'nde yürürken, sanki oraya doğru da yol alıyordu. Mahalle aynı mahalle, aynı şenlik, aynı curcuna, adım başı çocuklar, onların çığlıkları, adım başı Gülcan'a gülümseyen kadınlar, kızlar, çoğu esmer kadınlar. Bildik sokaklar, bildik evler. Her gün çoğalan, kalabalıklaşan mahalle, Şenlik Mahallesi... Yürüdü, sokağın başından döndü, Ali'nin evine doğru daha da hızlandı. Yine Nahit ağabeyi, yine onun solgun yüzü, çökmüş avurtları, zayıflamış bedeni onunla sürükleniyor, onunla adım atıyor, onunla soluklanıyor... Yürüdü, çoğu zaman olduğu gibi kapıda Ali'nin annesi karşıladı onu. İçeri girdiğinde, odanın birinden gelen arabesk bir şarkıyı duydu, irkildi. Önceleri çok da tepki duymazdı bu müziğe. Ama bu an dinlemek zorunda kaldığı bu müzik onu itiyordu. Bir an,

"Benim ne işim var burada?" diye içinden geçirdiğinde, tam o anda Ali belirdi kapıda. Gülen, mahzun, temiz yüzünü görünce vazgeçti. Ali geldi, sarıldı. Gülcan konuşmadan, bir şey söylemeden ağlamaya başladı.

"Ne oldu Gülcan?.. Ne oldu, kötü bir şey mi?" Daha yanıt almadan içeriye sertçe seslendi: "Kapatın o müziği!"

Ses kesildi, ablaları çıktı.

"Ne oldu Gülcan?"

"İçeri girin," dedi diğeri, Gülcan ablaların şaşkın bakışlarının altında girdi içeri, büyük olan, Gonca hemen atıldı, "Çay koyayım mı?" diye sordu. Onlardan önce küçüğü yanıtladı:

"Koy tabii! Ne duruyorsun? Görmüyor musun?"

"Neyi görmüyorum?"

Küçük kaş göz hareketiyle çıkmaları gerektiğini anlatmaya çalıştı. Belli ki Ali'yle Gülcan'ı bu durumda yalnız bırakmaları en doğru hareket olacaktı, bunu anlatmaya çalıştı ablasına.

"Yürü! Biz çıkalım."

Çıktılar, Gülcan oturdu, Ali yanına ilişti, yüzü ona dönüktü.

"Anlatmayacak mısın?" diye tekrar sorduğunda, Gülcan içini çekti, kolunun yeniyle gözyaşlarını sildi.

"Cezaevinden, görüşten geliyorum. Abim iyi değil... Bir görsen tanıyamazsın, çökmüş. Ona bir şey olacak Ali!"

Yine ağlamaya başladı. Bu kez yüksek sesle, hıçkırarak ağlıyordu. Kapının hemen ilerisinde, kızlarla annesi ne yapacaklarını şaşırmış, içeriye girsinler mi, girmesinler mi, karar veremiyorlardı. Yine küçük kız bu kararsızlığa son verdi:

"Ne duruyoruz? Çay koyup öyle girelim içeri. O zaman ne olduğunu anlarız."

Üçü birden girdi mutfağa. Telaş içinde, biri suyu doldurdu çaydanlığa, diğeri çay paketine yöneldi, anneleri kısık bir sesle, kendi kendine konuşuyormuş gibi söylendi:

"Kötü bir şey oldu mutlak... Benim bildiğim Gülcan hiç böyle olmazdı. Ya babasına bir şey oldu ya da abisine... Bir şey oldu!"

"Anne!.. Ağzından yel alsın!" dedi küçük. "Kötü şeyler düşünme. Belki başka bir şeydir, okulunda bir şey olmuştur, kim bilir? Olmuş, üzülmüş, canı sıkılmıştır."

Gonca, "Kız bunlar bayağı âşık oldular birbirlerine, ha!" dedi gülümseyerek. "Baksana nasıl bizimkinin boynuna dolandı, görmedin mi?"

"Vallaha doğru... Bunlar çifte kumrular şimdi."

"Olsunlar, olsunlar... Ne var, yakışıyorlar birbirlerine."

Annesi, "Bırakın gevezeliği! Çaya bakın!" dediğinde küçük kız, "Oy!.. Kıyamazlar! Kaynana olacak!" deyip kadına sarıldı.

"Dur, dur!.. Onları bırakın da kendinize bakın. Koca kentte birini bulup da başımdan gitmediniz."

"O da olur anneciğim, merak etme... Tontoşum benim! Bak hele bak! Kızlarının evden uçup gitmesine de ne kadar istekli tontoş! Sen yeter ki iste, biz buluruz birini, tez zamanda uçarız yuvadan anneciğim. Ama sonra ardımızdan gözyaşı dökmek yok, ha!"

"Tamam, tamam... Bir bulun. Hemen gönderirim... Nerede o günler? Göreyim sizi..."

Onlar mutfakta konuşurken, Gülcan ağabeyini anlatıyordu. Gözyaşları durmuyordu. Ali sarıldığında yanakları ıslanmıştı Gülcan'ın gözyaşıyla. Onun için bu an yaşamının en güzel ânıydı. Böyle düşünüyordu. İçi kabarıyordu. Şimdi, şu an Gülcan'ın derdine derman olmak, onu bu üzüntüden kurtarmak için istediği her şeyi yapabilirdi. Ölüme git dese, rahatça giderdi. Cezaevine sen gir, Nahit kurtulsun dese, koşa koşa giderdi. Her şeyi bırak, annesini, ablalarını, hayatını bırak gel, büyük belalar seni bekliyor, yürü, dese yine öyle... Göze almayacağı zorluk yoktu. Şu an, şimdi!.. Gülcan'a sarılmış, saçlarını okşuyordu. Şimdi, şu an, ne kadar yakın hissediyordu kendisine Gülcan'ı. Buna, bu yaşadıklarına şaşırıp kalıyordu. Artık, acısını onunla paylaştıktan sonra, koşup omzunda ağlamak için ona geldikten sonra, hiçbir ayrım, hiçbir koşul onları birbirlerinden ayıramazdı. Gülcan'ı seviyordu. Hem de ölesiye! Onun için yaşamını hiç duraksamadan feda edebilirdi. O!.. Gülcan!.. Çocukluk sevgilisi!.. Şimdi, şu an onun için ne yapabilirdi?.. Bunları düşünürken Gülcan'ın yaşlar akan yanağına uzandı. Dudağını o ıslak yanağa dokundurduğunda, içinde bir kopuş hissetti. Sanki boşlukta uçuyordu. Gülcan, daha da sokuldu, burnu Ali'nin çenesinin altına girdi, sıkı sıkı sarıldı. O da şimdi sanki ağabeyine, Nahit'e sarılıyordu. Sanki ne kadar çok sarılsa Ali'ye, o kadar daha çok Nahit'i yaşama döndürecek, o kadar çok ölümden uzaklaştıracaktı. Sarıldı, sıkı sıkı sarıldı, o anda kapı vuruldu.

"Girebilir miyiz? Çaylarınızı getirdim," dedi kızlardan biri. Ayrıldılar, Gülcan gözyaşlarını kolunun yeniyle sildi. Ali, "Gir!" dedi.

Önde küçük kız, arkada büyük, girdiler. Çay dolu bardakların dizildiği tepsiyi sehpanın üzerine koydu küçük kız, geçip karşıdaki divana oturdu, ablası da yanına.

"Gülcan! Merak ettik. Annem de çok merak etti, bir şey mi oldu, kötü bir şey mi?" diye sordu Gonca.

"Abim," dedi Gülcan, üzgün bir ses tonuyla, "Nahit abim ölüm orucunda... Cezaevine gittim bugün yine... Çok kötü. Çok! Anlatamam... Görseniz tanıyamazsınız."

"Ölüm orucu nedir kız? Ne ölümü?"

"Haberlerde hiç duymadın mı?" diye çıkıştı küçük kız. "Cezaevlerinde kaç gündür bu var. İsteğimizi yerine getirmezseniz biz de hiçbir şey yemeyeceğiz, açlıktan öleceğiz, diyorlar. Nahit de onların içinde."

"Evet, öyle," dedi Gülcan. "Başlamışlar, vazgeçmeyecekler... Eğer hükümet bir şey yapmazsa, yakında bir bir ölecekler."

"Allah korusun! İnşallah öyle şey olmaz. Kim izin verebilir buna? Olacak şey mi?"

"Olacak, olacak," dedi Gülcan, yine gözleri doldu.

"Gün doğmadan neler doğar. Dur, hemen öyle kendini salma," dedi küçük kız.

"Evet, belki," dedi Gülcan, gözyaşları akıyordu, Ali sarıldı.

"Ağlama!.. Bence de dediklerin olmayacak. Bunlar insan değil mi? Bunların da çocukları yok mu? Kim göz yumabilir böyle bir şeye? Bence de yakında istekleri kabul edilecek, korkun, kaygın bitecek Gülcan."

"İnşallah!" dedi büyük. Küçük kız da, "İnşallahla, maşallahla olmaz!.. Bir şey yapılmalı!.. Evet, hani o şarkıdaki gibi, 'bi şey yapılmalı' abla, anlıyor musun?"

Ablası ters ters baktı küçüğe.

"Hadi çayını al, fazla bilmişlik iyi değil, al!"

O anda annesi girdi.

"Gel anne," dedi büyük kız, kadın girdi, oturdu.

"Duydum kızım... Üzüldüm... Annen nasıl? O yazık, nasıl dayansın şimdi."

"Annem bilmiyor. İlk zamanlar kaygılandı, niye zayıflamış, diye sordu, eh işte, geçiştirdik. Bu son zamanlarda da götürmüyoruz ziyarete, yakında çıkacak, diyoruz, engelliyoruz."

"İyi yapmışsınız. Söylemeyin."

Gülcan, uzanıp çay bardağını aldı. Daha annesi girdiğinde Ali uzaklaşmıştı. Çayını yudumlarken Ali'ye, "Bir yere gideceğim akşamüzeri, bir haber ileteceğim. Benimle gelir misin?" dedi.

Ali daha yanıt vermeden annesi, "Gelsin, gelsin tabii kızım," dedi.

"Olur, tabii, gideriz," dedi Ali, sustular. Şimdi yalnızca yudumların, bardakların sesi duyuluyordu. Çaylarını içtiler, başka konularda sohbet açıldı. Hava yavaş yavaş kararıyordu, kızlar işe gitmek için hazırlığa koyuldular. Ali'yle Gülcan çıktı, annesi onları kapıdan uğurladı, gecekondunun yolunu tuttular. Oraya gitmek için iki otobüs değiştireceklerdi. Ağabeyine Nahit'in yanıtını iletecekti. Sanki Nahit'in yanıtı ağabeyinin de beklediği bir yanıttı. Nahit, görüşünü o solgun, o bitkin haliyle açıklayarak anlattığında, Gülcan, "Benim de senden beklediğim buydu güzel abim, bu!" diye geçirdi içinden, onun haline üzüldü, verdiği yanıta da sevindi. Bunları düşünüyordu, bu duygularla Ali'nin yanında, otobüse doğru yürüdü; araca bindiğinde hâlâ aklında Nahit'in solgun yüzü vardı.

37

Şimdiki zamanda bir öğlen sonrası: Serap cezaevinde, görüşte

Bir gün önceden, çoğu dalgın geçirdiği bir günün ardından, aklında onlarca soruyla, görüş gününe, bugüne hazırlanmıştı Serap. Her görüşe gittiğinde büyük bir merakla, "Bugün neler duyacağım? Nasıl oldu acaba? Nahit'i nasıl bulacağım, çökmüş mü? Ne olacak bunun sonu? Vazgeçme olasılığı var mı?" gibi sorularla yol alır, cezaevine girip de Nahit'i gördüğünde kimi gün beklediğinin tersi bir yüzü, bir canlılığı bulurdu karşısında. Eğer genel anlamda moral veren bir gelişme olmuşsa, örneğin kimi görüşmelerin ardından gelen haberler olumluysa, canlı, yaptığından, yaşadıklarından, eyleminden memnun, konuşkan, şakalaşan bir Nahit bulurdu karşısında. Böyle görüşmelerin ardından o da cezaevinden umutla, içi sevinç dolu ayrılırdı. Yok, tersi gelişmeler olmuşsa, iktidar yine "üç maymun"u oynamayı sürdürüyorsa, Nahit'in görüşe gelmesi gecikirdi. Sanki onu görmek istemiyormuş gibi bir duyguya kapılır, üzüntüsü, kederi kat kat çoğalırdı. Karşısında, sinirli, dalgın, az konuşan, bir an önce görüş bitsin de çıkıp gitsin görüntüsü sergileyen bir Nahit bulurdu.

İşte bugün de benzer bir gün yaşayacağı düşüncesi daha cezaevinin kapısından girdiğinde bilincinde dönüp duruyordu. Günler, sayılar çoğalıyordu. Ölüm orucundaki sayılar son derece önemliydi. Her artış ölümü çağrıştırıyordu. Gazeteler, ölüme yatılan gün sayısı yüzü aştığından bu yana, her haber başlığının önüne o gün ulaşılan bu sayıyı koyuyordu. İşte böyle günler yaşanıyordu. Yine iktidarla konuşulan, yoğunluk yaşanan umut günleri uzakta kalmıştı. Onca yazarın, aydının, demokratik kitle örgütlerinin, odaların, baroların girişimi sonuç vermemişti. İşte tıkanmıştı. Her geçen gün yalnızca ölümleri çağrıştırıyordu. O yürüyüşler, kitlesel eylemler orada burada cılız da olsa sürüyordu. Şimdi cezaevlerinin önünde aileler, daha çok da anneler vardı. Ölüm orucuna ilk başlayanların bir kısmı ağırlaşmış, hastanelere kaldırılmıştı. Eylem orada devam ediyordu.

Bunları düşünerek görüş yerinde bekliyordu. Nahit'i gördüğünde, içinden, "Kendini topla! Nahit'in umuda, sevince gereksinimi var," diye geçiriyor. Nahit'in, kapıda ilk görüntüsü, sanki Serap'ı kucaklayacakmış gibi gelişi, gülen yüzü... Bir anda karamsar düşüncelerden uzaklaşıyor.

"Hoş geldin, nasılsın?"

"İyiyim Nahit... Sen nasılsın?"

"Ben de iyiyim... Az önce koğuşta yoldaşlarla bir fasıl türkü söyledik. Nice zamandır unutmuştuk türkü söylemeyi. Hep günlük mücadeleden, siyasi tartışmalardan başımızı kaldıramadığımızdan olacak..."

Nahit'e bakıyordu, onu inceliyordu. Gözlerine, çökmüş, morarmış ama canlı gözlerine. Yanakları solgun ama yeni tıraş olmuş belli ki, konuşurken cildindeki hareket yine bir başka canlılık veriyor yüzüne. Dişleri, dudakları, kaşları... Her biri bugün duyumsadığı coşkuya eşlik ediyordu. Şimdi, burada nasıl da ona sarılmak, nasıl da kokusunu içine çekmek istiyordu, bir bilse!.. Ama işte oradaydı, camın ardında. Çok yakınındaydı. Ama ne yazık ki bir o kadar da dokunamayacağı, hissedemeyeceği kadar uzakta!

Nahit konuşuyor, durmaksızın konuşuyor; son gelişmeleri, ölüm orucuna yeni başlayanları, başka cezaevlerini, alınan kararları anlatıyordu. Nahit'i saatlerce bu haliyle dinlemek isterdi. Yan yana, dokunabileceği, saçlarına, yanaklarına, zayıflamaya, incelmeye başlamış kollarına sarılıp konuşabileceği bir ortamda dinlemek isterdi. İçinden bir ses başka bir şey söylüyordu: Bu kavga başarıyla sonuçlanacak! Bir gün Nahit'i burada, kapıda karşılayacak. Ona öyle sıkı sıkı sarılacak ki, ömrünce bu ânı unutmayacak. O gün gelecek!.. Başka yolu yok, gelecek!..

Tam bunları düşünüyordu ki Nahit'in farklı bir şey söylediğini ayrımsadı. Bu söylediği sözler onun düşlerini bozan sözlerdi. İşte o an birden titrediğini hissetti. Nahit diyordu ki:

"... Bu hafta başında bir karar verdim. Günlük tutmaya karar verdim. Her gün, gün bittiğinde yaşadıklarımı, bu kavgada yaşananları yazacağım. Ne olur ne olmaz... Eğer bana bir şey olursa, yani ölüm gelip çatarsa... bu günler, verilen kavga, günbegün yaşananlar gelecek kuşaklara aktarılmalı. Her gün, eğer uzarsa son günüme kadar tutmaya çalışacağım. Bu günlükleri görüşe geldiğinde sana vereceğim, iyi sakla. Yine ağırlaşır da hastaneye kaldırılırsam zaten yanımda vasim olarak sen olacaksın. Dalgınlaşır, unutkanlık başlarsa bana anımsat günlüklerimi yazmayı. O gün geldiğinde daha geniş boyutlarıyla konuşuruz bunları."

"Bence buna gerek kalmayacak. Yani şey demek istiyorum... sen yine de tut günlüğünü. Yaşananları, düşüncelerini yaz tabii... Ama bu kavga öyle düşündüğün gibi o güne kadar sürmeyecek. Mutlaka başarıya ulaşacak. Normal yaşama döneceksin. Bunca insan, bunca ölüm... nereye kadar?"

"Serap, gerçekçi ol!.. Sana hep söylüyorum, en kötüsüne hazırla kendini. Hep olumlu sonuçlanacak biçiminde düş kurma. Buradan ben de dahil onlarca tutsağın cenazesi çıkabilir! Geçmişte de yaşandı bunlar. Geçmişte de cezaevlerinden, hastanelerden cenazeler çıktı. Buna hazırla kendini!"

"Ben yine de umutluyum. Daha çok böyle düşünmek istiyorum. Öbür türlüsünü, ölümleri düşünmek istemiyorum."

"Peki, peki... Ama bak, günlüklerim çok önemli, onları iyi sakla. Hatta şöyle yap bence... Fotokopisini çektir, onu da başka bir arkadaşa ver. Birisine bir şey olursa, diğeri sağlamda olur."

"Olur... Sen bırak, ben alırım. Ama hemen vermezler değil mi, okumadan yani?"

"Verecekler. Dün verdim içeriye, okunmuştur."

"Sansür yaparlar mı?"

"Sanmam... Bu yazdıklarım o anlamda cezaevini rahatsız etmez. Bunlar içerik olarak her gün yazılıp çizilenlerden. Sansüre uğrayacakları ben başka kanallardan çıkarırım dışarı, sen merak etme."

"Sen de merak etme, günlüklerin güvende olacak."

Yine dalıp gitti. Nahit de başka konuşmalara geçti. Bir gün önce Gülcan gelmişti. Onunla yaptığı görüşmeyi anlattı.

"Onun da senin de eğitim hayatınıza zarar vereceğimden korkuyorum... İkinizin de bir ayağı burada."

"Yok canım! Ne zararı olacak? Hem ne kadar zamanımızı sana ayırıyoruz ki?.. Olmaz, olmaz!.. Sen bunu düşünme."

"İyi... Bize, anneme uğruyor musun hiç?"

"Birkaç kez gittim. Ama bu aralar gidemiyorum. Dershane, çalışmalar... Ama gideceğim. Gülcan'la birlikte olmak bana da iyi geliyor."

"Git, git... Anneme benim iyi olduğumu, cezaevinde fazla kalmayacağımı, en kısa zamanda çıkıp geleceğimi söyle. Umut ver anneme. Gene diretmiş görüşe gideceğim, diye. Nahit istemiyor cezaevi yoluna düşmeni, seni gördüğünde üzülüyor, de. Ne yapın edin görüşe gelmesine engel olun."

"Sen merak etme, ben onunla gereği gibi konuşurum."

"Biz arkadaşlarla başka bir meseleyi de tartıştık, senin de bilemeni istiyorum. Bu yakında bir basın açıklamasıyla..."

Serap yine düşlere dalıp gitmişti. Kulakları Nahit'te, kurduğu düşleri başka diyarlarda dolaşıyordu yine... Onların evindeydiler. Nahit, annesi, Gülcan... Annesi mutfakta yöresel yemeklerin en güzelini yapmakla meşguldü. Nahit'le diz dize oturmuş, öbür yanda Gülcan, ona dokunmaktan, ona yakın olmaktan duyduğu sevinç yüzünde ışıldıyordu. Şu an ondan mutlusu yoktu. İşte çıkmıştı! İşte onun evinde, çok sevdiği iki yakınıyla aynı çatının altında birlikteydiler! Dünya, yaşam ne kadar güzeldi! Mutluluktan uçuyordu. Daha ne isteyebilirdi ki? Bütün yoldaşları tutsaklıktan kurtulmuştu! Daha ne isteyebilirdi? Hiçbir şey!.. Bu yeter, artardı... İşte annesi de giriyordu içeri. Yüzündeki, gözlerindeki sevinç odayı dolduruyordu. Nahit gelmişti, Nahit! Ölüm uzağa düşmüştü! "*Ölüm adın kalleş olsun!*" Birden şairin bu dizesini sesli söyleyince, "Ne dedin?" diye sordu Nahit. "Hangi şiir?.. Enver Gökçe'nin mi?"

"Haa, evet. Aklım hep ölüm oruçlarıyla karışık... '*Ölüm adın kalleş olsun*' dizesini söyledim, değil mi?"

"Evet, onu... Başka şeyler düşün. Ölümü uzağa koy. Daha çok verdiğimiz kavgayı düşün."

"Haklısın."

"Süre doluyor. Günlükleri oku. Görüşünü de öğrenmek isterim."

"Söylediğin andan bu yana merak ediyorum zaten. Okuyacağım. Gülcan'a söz edeyim mi günlüklerden?"

"Olur, et. O da okuyabilir."

"Tamam... Okuduktan sonra veririm Gülcan'a."

"Görüşü bitirelim istersen. Kendine iyi bak, derslerini aksatma... Unutma, bu günlerde bizi savunacak avukat yoldaşlara daha çok ihtiyaç duyuyoruz, verdiğin sözü unutma! Avukat olacaksın, bizleri savunacaksın."

Serap kendini tutamadı, güldü.

"Tamam hocam!"

Nahit de güldü. Gülen yüzü Serap'a yine çok güzel göründü.

"Evet, biraz öğretmenlik oldu, ama olsun, zararı yok... Hadi hoşça kal."

"Hoşça kal. "

"Seni kucaklıyorum."

"Ben de... Kendine dikkat et, yaşamanı istiyorum. Gelecek için, düşlerimiz için."

"Gerçeği göz ardı etme... Yaşadığımız gerçeği."

"Tamam öğretmenim!"

"Hadi yaramazlık yapma! Yürü bakayım, derslerine iyi çalış!"

Döndü, bir yüzü arkada, gülen o güzel yüzle, geldiği kapıdan çıkarken el salladı. Serap bir süre öyle kaldı camın önünde, sonra çıktı. Cezaevinin idari bölümüne gitti. Sonra, nice sonra elinde bir zarfla çıktı, içinde neler var, ne yazmıştı, çok merak ediyordu. Cezaevinin kapısından ayrıldı, durağa yaklaşan otobüse koştu.

38

Şimdiki zamanda bir öğlen vakti: Süsen'le Gülcan cezaevi yolunda

Süsen artık çalışmaya yalnız gidip geliyordu. O geceden, Yusuf'un ayağına doğru tetiği çektiği geceden sonra, kendini bir başka duygu içinde bulmuştu. Şimdi daha özgür, zincirlerinden kurtulmuş gibi rahat hissediyordu kendini. İşte ağabeyine gerek kalmamış, kendisi kesmişti cezasını, Yusuf'u topal koymuştu. Bunu anlatıp duruyordu barda. Önceleri aklında hep ağabeyi Zahit vardı. Zor zamanlarında ondan başka kimseyi düşünmezdi. Her başı sıkıştığında o gelirdi aklına, ağabeyi Zahit. Bir gün çıkıp gelecekti, Yusuf belasından, korkulardan onu kurtaracaktı. Oysa biliyordu, imkânsızdı bu. Öyle ha dediğinde Zahit gelemezdi. Bir de Nahit girdi içeriye. Bari o girmeseydi içeri, çok darda kalacak olsa ona haber gönderirdi. "Gel kardeş, gel bu sıkıntıdan, bu beladan beni kurtar," derdi. O da yok... İşte bütün kapılar kapanmıştı. Tek başına kalmıştı... Meğer bütün mesele bir anlık cesaret işiymiş. Bir anlık! Onu da o gece buldu. Gözlerini kapatıp yaptı. Aslında sonra kendi de inanamadı tetiği çektiğine. Ama işte bir anda, bilinçsizce, biraz da alkolün etkisiyle iki kez üst üste tetiğe basmakla içindeki korkudan kurtuldu. Artık korkusu kalmamıştı. Masalara bu güvenle oturuyor, canı istediğinde, kafası bozulduğunda müşterilere siktir çekip kalkıyordu. Ekrem Bey onu uzaktan izliyor, bu güveni onun da hoşuna gidiyordu. Yanına oturtturuyor, saçlarını okşuyor, sohbet ediyordu. Yusuf, evde topal haliyle bir başınaydı. Artık Süsen'in gözünde bir zavallıydı. Haftanın kimi günleri sabaha karşı bardan çıktıklarında Ekrem Bey'e gidiyordu. Alkolü artırmıştı. Kimi geceler Ekrem Bey'in evinde içmeyi sürdürüyor, sonra yatağına giriyordu. Ekrem Bey'i okşadığında aklında hep o vardı, Şair! Son zamanlarda aklından çıkmıyordu. Ona gitmeyi, bir kez olsun onunla olmayı çok istiyordu. Bunu düşünürken, imkânsızlığını da biliyordu. Artık Alev'le karıkoca gibi yaşıyorlardı. Çoğu gün geç saatte gelip Alev'i alıyor, birlikte çıkıyorlardı. İşte buna dayanamıyordu. En çok bu!.. Birlikte çıkmaları ona koyuyordu. İçine kapanıyor, hayattan kopuyordu.

İçin için kendini yediğinin farkındaydı. Kurtulmalıydı bu saplantıdan. Bu gidişin sonu yoktu. Şair'den ona yâr olmayacaktı. O şimdi ölüme yatmış kardeşine, Nahit'e ihanet ettiğini düşünüyordu. Ağabeyini, Zahit'i, babasını görüp görmeyeceği belli değildi. Sık sık, "Ben ne yapıyorum?" diye soruyordu kendine. Kendi kendine kararlar alıyordu. Yemin billah ediyordu aldığı kararlara uyacağına. Aklına Şair'i getirmeyecekti. Geldiğinde yüzüne bakmayacaktı. Sadece kardeşini düşünecekti. Hatta Yusuf'a bile öyle çok eziyet etmeyecekti. Ailesinden başka kimseyi düşünmeyecekti. Evine çekidüzen verecekti... Düşünüyordu, gün boyu yeni yeni kararlar alıyordu ama akşam olup da saat ilerlediğinde, alkolle uyuşmaya başladığında yine aynı noktaya geliyordu. Sanki onca kararları alan o değildi. Şair'in çıkıp gelişini, onu koluna takıp çıkışını hayal ediyordu.

Bu günlerin birinde Gülcan çıkıp geldi evine. Kapıda gördüğünde, "Hadi hazırlan, cezaevine gidiyoruz," dediğinde şaşırdı. Cezaevine gitmeyi, Nahit'i görmeyi çok istiyordu ama nedense ziyarete gideceklerini unutmuştu. Gülcan'a soru dolu gözlerle baktı.

"Cezaevine mi?" diye sordu.

"Evet, abime gidiyoruz, ziyarete!"

Çok sevindi buna, heyecanla, "Tamam, hemen hazırlanırım," dedi, döndü, koşarak gitti yatak odasına, giyindi. Odadan çıktığında, salonda, koltuğa uzanıp televizyon izleyen Yusuf, "Kimdi o? Gülcan mı?" diye sordu.

"Evet, Gülcan."

"Nereye gidiyorsunuz?"

"Abime, ziyarete."

"Selam söyle."

Nedense bir anda Yusuf'a duyduğu kızgınlığı unuttu. Onu öyle bu kadar uzun konuşturmazdı. Yusuf da buna şaşırdı, bir kez daha, "Unutma selamımı," dedi yumuşak bir sesle. "Hasta olduğumu, bu yüzden ziyaretine gelemediğimi söyle."

"Olur, söylerim."

"Güle güle gidin."

Çıktılar. Yaşamında ilk kez bir cezaevinden içeri girecekti. Bunca zaman sonra kardeşini, Nahit'i görecekti. Nasıldı acaba? Ona nasıl davranacaktı? Kim bilir açlık Nahit'i ne hale sokmuştu? Yalvarsa yakarsa açlık grevinden vazgeçer miydi acaba? Yolda, otobüste yalnızca bunları düşündü. Ama onu böyle göreceği, o çökmüş gözlerle, o zayıflamış, bir deri bir kemik kalmış haliyle göreceği aklının ucundan bile geçmemişti. Gördüğünde az kalsın düşüp bayılacaktı. Gözlerine inanamadı. Orada, camın ardında bir başka insan duruyordu, Nahit değildi! Gözyaşlarını tutamadı. Öyle sarsıla sarsıla ağladı ki, Nahit'in bağırmasıyla kendine gelebildi. Gülcan şaşırdı, ne yapacağını bilemedi. Nahit, "Kendine gel abla! Ne yapıyorsun?" dediğinde yavaş yavaş kendini toparladı. Bundan sonrası nasıl geçti, neler konuşuldu doğru düzgün hiçbiri aklında yoktu. Sanki kötü bir düş görmüştü. Bu düşünde yalnızca Nahit'e yalvarmalarını, sızlanmasını, bir de gözyaşlarına engel olmadığı anları anımsıyordu, o kadar. Çok uzun sürmedi görüş, Nahit kızdı. Kızgınlığı sesine yansıdı.

"Hadi gidin! Sonra, başka bir gün, sakinleştiğinde gelirsin, konuşuruz," dedi, ayrıldı, bir anda yok oldu. Eve kadar bir ölü gibi geldi. Gördükleri aklını başından almıştı.

"Neden bunu yapıyor, neden? Niye kendini bu hale sokmuş? Hiç bize, anasına, babasına, kardeşlerine acımıyor mu?.. Bunu yapmaya, böyle ölüme gitmeye ne hakkı var? Kimin için yapıyor, kim demiş bacım bunu yap diye, bir sen onu bana söyle hele! Nasıl iş bu böyle?.. Aklım almıyor. Senin alıyor mu?.. Sen niye öyle sessiz kalıyorsun? Niye engellemiyorsun? Zahit nerede? O duymadı mı, haberi yok mu? Kiminle haber göndereceğiz? Gelmeli... Gelmeli, buna engel olmalı bacım, bir çare düşün... Babam? O nerede kaldı, niye yitip gitti?.. Gideceğim, anneme anlatacağım, çıkıp gitsin, oğlu ne hale gelmiş görsün!.. Kimse engel olamaz bana, kimse!.. Çekil, bana karışma!.. Gözlerime inanamıyorum... Yoksa ben bir rüya mı gördüm? Ha?.. Söyle! Kötü bir rüya gördüm Gülcan, değil mi?.. Birazdan kalkacağım, bakacağım bu bir rüya. Değil mi? Bu doğru değil, bu gördüğüm hakikat değil, biliyorum, değil söyle!"

"Dur, sakin ol!.. Konuşacağız bunları, sana anlatacağım. Onu kimse buna zorlamadı. Kendi isteğiyle yapıyor... Sakın ha! Anneme söylememeliyiz. Onu gördüğünde ne hale geleceğini düşün. Zaten son günlerde evdeki havadan, televizyonlardaki ölüm orucu haberlerinden kuşkulanmaya başladı. Tutturdu, ben gidip oğlumu göreceğim, diye. Zor tutuyorum. Gidebilse yalnız gidecek. Abim istemiyor, diyorum. Geldi, gördü, bundan sonra beni parmaklıkların ardında görmesin, bunu istemiyorum, yakında cezam bitecek, geleceğim, size sürpriz yapacağım diyor, deyip zor engelliyorum... Böyle bir sürü yalan söylüyorum, evet, zor tutuyorum zaten."

"Evet, yalan!.. Her şey yalan!.. Peki, başına bir iş gelse, Allah korusun orada ölse ne diyeceksin? O zaman hangi yalanı uyduracaksın, altından nasıl kalkacaksın söyle bacım, nasıl?"

"Dur abla!.. Sana önce de anlattım. Bak herkes, bütün bilinen, sevilen adamlar bu işi bitirmeye çalışıyorlar. Belki en kısa zamanda bitecek, annemi üzmemize değmeyecek... Ama olur ya, tersi olursa, bitirilmezse, o zaman düşünürüz. Zahit abime gelince... Onun haberi var, yapması gerekeni yapıyor o da şimdi. Şimdi ne yapması gerekirse... Biliyorsun, cezaevine gidemez, ben konuştum."

"Kiminle konuştun?.. Ne diyorsun?"

"Sakin ol! Evet, Zahit abimi gördüm, konuştum."

"Nasıl, nerede?"

"İşte burada, bir evde... İyi o, yakından ilgileniyor."

"Durumu nasıldı? Hiç beni sordu mu?"

"Sormaz mı?.. Sordu, anlattım. Hatta Yusuf'u ayağından vurduğunu da söyledim."

"Yapma kız! Onu da mı söyledin?"

"Evet, söyledim."

"Ne dedi, ne?"

"Ne diyecek... Dedi tamam, o serseriyi şimdi topal yaptı ya, artık ölene kadar ona bakar. O it artık kene gibi düşmez sırtından, dedi."

"Bok bakarım!.. Deseydin artık o Süsen yok... Öldü!.. O Süsen öldü! O cahil, o ne yaptığını bilmeyen, herkesin dediğine inanan Süsen öldü abi, öldü! Şimdi başka Süsen var... Evet, ben öldüm, yeniden dirildim. Bak göreceksin, bugünden sonra başka bir kadın olacağım, sana da söz veriyorum. Kurtulacağım, Şair'den de kurtulacağım. Yusuf köpeğini sürüm sürüm süründüreceğim... Bak görürsünüz."

"Kimden kurtulacaksın, kimden? Şair kim?"

"Dur bacı, dur... Sorma, sonra, zamanı geldiğinde, yapacağım dediklerimi yaptığım zaman anlatırım."

"Sevdalın mı yoksa bu Şair... Vay be! Hem de şair, ha? Gerçek şair mi? Yani kitapları falan var mı?

"Tabii gerçek, sahtesi nasıl olur?"

"Var, var... Sahtesi de var."

"Yok, bu sahte değil."

"Nereden biliyorsun?"

"Biliyorum, biliyorum. Kitabı var, şiirlerini bize söylüyor."

"Okuyor yani. Şiir okunur abla, şarkı gibi söylenmez."

"Neyse!.. Şimdi cahilliğimi yüzüme vurup durma. Okunur, söylenir... Okudu işte."

"Tamam, tamam... Merak ettim doğrusu bu Şair'i. Bir gün anlatırsın... Nahit'e gelince... Yine diyorum, bu mesele olumlu bitecek. İstekleri karşılanacak, çıkacaklar cezaevinden. Zahit abim de böyle düşünüyor. Senin düşündüğün gibi olacağını sanmıyorum."

"Siz öyle bilin, göreceksiniz, bu işin sonu hiç de öyle görünmüyor. Kötü, kötü!.. İçimde kötü bir his var! Sanki..."

"Karamsarlığı bırak!.. Bak göreceksin, bu savaşı kazanacaklar."

"Ne savaşı ayol!.. Savaş nereden çıktı?.. Kiminle savaşıyorlar cezaevinde?"

"Öyle değil, düşündüğün gibi değil. Anlamıyorsun abla! Yani istediklerini alacaklar."

"Tabii ya, ben cahilim, anlamam!.. Siz okudunuz, ben ne anlarım siyasiden."

"Siyasetten demek istiyorsun... Ben onu demek istemedim... Hem sen çok değiştin abla, hepimiz görüyoruz. Yaman kadın oldun, korkusuz, dirayetli. Anneme de anlatıyorum ama o duymazdan geliyor."

"Gelir, gelir... O haklı, annem... Onu, sen hariç, hepimiz ayazda koyduk... Onu terk ettik bu koca şehirde, yalnız sen kaldın... Bu koca şehirde!.. Biz nereden nereye geldik Gülcan?.. Hatırlıyor musun ilk geldiğimiz günü, mahalleye, Şenlikli'ye?.. Nereden geldik, köyümüz nerede kaldı? Ne güzeldi... Aklımda yüce dağlar, yeşillik, bulutlar, karlar var. Sanki öyle bir yer dünyanın başka bir yerinde yok... Yok değil mi? Öyle yüksek, öyle güzel dağlar, değil mi?"

"Yoktur herhal... Ben hiç hatırlamıyorum, sizden küçüktüm. Yoktur. Keşke gidip görebilseydim."

"Kim bilir, bakarsın bir gün bütün bu acılar biter, sen okursun, büyük memur olursun, ablanı da alırsın yanına gideriz... Değil mi?"

"Ben memur olmayacağım. Ben sanatçı olacağım abla. Ama yine de gideriz. Neden olmasın? Gideriz tabii... Gideriz, ben de çok merak ediyorum oraları. Belki de babamı buluruz. Hatta annemi de götürürüz. Babamı buluruz, Nahit'in açlık grevi biter, alır geliriz babamı."

"Ya Zahit? O ne olacak? O gelmeyecek mi?"

"Sanmam... Abla, o öyle kolay kolay gelemez. Onun yaşamı bu kavganın içinde sürüp gidecek."

"Bu kavga da nedir böyle, kiminle yapıyorsunuz, anlamadım gitti. Bir türlü dilinizden düşmüyor, kavga, kavga!.. Bir bitse... Zahit de olsaydı yanımızda... Annem, babam, Nahit, Zahit, sen, ben... Köyün yolunda, yüce dağların başında."

"Evet... Ama hayatta düşlenen her şey gerçekleşmiyor işte... Ya da gerçekleşmesinin önünde çok engel var."

Konuşa konuşa eve gelirken Süsen'in gözyaşları hep akıp durdu. Eve geldiler, uzun zamandır Gülcan ablasına gelmemişti. Israrla, neredeyse zorlayarak Süsen eve getirdi.

"Beni şimdi yalnız bırakma... Gel benimle, çay yapayım... Bir de bana bu işi, açlık grevini bir doğru düzgün anlat, bunun sonu nereye varacak kurban olayım, bir anlat. Niye bunu yapıyorlar, niye kendilerine böyle zarar veriyorlar, sebebi ne?"

Birlikte kapıdan girdiler, Gülcan ilk kez Yusuf'u bu halde, ayağının biri alçıda, yanında koltuk değnekleriyle gördü.

"Geçmiş olsun," dedi, durdu, sıkılmış bir halde ne yapacağını bilemedi. Yusuf, "Sağ ol Gülcan, hoş geldin..." dedi. "Gördünüz mü abini? Benim selamımı söylediniz mi?"

"Gördük... Ablam söyledi selamını."

"Ne dedi? Bana bir şey dedi mi?"

Süsen, "Dedi, dedi... Dedi ki bir an önce iyileştirsin o topal ayağını!" dedi.

Gülcan dayanamadı, hemen atıldı:

"Yok, yok! Öyle demedi. Sağ olsun, siz de selam söyleyin, dedi."

Yusuf gülümsedi, "Götüren de getiren de sağ olsun," dedi.

Süsen, "Hadi yürü, mutfağa geçelim," dedi Gülcan'a, girdiler mutfağa, kapıyı sıkıca kapadılar.

39

Şimdiki zamanda bir gün: Zahit yol ayrımında

Zahit, iki gündür kentin hiç bilmediği, tanımadığı semtlerinde, kendini salmış, saçı sakalı birbirine karışmış bir halde dolaşıp duruyordu. Akşam, gecekondu mahallesine yöneldiğinde, kötü bir haber duymadan bir günü daha geride bıraktığında rahatlıyordu. Nahit'ten istediği doğrultuda bir haberin gelmesi Zahit'i rahatlatmıştı. Ama ne var ki, bu durum, bir yanıyla da onu içinden çıkılması zor bir sürece sokmuştu. Haberi alıp da bir süre durum değerlendirmesi yaptıktan sonra, artık ucunda ölüm olsa bile, kararından vazgeçmeyecekti. Vardığı bu kararı pekiştirmek için içinden tekrarlayıp duruyordu. Kendine güvenmiyordu. Kararsızlığı en üst sınırdaydı. Sürekli karar değiştiriyordu. Ama artık bundan, inanarak almış olduğu bu karardan vazgeçmeyecekti. Vazgeçmeyecekti de, öyleyse neydi bu ruh hali? Neden böyle kötü hissediyordu kendini? Neden bir anda boşluğa düşmüştü? İçinde, ruhunda bir eksiklik, boşluk duygusu... Anlamsızlık, uyuşukluk... Elinin, kolunun, tüm gövdesinin ağırlaşması... Neydi eksik olan?.. Bu sorulara yanıt bulamıyordu. Hayatı algılama biçiminde mi bir sorun vardı? Önceki kavrayış, algılama, yorumlama yeteneğini mi yitirmişti?.. İçinde, derinlerde hayat gözünde anlamını yitirmiş gibi... Şimdi ne yapacaktı?.. "Uzak dur!.. Sıyrılmaya çalış bu çöküntüden!.. Evet, çöküntü bu!.. Kendine zarar veriyorsun!.. Bir yolunu bul!.. Bir çıkış yolu!.." Bunu yapmaya çalıştı: Sorulara yanıt bulamayınca, başarabildiği kadar sorular üretmekten kurtulmaya çalıştı... İşte bu aşamadan sonra amaçsız, başıboş dolanmak alttan alta onu rahatlatan bir durum oldu. En iyisi sorusuz, sorgusuz bir gün... İstediği buydu, işte şimdi o da böyle bir hayatı yaşıyordu.

Nahit, eylemi doğru bulmadığını, aksine kamuoyunda oluşan desteği azaltabileceğini, hatta cezaevi direnişlerine zarar bile verebileceğini söylemişti Gülcan'a. Bunları tek tek Gülcan anlattı. O anlattıkça Zahit rahatladı. Beklediği buydu. Ancak böyle bir haberle vazgeçerdi eylemi desteklemekten, o da bunu yaptı. Hemen o akşam haber gönderdi, eylemde yer almayacağını, bunu doğru bulmadığını, bu nedenle de örgütle ilişkisini şimdilik askıya aldığını iletti. Bir kez daha kendini rahat, biraz daha özgür hissetti. Ambarlardan uzak durdu. Bu alandan haberleri nasılsa Rüstem'den alabilirdi. Sakal bıraktı, tanınmamak için kalabalıklara girmedi; bu rahatlığı, bu özgürlüğü doya doya yaşamak için kentin, önceden gitmediği, görmediği semtlerinde dolaştı. Rahatlamıştı ama örgütün bu olayı öyle kolayca kabullenmeyeceğini de biliyordu. Eylem bu aşamadan sonra gerçekleşebilir miydi, onu da bilmiyordu. Ne yapabileceklerini düşündü hep. İzliyor olabilirlerdi. Belki de çoktan karar verildi. Şimdi biri ardındaydı. Ya alıp götürüp yargılayacaklardı ya da buna bile gerek duymadan denk getirildiği yerde infaz edilecekti. Evet, olabilirdi!.. Hakkında böyle bir kararın çıkma ihtimali yüksekti. Buna rağmen yine de bir boş vermişlik hali içinde yaşamaya devam etti.

İşte yine dönüyordu, geride kalan iki akşam Rüstem'le başka şeylerden konuşmuş; coşkulu, sevinçli anlar yaşamıştı. Aysel çok değişmişti. Şimdi onu en çok bu durum rahatsız ediyordu. Nedenini kendisinin de bilmediği güler yüzlü, mutlu hali gözden kaçacak gibi değildi. Gözlerini üzerinden ayırmıyordu. Gece, yatağa girdiğinde bir süre, uyuyuncaya kadar, korkulu anlar yaşıyordu. Olur mu?.. Ya gelirse?.. Rüstem de, kendisi de uyuduktan sonra Aysel'i yanında bulacak olursa?.. "Saçmalıyorsun!" diyordu kendine. "Olur mu öyle şey?.. Ne hale düştün?.. Sana öyle geliyor!.. Aysel'i bilmiyor musun? Kim bilir ne hinlikler düşünerek böyle davranıyor. Oyun onunki, oyun!.. Ardından senin hiç de aklına gelmeyen bir oyun çıkacak. Sırf seni sıkıştırmak, kızdırmak için... Unut gitsin! Kendi derdine bak!.."

İşte gidiyordu, en keyifli bir gün yine bitmişti. O zaman bu akşamı boş geçirmemeli, deyip önce kasap dükkânına, ardından da bakkala girdi. İlk kez gözü büyük rakıya kaydı, "Yetmişlik ver," dedi adama. Bir an vazgeçmek istedi, "Çok oldu, ne yapıyorum?" dedi kendi kendine, sonra, "İçildiği kadar içilir, gerisi kalır, ne olacak," deyip düşüncesini değiştirdi, rakıyı alıp çıktı bakkaldan.

Rüstem'in işten dönüş saatine göre ayarlamıştı kendisini, eve yaklaştığında içeriden gelen sesleri duydu. Kapıya vurdu, Rüstem açtı, içeri girdiğinde, "O ne?" dedi. "Sen bir şeyler mi aldın?"

"Evet, düşündüm de, bir-iki kadeh içeriz, ha? Sana da sormadım ama?"

"Sorman da gerekmez! İyi yapmışsın. Hem yarın da tatil."

"Bunu da düşündüm öyle aldım."

"Hadi geç, hemen pişman olma... Bazen de böyle olmalı. İnsan gönlünün çektiğini kırk yılda bir olsa da yerine getirmeli."

Aysel arkalarında duruyordu, girdiğinde, "Hoş geldin," dedi, elindeki poşeti aldı, hemen mutfağa yöneldi.

İçeri girmişlerdi, Cengiz yerde, oyuncaklarıyla oynuyordu, Zahit'e baktı, gülümsedi. Zahit eğildi, yanağından öptü.

"Cengiz ne haber?"

Çocuk gülümsemeyle yetindi. Rüstem, "Sen Cengiz'i biraz oyala, ardımdan gelir şimdi, ben hanıma yardım edeyim. Son tartışmayı hatırla, bu sefer de söylemediğini bırakmaz," dedi.

"İstersen ben de geleyim."

"Yok canım! Nerede öyle büyük mutfak bizde? Üçümüz sığmayız, sen otur. Biz hanımla hazırlarız. Ben de yeni gelmiştim. Aysel yemek hazırlamıştır. Et de almışsın... Ben şimdi yanına bir salata yapayım bak, tadı damağında kalacak."

Rüstem geçti mutfağa, Cengiz'in bir gözü, hemen yanında, yerde birçoğu kırılmış oyuncaklarda, bir gözü televizyondaki çizgi filmde, Zahit'e gülümsedi yine sıcak, o küçücük, güzel gülüşüyle. Zahit okşadı saçlarını.

"Gel bakalım. Senin şu oyuncaklarını bir toplayalım. Bakalım birlikte ne yapabiliriz," dedi, oyuncakları toplamaya koyuldu. Cengiz de ona katıldı. O ara Aysel girdi, bir Zahit'e, bir oğluna baktı, gülümsedi. Masaya yöneldi, elindeki örtüyü açtı, serdi; hiçbir şey demeden aynı gülen, mutlu yüzle yine mutfağa girdi.

Sofranın hazırlanması çok sürmedi. Yemekler: Salata, kızarmış et, pilav, fasulye pilaki, turpotu masaya taşındı. Belli ki Aysel, bu iki adamın fazla dayanamayacağını, bugün yarın çilingir sofrasını kuracaklarını önceden sezmiş, ona göre, rakıya meze olacak yiyecekler hazırlamıştı. Zahit de Rüstem de bunu ayrımsadı, ses çıkarmadılar, ikisi de memnun oldular, gözleriyle Aysel'e bu duygularını aktardılar. Aysel'in yine hali eski hal değildi. Sanki özel bir gündü bugün, heyecanlı, aceleciydi. Hele iki erkeğin de bugün ona öylesine sıcak yaklaşımı, ince

ince onu okşamaları, uçurdu yüreğini; içinden, "Hayatımın en güzel akşamı!" diye geçirdi. Yine aynı duygu, yine aynı heyecanla gecenin uzamasını istiyordu. Zahit'in de olduğu bir içkili sofrada sabaha kadar oturmak, doya doya bu gecenin tadını çıkarmak... Şimdi en büyük isteği buydu.

Her zaman olduğu gibi önce Cengiz'i doyurdu. Çocuk yarım kalmış oyuna yeniden dönmek için hızlı hızlı yiyordu.

"Doydum anne!" dedi, sandalyeden atlayıp Zahit'e koştu.

"Hadi yine oynayalım."

"Peki, oynayalım."

Rüstem, "Oğlum, Zahit amcan da yemek yiyecek," dedi. "Bırak amcayı, daha sonra oynarsınız. Bak sevdiğin çizgi film de çıktı, hadi canım!"

Cengiz babasına baktı, Zahit, saçlarını okşadı çocuğun.

"Bak, çizgi film de güzel, sen biraz izle, daha buradayım, daha çok oynarız," dediğinde, televizyona yöneldi, bir anda unuttu oyunu. Aysel ona baktı.

"Daha çok!" diye geçirdi içinden. "Daha çok, ha?" dedi bir kez daha, aceleyle çocuğun tabağını, kaşığını aldı, hızlı adımlarla mutfağa geçti. Öyle ayakta durdu. "Ne oluyor?.. Neden çok kalıyor?.. Bir şey mi oldu?.. Bunların işi belli mi olur? Kim bilir belki de kalıp başka, gizli işler yapacaklar... Bana ne? Ne yaparlarsa yapsınlar!.. Burada olsun! Daha çok!.. Daha çok mu?.. Ne yapıyorum!.. Bana ne oluyor? Yüreğim neden böyle bir kuş gibi pır pır... Bakıyor!.. Bir başka türlü bakıyor bana! Kaç kez yakaladım!.. Kaç kez!.. Çok!.. Çok kalacak!" Döndü, girdi odaya. İkisi, Rüstem'le Zahit masadaydılar. İkisinin de gözü televizyonda, çizgi filme takılıp kalmıştı. Zahit, her zamanki halinden daha rahattı. Keyifle çizgi filmi izliyor, dönüp arada Cengiz'e bakıyor, gülümsüyordu. Masada yine üç kadeh vardı. Rüstem koymuştu kadehleri sofraya. Karısının çeşit çeşit meze hazırlamasından, sofraya özeninden onun da içmeye hazırlandığını çıkarmış, kadehi üçe çıkarmıştı. Rüstem, sakince kadehlere rakı koydu. Arada oğluna bakıyor, sevgi yüklü gülüşünü ona gönderiyordu. Aysel hâlâ ayaktaydı.

"Hadi otur hanım," dedi Rüstem, o da oturdu, "Afiyet olsun," dedi, bir lokma bile almadan kadehini kaldırdı. Başka zaman olsaydı Zahit karşı çıkardı, bir-iki lokma bir şey yenildikten sonra içilmesini önerirdi. Bu kez karşı çıkmadı, kadehini kaldırdı, Rüstem'le tokuşturdu. Rüstem karısına götürdüğünde, Aysel, "Afiyet olsun, ben biraz sonra... Aç içersem dokunur Rüstem, siz için," dediğinde, Rüstem, "Peki, karıcığım, sen ağır git," dedi, bir yudum aldı rakıdan. "İyi yaptın be... Rakının tadı bugün de bir başka. Hadi sağlığınıza!"

Başladılar. Bir süre suskun, öyle devam ettiler. Sonra Rüstem çalıştığı fabrikayı, orada yaşananları, işçilerin giderek bireycil olduğunu, muhalif olacaklarına, nasıl da sisteme yamanmakta olduklarını anlattı. Diğer sendikalardan şikâyet etti. Birçok sendikanın da artık keskin bir mücadele içine girmediğini söyledi. Aysel de kadehini kaldırdı, önce Rüstem'in kadehine tokuşturdu. Zahit'e döndüğünde gözlerinde öyle bir bakış yakaladı ki Zahit, hemen bakışlarını kaçırdı. "Bu bakışı Rüstem görse!" diye geçirdi içinden. "Ne yapıyor yine bu kadın? Ne yapıyor?" diye sürdürdü içinden, gecenin geleceğinden ürktü.

40

Şimdiki zamanda bir akşam vakti: Serap'ın günlüklerle Nahit'e yolculuğu

Serap kaç gündür günlüklerle yatıp günlüklerle kalkıyordu.

Yurttan çıktı, güneş batmış, hava kararmaya başlamıştı, adımlarını açtı, otobüs durağına gitti. Bir otobüs geldi, binecekti, binmedi yürüdü. Kaç gündür kendini bir türlü toparlayamıyordu. Aklı, kulağı haberlerdeydi. Kim ne söylemişti, bakan cezaevleri konusunda ne konuşmuş, ufukta bir çözüm var mı, diye beklerken, iplerin giderek gerildiğini, hızla kötüye doğru yol alındığını görüyor, umutsuzluğu her gün biraz daha artıyordu. Gün gün durumun kötüye gideceğini, Nahit'in gitgide sağlığının bozulacağını hissetmeye başlamıştı. İçinden bir ses ona, kötü sona hazırlanmasını söylüyordu. Umutların tükenişini görmek, bu duyguyla yaşamak zor gelmeye başlamıştı. Kimi günler bunu derinden hissettiğinde, kendine kızıyordu. Nahit'in mücadeleci kimliğinin, onun gibi onlarca yoldaşının yiğitçe direnişinin yanında zayıflık gösterdiğini, geri çizgiye düştüğünü söyleyip duruyor, içinden kendine kızıyordu. Bu özeleştirinin ardından yeni bir adım atmaya, kararlı davranmaya, ne olursa olsun direnmek gerektiğine karar veriyor, bu düşüncelerle dershaneye gidiyor, derslerinin başına oturuyordu. Böyle zamanlarda, daha kararlı davranıyor, gülümsüyor, arkadaşlarıyla şakalaşıyor, mutlu olduğunu hissediyordu. Bu bir süre böyle gidiyor, Nahit'le görüşlere bu duyguyla gidiyor, onunla şakalaşıyor, onu şaşırtıyor, ona sevgi sözcüklerini art arda sıralıyor, umutla, sevinçle ayrılıyordu cezaevinden. Ama yine de içinden bir ses ona, bu sevincin çok uzun sürmeyeceğini, ne yaparsa yapsın acı sonun uzatılmayıp aksine yaklaşmakta olduğunu söylüyor; bu sesi bastırmaya, duymamaya, buna aldırmamaya çalışıyordu. Kötü haberler geldikçe, ölüm oruçları uzadıkça, ağır ağır, ne kadar dirense de bir süre sonra yeniden karamsarlığa kapılıyor, ne yaparsa yapsın bu duygudan kurtulamıyordu.

İşte yine içinin daraldığı, soluk alamaz olduğu bu akşamüzeri, günlükler her zamanki gibi çantasında, Gülcan'a gitmek için yola çıkmıştı. Yurttaki arkadaşlarına, "Ben bugün belki de gelmeyeceğim, bir arkadaşta kalacağım," demişti. Yola koyulduğunda son zamanlarda derslerine de iyi çalışmadığını, yoğunlaşmadığını düşünmüş, bir de kendini bu yönden eleştirmişti. Kazanmazsa, üniversiteye girmezse hangi yüzle kasabaya, annesine, babasına geri dönecekti? Öğretmen maaşlarıyla ev kirasını, onun dershanesini, yurt parasını, üst baş, kitap defterini karşılamak kolay mıydı? Ne derdi onlara, kendini nasıl savunurdu?

Bunları düşünmek, kendisiyle hesaplaşmak için bir süre yürüdü, sonra gelen otobüse bindi, iç konuşmasını evin kapısına kadar sürdürdü.

Gülcan'la, onun odasında karşılıklı oturduklarında, ikisi de sessiz, ikisi de durgun bir halde, öyle kimi zaman boş boş baktılar birbirlerine, kiminde de gözleri tavanı, evin içini dolaştı, söze nereden başlayacaklarını bilemediler. Gülcan'la annesi, ikisi birlikte karşılamışlardı Serap'ı kapıda. Gülcan, öyle hemen güzel bir haber verecekmiş gibi bir beklentiye girmiş, o yalnızca selamlaşmış, annenin elini öpmüş, sarılmış, sonra da bir odaya geçmişlerdi. Anne ise sessiz sedasız bir başka odaya girmiş, kapıyı sıkıca kapatmıştı.

"Nahit günlük tutmaya başladı," dedi Serap. "Olup bitenleri, yaşadıklarını günlükte tartışıyor, yazıyor."

"Günlük mü?" İlk anda ne diyeceğini bilemedi Gülcan. "Olsun, tutsun," dedi. Böyle bir durumda niye günlük tutulur, buna anlam veremedi. Onun beklediği haber başka bir şeydi, farklı haberdi. Ölüm oruçlarının bitmesi, ölümlerin önüne geçilmesi gerekiyordu. Önemli olan buydu. Günlük!.. Neden acaba, diye düşündü; "Neler yazıyor?" diye sordu.

"Çok şey... Ben okumakta zorlanıyorum... Dayanamıyorum. Bildiğin gibi değil!"

"Yanında mı?"

"Evet, getirdim."

"Bakabilir miyim?"

"Dur, çantamda... Çıkarayım... Her gün yazıyor. Kendini böyle iyi hissettiğini söylüyor. Aslında iyi bir şey günlük tutması, diye düşünüyorum."

Çantasından çıkardı, bir kitabın içindeydi. Kareli, kitap sayfası boyutunda bir defterin sayfalarına düzgün, okunaklı bir yazıyla yazılmış, sonra kopartılmıştı. Uzattı günlükleri, Gülcan sanki ağabeyine dokunmuş gibi heyecanlandı, elleri titredi. Yazılara daha ilk baktığında duygulandı, gözleri nemlendi. Günlükler dizinin üstünde, bir süre öyle kaldı, sonra ilk sayfadan okumaya başladı. Okudukça yüzü değişiyor, o ilk andaki duygusallıktan uzaklaşıyordu. "GÜNCEM" diye başlık atmıştı Nahit günlüğüne. İlk günlük beş sayfaydı. Sayfanın başında, sağ köşede, *13 Ekim*, onun hemen altında da yuvarlak içinde *84* yazılıydı. Bu, On Üç Ekim'de, açlık grevinin seksen dördüncü gününde olduğu anlamına geliyordu. Gülcan, "Bu kadar olmuş mu? Seksen dört gün, ha?.. Ben de abim niye böyle çöktü, niye bu kadar zayıfladı, diye sorup duruyordum kendime," dedi.

"Bugün doksan üçüncü günü... O ilk yazmaya başladığı gündü, aradan bir hafta geçti."

"Doğru ya! Bunların hepsi bir günde yazılmadı ya! Dur, okuyorum."

Okumaya yeniden, ilk günden başladı. Şöyle başlıyordu ilk günlük:

Böylesi önemli bir süreçte, pratik direniş içinde, yaşadıklarımı kalıcı hale getirmek için bu günlüğün tutulması zorunluluğunu geç kavrasam da bir yerden başlamak gerekiyordu...

Gülcan sayfaları içer gibi okuyordu. Okudukça, durulan hali yeniden hüzne boğuluyor, göz pınarları doluyor, kimi yerlerini sesli okuyordu. Serap kaç kez okumuştu, biliyordu. Ama Gülcan, sesli okuduğunda, sanki ilk kez duyuyormuş gibi tüyleri ayağa kalkıyor, o da gözyaşlarına engel olamıyordu.

Eğiticilerin eğitilmesinde, gönüllüler sınıfından en ileri düzeyde yenilenmiş olarak çıkmaya adayım ve bunun sorumluluklarının da bilincindeyim. Buna, partili geleceğimizde bir taş olma, "XXI. yüzyıla sosyalizmi yazma!" bilincimi kolektif adına, sınıf ve emekçi kitleler adına, daha ileri sorumluluklar almak için ileri çıkma görevi ekseninde bakıyorum...

Serap, suskun, solgun Gülcan'ı dinliyor. O satırları kaç kez okudu, Gülcan'ın ağzından çıkan bir tümceden sonra gelecek sözcükleri, tümceleri biliyor. Gülcan, doluyor yeniden. Bir eliyle günlüğün sayfalarını tutarken, öbürünün tersiyle gözyaşını siliyor.

... *Yenilgiden Zafere* romanını okumaya devam ediyorum. Bugüne kadar Bulgaristan Komünist Partisi'nin pratiği üzerine okuduğum tüm kitapları daha ayrıntılı ve bütünleyen bir roman oldu. Bazı yerleri not tutmaya çalışıyorum. Ama ilk fırsatta daha canlı okuyacağım bir kitap. Deneyim oldu, ufuk açıcı bir roman. Partinin gelişim ve zafiyetleri ortaya konduğu gibi bunu zorlayan ve doğru zeminde mücadeleyi yükseltmeye yönelen askerî örgütlenmenin dallanıp budaklanarak ordulaşmaya geçmesi...

Son günlüğü de bitirdiğinde tomarı aldı, kâğıtları tek tek öptü. Gözyaşlarının birkaç damlası günlüğün sayfasına damladı. Yayılmasın diye, hemen eteğiyle sildi.

"Canım benim!.. Canım abim!" dedi, Serap'a sarıldı, bir süre öyle kaldılar. Gülcan telaşla ayrıldı, gözyaşlarını silerken, "Annem!.. Annem bizi böyle görürse kötü olur. Ona anlatamayız niye ağladığımızı. Nahit'e veya Zahit'e bir şey olduğunu düşünür, toparlanalım... Şey... dur biraz kendime geleyim, çay yapalım, ha?" Kalktı, gözlerini sildi, saçlarını düzeltti; "Sen otur, ben koyarım çayı," dedi.

Serap da kalktı, "Yalnız ne yapacağım odada? Ben de geleyim," dedi.

"Peki, gel birlikte koyalım... Dur hele, ne çayı?.. Akşam olmuş, yemek işine bakalım, sonra çayı koyarız. Sen açsın değil mi?"

"Yok, çok değil."

"Olur mu? Ben de acıktım. Annem hazırlamıştır bir şeyler. O yemekle uğraşıyordur, ondan gelmedi yanımıza. Hadi yürü, çıkalım. Yemekten sonra çayı demler, sohbet ederiz."

"Peki... Sen bilirsin."

Çıktılar odadan, mutfağa yöneldiler. İkisinin de aklında günlüklerden sözler, gözlerinde Nahit'in bakışı, daha çok son hali vardı.

41

Şimdiki zamanda bir akşam: Uzun aradan sonra Şair'le Sürtük Bar'da buluşma

İşte bu akşam, uzun aradan sonra, Şair yine o iki arkadaşıyla birlikte gelmişti bara. Sanki onların geleceğini Ekrem Bey de biliyormuş gibi kapıda karşılamış, ağır ağır salona, dip masaya doğru yürürken, ayaküstü, oturmakta istekli değillermiş gibi sohbet etmişlerdi. Süsen, önce ne yapacağını şaşırmış, Alev'e öyle bakmış, "Kız bunlar nereden çıktı? Artık unutmuştuk... Nereden?" diye sordu. Alev gülümsedi.

"Bu akşamı birlikte hazırladık," dedi. "Dedim ki bizimkine..."

"Bizimkine?" diye düşündü Süsen, "Bizimki, ha? Seninki kız!.. Yalnızca seninki! Sonunda muradına erdin, tapuladın üstelik," diye sürdürdüğünde iç konuşmasını, birden aldığı kararı anımsadı, kendine kızdı. "Sen hayvansın!" dedi içinden. "Hayvansın, bir günün bir gününe uymuyor, hayvan!.. Ne demiştin?.. Ne kararı almıştın, ne çabuk unuttun!.. Hani bu iki arkadaşına artık farklı davranacaktın?.. Hani bundan sonra, Nahit'in ölüme yatmasından sonra... içine gömecektin?.. Kıskançlığı bırakacaktın?.. Hatta daha mutlu olmaları için... Şair'le Alev' in... elinden geleni yapacaktın?.. Hani kıskançlık krizi yoktu?.." Bu özeleştirinin ardından değişti, "İyi yapmışsın kız!" dedi gülümseyerek. "Hem de çok iyi! Sevindim, hani eski günlerdeki gibi... Unutma, Şair'i sana ben ayarladım, aynı o günlerdeki gibi olalım... Benim güzel arkadaşım, çok iyi yapmışsın, sen çok yaşa!"

Alev şaşırdı. Kulaklarına inanamadı. Süsen miydi bunları söyleyen? O eski kıskanç Süsen'e ne olmuştu böyle?

"Tabii olacağız," dedi. "Ne var bu dünyada?.. Hadi, bu akşam iş bittiğinde bana gidiyoruz tamam mı? Yine biraz erken çıkarız. Zaten bugün biliyorsun hafta başı, işler kırık olur. Ekrem Bey'i de alırız, gelirse tabii... Bana gideriz, hatta istersen arkadaşlarını da, Baki'yle Hüseyin'i de alırız, ha?.. Kız ne dersin?.. Hadi ne olacak, şöyle biriyle, beğendiğin... Gönlünün istediği biriyle arkadaşlık... Neden olmasın?"

"Dur kız!.. Benim bu günlerde bunları düşünecek halim mi var?"

"Hadi, hadi!.. Ne olacak? Hemen koynuna girmen gerekmez... Hem olsa ne olur? Evdeki Topal'ını mı düşünüyorsun?"

"Yok canım!.. Canı cehenneme! Onu niye düşüneyim? Yaşadıklarımı, bana çektirdiğini bilmiyor musun?.. Hele bundan sonra... Umurumda değil!.. Artık eski Süsen öldü!.. Öldü Süsen!"

"Damarına bastım gene. Bırak şimdi bunları, yürü de masalarına gidelim bizim adamların. Bir hoş geldiniz, diyelim."

Yürüdüler dipteki masaya doğru, Süsen'in aklında, kendi deyişiyle, "binbir fikir" vardı. Yürüdüler, aklında Yusuf, onun o topal hali, sonra da ağabeyi, Nahit... Onları düşünürken şairlerden biri, Baki uzattı elini, dokundu. Bu kez, Alev'in söylediklerini anımsadı iki yüzün arasında, dokunuşu bir başka algıyla duyumsadı.

"Hoş geldiniz," dedi.

"Buyurun, oturun," dedi Baki, oturdular.

Gece, tartışmalı, bol kahkahalı, şen bir havada geçti. Dipteki o büyük masa sanki onlar için ayrılmıştı, daha çok Şair'le arkadaşları için. İçeriye girip de ayaküstü sohbet uzadığında, Ekrem Bey bunun ayrımına varmış, Şair'in koluna girip ağır ağır onları masaya doğru götürmüştü. İşte o oturma ânında Süsen'le Alev de yanlarına gelmişti. El sıkışmalardan, hal hatır sormalardan sonra oturdular, uzun boyu, solgun yüzü, kısa kesilmiş düz, siyah saçıyla Baki, Süsen'e daha önceki gelişlerinden farklı göründü. Sandalyeyi çekti, onun yanına oturdu. Ekrem Bey de ilişti bir sandalyeye, oturmayacağı, işinin başına, kendi masasına geçeceği her halinden belliydi. Öyle oldu, bir süre sonra, "Size afiyet olsun, ben işimin başına geçeyim," dedi, ayrıldı yanlarından. Süsen, Şair'e baktı, o gördü bu bakışı, gülümsedi.

"Nasılsın?" dedi Süsen'e.

"İyiyim... İşte iyiyim demek alışkanlık ya!.. Ben de her sorana böyle diyorum. Hele burada... Çok tanıdığımız olduğundan en çok bu sorulur, nasılsınız, diye sorulur. Evet, öyle işte, bildiğin gibi."

Alev, bu kez Süsen'e sevgi dolu gözlerle bakıyordu. Bu bakışlar gözünden kaçmadı. Şair, Yusuf'un sağlık durumunu sordu, ne dediği anlaşılmayan bir yanıtla geçiştirdi Süsen. O ara garsonlardan biri geldi, ne içeceklerini sordu. Süsen'le Alev bir şey içmeyeceklerdi, daha erkendi, işlerini yapacaklardı. Onlar, Şair'le arkadaşları içeceklerini söylediler. Bir süre sonra kalktılar, Alev, "Size afiyet olsun," dedi. "Biz işimize dönüyoruz." Süsen, Baki'ye gülümsedi, omzundaki eli okşar gibi gezindi, sonra uzaklaştılar. O her zamanki yerlerine, barın önündeki masaya doğru konuşa konuşa gittiler, müşteri bekleyen öbür kadınların yanına oturdular. Çoğu masa boştu. Bu akşam belli ki pek işleri olmayacaktı. Ama yine de işlerinin gereği oturup müşteri bekleyeceklerdi.

Gece ilerledi, Süsen uzaktan arada bir Baki'yle göz göze geldi, gülümsedi. Baki gördü, kadehini ona kaldırdı, sonrasında, bu bakışların etkisiyle daha hızlı içmeye başladı. Şair'in arada bir onu uyardığını uzaktan gördü Süsen, gülümsedi. Bu ara üç kişi girdi içeri, bir masaya yöneldiklerinde başka iki kadın gülümseyerek yanlarına gittiler. Ayaküstü sohbetin ardından önce kadınlar, sonra da erkekler oturdu. Barın havası değişti, şimdi o masadan kahkahalar yükseliyordu. Bu gecenin, farklılığın etkisiyle olsa gerek, çok az içmelerine rağmen iki kadın da neşeliydi. Aralıksız konuşuyor, arada attıkları sesli kahkahayla üç erkeğin de dikkatini çekiyor, dönüp bakıyor, gülümsüyorlardı. Gece hem erkeklerin hem de kadınların canını sıkmayan, oldukça sakin bir havada sohbet uzayıp gitti.

Mekân iyice tenhalaştığında, Alev'le Süsen de gidip şairlerin yanına oturdular. Süsen, Baki'nin yanındaydı, öbür şair, Hüseyin iki kadının arasında kaldı. Baki, garsona seslendi, az sonra ince uzun boylu garson geldi.

"Bakar mısınız, arkadaşlar ne içecek?" diye sorduğunda, "Aslında biz bugün içmesek," diye Şair'e bakarak konuştu Alev.

Baki, "Yoo olmaz! Beraber bir-iki kadeh içeriz artık. Ne zamandır birlikte oturmadık," diye karşı çıktı.

"Benim bir önerim var," dedi Alev. "Süsen'e de söyledim... Kalkalım, bize gidelim. Süsen de gelecek. Evde oturur, güzel bir şeyler, meze, meyve hazırlar, hem de sakin bir havada sohbet ederiz, ne diyorsunuz?"

Şair, "Tamam, bence de öyle yapalım," dedi. "Yoksa bu masadan kalkamayacağız. Baksanıza, Baki bu gidişle bizi batırmaya kararlı. Kalkalım, içkilerimizi dışarıdan alırız."

"Aşk olsun!" dedi Alev. "Ne dışarısı? Bilmiyor musun, evde her zaman yeterince içecek olur," dediğinde Süsen donuk, durgun bir yüzle baktı. "Ya!.. Demek öyle, ha? Biliyor evde ne kadar... Biliyor, bilmez mi? Ortak eviniz artık." Bocaladığını düşündü, yine kendine kızdı, hemen okları kendine çevirdi. "Saçmalama!.. Aldığın kararı unutma manyak! Kendine gel!" Bu düşünceden sıyrılmak isteğiyle Baki'ye gülümsedi. O da baktı, önce ne yapacağını bilemedi, Alev'in, "Hadi kalkalım," demesi Baki'yi sıkıntıdan kurtardı. "Biz hazırlanıp geliyoruz, çıkarız."

İki kadın, Ekrem Bey'in yanına gitti, konuştular, sonra bir kapıdan girip kayboldular.

Hüseyin sıkıntıyla, "Ya arkadaşlar geç olmadı mı?" dedi. "Daha nereye gidiyoruz?"

Baki hemen karşı çıktı:

"Ne geçi? Burada kaç gece sabahladık, hatırlasana? Hem ne yapacağız, böylesi daha iyi."

"Sen çok içtin," dedi Hüseyin.

"İçmedim... Daha bu ne ki?" dediğinde kadınlar geldi, Alev, "Hadi çıkalım," dedi.

"Daha hesabı ödemedik," dedi Şair, sonra garsonlardan birine seslendi: "Şahin!.. Bizim hesabı getirir misin?"

Kadınlar da çöktüler, kısa bir süre kimse konuşmadı, sonra Alev bozdu sessizliği:

"Hava çok güzel, biraz yürüyelim mi? Sonra bir taksiye bineriz."

"Olur," dedi Şair, "Ben uyarım, arkadaşlar da istiyorsa?"

"Ben de uyarım," dedi Baki, Süsen'e baktı, tam karşısına oturmuştu, güldü. Bakıştıklarını, Süsen'in gülümsediğini Alev de gördü, Şair'le birbirlerine anlamlı anlamlı baktılar; bu kez Alev Şair'e içinden, "Sevgilim!" dedi, bu duygunun etkisiyle baktı, kaş göz işareti yaptı, güldü. "Bunlarda bir şey var!" anlamına geliyordu, bu gülüş, bu bakış. Şair da gülümsedi, "Anladım," der gibi. O anda hesap geldi, onca ısrara rağmen hesabın tamamını Baki ödedi, kalktılar. Ekrem Bey'e uzaktan el sallayıp çıktılar.

Gecede şehir, gazinoların, barların, birahanelerin, çorbacıların, otellerin, işyerlerinin panolarındaki ışıklarıyla renk renkti. Gökyüzü açıktı. Ay, dolunaylı günlerinden birini yaşıyordu. Ayın ışığı şehrin ışığına karışıyordu. Yıldızlar, gökyüzünde salkım saçaktı.

Yürüdüler, önce kim, nerede yürüyeceğini bilemedi, bir karışıklık oldu. Çünkü beş kişiydiler, yan yana kaldırıma sığmadılar. Sonra, Şair'le Alev, Hüseyin'i de yanlarına alıp öne geçtiler. Sanki bunu bilerek böyle yaptılar, Süsen öyle düşündü. Zorunlu olarak Süsen'le Baki de arkadan, onları izlediler. Bir süre yürüdükten sonra, içkinin de verdiği cesaretle, Baki, Süsen'in elini yakaladı, avucunun içine aldı. Süsen karşı koymadı. Dönüp baktı, belki yıllardır ilk kez böyle içten, çok tatlı bir gülümseme yayıldı yüzüne. Bu düşünce tam o anda, gülümsediği anda aklından geçti. Baki'nin elini sıktı, ona biraz daha sokuldu. El ele tutuştuklarını önce Alev, dönüp öylesine arkaya, geliyorlar mı, diye baktığında gördü. Şair'in elini ilk kez tuttuğu gün heyecanlandığı gibi heyecanlandı, ikisine de sevgiyle gülümsedi... Yürüdüler şehrin ışıklarına doğru; uzaktan görüntüleri, birbirini seven, sıcak dostluklar, sevgiler kurmuş beş insanın görüntüsüydü; yürüdüler, daha sabaha çok zaman vardı.

42

Şimdiki zamanda bir gece: "Sizin hiç babanız öldü mü?"

Alev'in evine şen şakrak girdiklerinde saat ikiye geliyordu. İki kadın hemen mutfağa yöneldi, Şair'den önce Baki'yle Hüseyin koltuğa yığıldı, Hüseyin tedirgin bir yüzle dalıp gitti. Şair banyoya girdi, sonra gelip yanlarına oturdu. Hüseyin, sıkıntılı bir yüzle, Baki'ye, "Çok oturmayalım," dedi. Sustu bir süre, sonra, "Birazdan kalkalım," dedi aynı yüzle. Sigaraya uzandı, yaktı, derin bir soluk aldı. "Nasıl anlatacağız oğlum evdekilere? Ben de anlatamam, sen de. Hani söz vermiştik artık geç kalmayacaktık? Benimki beni paralayacak vallaha."

"Tamam ya!" dedi Baki. "Bir yalan uydururuz. Sanki biz her gece bar pavyon gezip duruyoruz. Kırk yılda bir, bir gece sabaha kadar oturmuşuz, ne var bunda? İstanbul'dan yazar arkadaşlarımız geldi, ondan geciktik falan, deriz... "

"Sen iyice dağıttın. İnanırlar mı? Vallaha yine çıngar çıkaracak. Ortalığı yıkacak benimki, yandım!"

"Çok oturmayız," dedi Şair. "Mutfağa girdiler, şimdi bir şeyler hazırlayacaklar, ayıp olur. Biraz oturur, bir-iki atıştırdıktan sonra kalkarız."

"Tamam, tamam," dedi Baki. "Bir şey olmaz. Konuşur konuşur susarlar."

Hüseyin, "Sen öyle düşün. Yarın sorarım ben sana,"

dediğinde kadınlar girdi içeri. Alev, "Hadi beyler," dedi, "sofraya!"

Kalktılar. Baki'nin gözleri Süsen'e takıldı. Canı sıkılmış gibi solgun, suskundu. Masaya yaklaştığında, yanındaki sandalyeyi onun için çekti. Süsen baktı, yine yarım, o solgun yüzle gülümsedi, sonra da oturdu Baki'nin çektiği sandalyeye. Sağ köşeye önce Hüseyin, karşısına Alev, onun yanına da Şair oturdu.

"Rakı içiyoruz değil mi?" diye sordu Şair. Baki'yle Hüseyin rakı içeceklerini söylediklerinde, Alev, "Biz şarap içeceğiz," dedi.

Şair önce şarabı, sonra rakıyı doldurdu kadehlere. Alev kadehini kaldırdı, "Hadi beyler," dedi, "kaldırın kadehlerinizi... Bu geceye, böyle güzel dostluklara içelim. Ne derler?.. 'En kötü günlerimiz böyle olsun' derler değil mi? Evet, bizim de en kötü günlerimiz böyle olsun, hadi kaldırın!"

Yüzlerde bir hoş gülüş, kaldırdılar kadehleri, gecenin bu vaktinde ağır ağır yudumladılar içkilerini. Bir ara Alev gidip CDçalara dokundu, kulaklara hoş gelen hafif müzik onlara eşlik etti.

Baki, arada bir yanında oturan Süsen'e dokunuyor, bu dokunuşlardan haz alıyordu. Bu dokunuşların bilinçli bir şekilde yapıldığını anlayan Süsen, Baki'ye bakıyor, gülümsüyordu. Bakışları, gülümsemeleri Alev'in gözünden kaçmıyordu. Baki'nin gözleri duvarda asılı fotoğraflar iliști, Alev'e döndü, "Ailen mi?" dedi.

"Evet... Annem, babam, abimler ve ablam."

"Öteki?.. Ayrı duran?"

"Sizce kim?"

"Sizsiniz... Ama sanki kendinizi gizlemişsiniz. Öyle değil mi?"

"Biz zaten hep gizli yaşamıyor muyuz? Saklanarak, kimliğimizi gizleyerek... Hangimiz çevremize açık açık, çekinmeden kendimizi, hele çalıştığımız yeri söyleyebiliyoruz? Hangimiz geçmişimizi çekinmeden, rahatça açıklayabiliyoruz? Çoğumuz adımızı hep saklarız, başka adlar kullanırız, yani hep gizleniriz."

"Alev, sizin gerçek adınız mı?"

"Sizce?"

"Değil bence. Gerçek adınız başka sizin, Alev değil."

"Doğru tahmin ettiniz. Benim gerçek adım Alev değil," dediğinde, Şair irkildi. Döndü, Alev'e suskun suskun öyle baktı. O anda içinden, "Doğru mu söylüyor?" diye geçirdi. Sonra yine kendi kendine, "Yok canım... Baki'yle eğleniyor," dediğinde, rahatladı. Bu rahatlık uzun sürmedi. Yine içine kuşku düştü.

"Doğru mu söylüyorsun?" diye sordu Alev'e. Alev gülümsedi, "Boş ver," dedi. "Doğru olsa ne olur, olmasa ne?" Kadehini kaldırdı. "Hadi arkadaşlar, bu güzel akşama! Bir de epey zamandır bana gelmeyen güzel arkadaşım Süsen'e içelim."

Hepsi ona baktı, Süsen'e. Kadehleri tokuşturdular.

"Sağ ol güzel bacım," dedi Süsen, tam o anda Baki elini yakaladı, sıktı.

"Peki, Süsen'in adı, gerçek adı mı?" diye sordu Hüseyin.

"Evet," dedi Alev. "Bir tek onun, bizim âlemde bir tek onun adı gerçektir. Memleketinde, dağlarda yaşayan bir çiçeğin adıdır. Babası koymuş, Süsen."

"Babam!" diye geçirdi içinden Süsen. "Babam koymuş. Güzel babam. Yitik babam! O koymuş. Ölesiye özlediğim babam." Birden gözleri doldu. Gizlemeye çalıştı, olmadı. Aktı gözyaşları, yanağından burnunun kenarına, sonra kanatlarından indi. Babasının sesi şimdi yankılanıyordu kulaklarında.

"Süsen!" diye seslendi Alev; kalktı, masayı dolandı, gelip sarıldı. Süsen sessiz sessiz ağlıyordu. "Dur, ağlama güzelim. Baban ölmedi ya!.. Neden ağlıyorsun? Bir de bana bak, bana! Yok!.. Uzaklarda da yok! Öldü benimki! Babam öldü! Keşke yaşasaydı da nerede olduğunu bilmeseydim, keşke! Babamı düşündüğümde aklıma hep o dizeler gelir, Cemal Süreya'nın şiiri. '*Sizin hiç babanız öldü mü?*' Ne güzel şiirdir değil mi?" dedi, sıktı kollarının arasında Süsen'i. Onun da gözleri doldu. Şiiri Hüseyin sürdürdü:

Benim bir kere öldü kör oldum
Yıkadılar aldılar götürdüler
Babamdan ummazdım bunu kör oldum...

"Evet, güzel şiirdir," dedi Baki.

Bu sözlerin ardından Süsen duruldu, sonra da kendine kızdı. Doğru söylüyordu, onun babası yoktu. Yoktu, gelmeyecekti Alev'in babası... Oysa kendisinin öyle mi? Gelebilirdi... Bir gün karşısında görebilirdi babasını...

"Tamam, tamam, kusura bakmayın... Bir anda... Aslında son zamanlarda başıma gelenler..." Şarap kadehini bir kenara koydu, "Bana da rakı koyun," dedi.

Alev, "Hah şöyle!.. Canım benim!.. Ben de rakı içeceğim. Hadi beyler, rakı koyun! Ama durun, bardak yok değil mi?" dedi, kalktı, mutfağa girdi, iki bardakla döndü. "Evet, şimdi doldurun bakayım!.. Artık gözyaşı falan istemiyorum, tamam mı güzel arkadaşım!.. Geçer, geçer, bu da geçer! Hepsi geçer... Bir şarkıydı değil mi bu?.. Bu daa geçer!"

Güldüler, Şair iki bardağı çekti önüne, rakı koydu, ardından su, buz. Yine Alev uzattı rakı dolu bardağını:

"Kaldırın! Bu boktan hayata!"

Bir anda masanın havası değişmişti. Kadeh, çatal, kaşık sesleri konuşmalara karıştı. Hüseyin karısının ne nemrut bir kadın olduğunu, bu sabah yüzde yüz saçını başını yolacağını söyleyip kadehini yine karısına kaldırdığını söyleyince, gülüştüler. Konu kadının kıskançlığına geldi, tam o ara Baki elini Süsen'in omzuna attı, Süsen omzundan sarkan eli tuttu, kendini dinledi. Öylesine, herhangi birinin elini tutmuş gibi bir duygu yaşadığını hissetti. "Yok, benim aşka meşke gönlüm artık kapalı! Yok, kimseyi istemiyorum!" diye geçirdi içinden. Bundan sonra Baki'nin dokunuşları onu hiç etkilemedi. Baki kimi zaman beline sarıldı, eli giysinin altından tenine dokundu, okşadı usul usul, tepki göstermedi. İyice kafayı bulup da arkadan, koltuk altından eli göğsüne doğru ilerlediğinde, yakaladı, indirdi aşağıya, dönüp sert sert baktı. Baki de bundan sonra fazla ileri gitmedi.

Şafak söküyordu, Hüseyin ısrar etti, "Artık kalkmamız gerekiyor, çok geç oldu," dediğinde, "Beni de evime bırakır mısınız?" dedi Süsen.

"Nereye kız bu saatte?" diye tepki gösterdi Alev. "Bırakmam, bende kal."

Şair, "Ben de gideceğim, siz kalabilirsiniz," dedi.

"Sen de gitmeyeceksin! Ne oluyor ayol? İkiniz de kalın. Senin de arkadaşların gibi evde bekleyenin mi var?" dediğinde, pişman oldu. "Yani şey... Yalnızsın, hep bendesin, Süsen biliyor. Gitme, demek istedim."

"Peki, peki, ben kalıyorum."

"Benim gitmem lazım," dedi kararlı bir biçimde Süsen. "Evde işim var. Gülcan gelebilir. Başka zaman kalırım."

"Peki, git... İstediğin gibi olsun, peki... Hadi o zaman kadehler boşalsın. Sonra ardımızdan ağlarlar."

Bir süre daha kaldılar, o kadehlerden sonra Baki'nin ısrarıyla bir kadeh daha içtiler, kalktıklarında hepsi sallanıyordu.

"Çok içtik," dedi Hüseyin kapıya yöneldiğinde.

"Bu ortamda içiliyor işte," dedi Baki, yürüdüler, kapıda, "İyi geceler," dedikten sonra çıktılar. Apartmanın önünde çok beklemediler, bir taksi geldi, bindiler, Süsen evinin olduğu semti söyledi şoföre, taksi hareket etti.

Evin bulunduğu apartmanın önüne geldiklerinde Süsen, "Burası, ben burada ineceğim," dedi, taksi durdu, indi. Baki'yle Hüseyin arka koltukta, yol boyu suskun, solgun bir yüzle akıp giden sokaklara, apartmanlara bakıp durmuşlardı.

"İyi geceler," dedi, yürüdü. Taksi hareket etti, yanından geçerken Baki el salladı, uzaklaştılar.

Apartman sessizdi, girdi, merdivenleri çıktı, dairenin kapısını ses çıkarmadan açtı; evde yine o farklı koku, hemen anladı Yusuf'un yine bolca esrar çektiğini. "Nereden buluyor? Kim getiriyor buna esrarı?" diyerek girdi odaya, Yusuf yatakta, yan dönmüş uyuyordu. Ona baktı, içinde anlam veremediği bir ürperti... Divanda yatacaktı, vazgeçti. Üstündekilerin hepsini çıkarıp attı, Yusuf'un yanına uzandığında çıplaktı. Yorganın altına girdiğinde Yusuf gözlerini açtı, önce gördüğüne inanamadı. Bir an düş gördüğünü sandı. Süsen'in eli aşağıya, bacaklarının arasına gittiğinde gerçek olduğunu anladı.

"Süsen!" dedi, dönmek istedi, dönemedi, ayağını eliyle tutup dönmeye çalıştığında, Süsen, "Dur!.. Sen yat, sırtüstü yat!" dedi, okşamaya koyuldu Yusuf'u. Yorganı çekti, attı yere, o ilk zamanları düşledi. Tırnağını geçirdi, Yusuf soluyordu, girdi bacağının arasına, aşağıya kaydı.

Sevişirken, nice zamandır ilk kez geçmişi bu kadar uzaklaşmıştı Süsen'den. Bunu düşündüğünde, rahatladığını hissetti. Şimdi soluğu odayı dolduruyordu.

43

Şimdiki zamanda bir sabah: "Hastane Önünde İncir Ağacı"

Serap, sabah erken bir saate yurttan çıktığında, arkadaşlarından birini kapıda bekler buldu. Yürüdü, o an içinden, "Bir şey oldu!" diye geçirdi. Arkadaşı durgun bir yüzle geldi,

"Günaydın Serap," dedi.

"Günaydın... Bir şey mi oldu?"

"Evet... Nahit'i gece, biraz da kaçırır gibi aldılar revirden. Hastanede şimdi."

Serap, "Öyle mi?" dedi sustu. Bir an kendini bir boşlukta, eli kolu bağlanmış çaresiz hissetti. Ne oluyordu? Demek bu noktaya gelindi, ha? Artık sona mı yaklaşıyorlardı? "Nasıl durumu acaba?"

"Eh işte... İyi olduğu söylenemez. Hastaneye gitmen gerekiyor. Yanında kimse yok. Müdahale edebilirler. Gerçi öyle çok kötü değil. İzin vermez. Yine de bir an önce gitsen iyi olur."

"Evet, haklısın... Hadi gidelim."

Yürüdüler, durağa ilk gelen dolmuşa bindiler. Caddeler, sokaklar kalabalıktı. İşe koşturan yaşlısı, genci, kadını erkeği, telaş yüklü kalabalıklar oluşturuyorlardı. Araçlar çoğu yerde yolu tıkıyor, klakson sesleri sabah telaşını, sinirli insan hallerini yansıtıyordu. Gözü camın ardındaki bu akıp giden hayatta, aklı Nahit'e takılıp kalmıştı. Şimdi ne yapacaktı? Nasıl başa çıkacaktı bu yeni durumla? Ya zorlayacak olurlarsa? Ya baskı artarsa? Başa çıkabilecek miydi? Onunla konuşmalarını anımsadı. Sanki böyle bir günü hiç yaşamayacakmış gibi bir duyguyla ayrılmıştı hep görüşlerden. Nahit'se onun aksine daha ilk gününde bu sona hazırlamıştı kendini. O günlerde böyle bir sabaha uyanacağını hiç düşünmemişti. İşte uyanmıştı böyle bir sabaha! İşte o gün gelip çatmıştı! Bundan sonra nasıl bir gelişme olacaktı? Aslında son gelişmeler bugünün işaretini vermiyor muydu? Göremedi bugünü. "Ben nasıl bir devrimciyim böyle?" diye duyulur duyulmaz bir sesle söylendiğinde, yanındaki arkadaşı, "Ne dedin, ne?" diye sordu.

"Hiiç... Kendi kendime konuşuyorum işte."

"Kendi kendine?"

"Boş ver!"

Sustular. O iç konuşmasını sürdürdü... İktidarla görüşmeler tıkanmıştı. Yazarların, aydınların, kitle örgütlerinin görüşmeleri, onca mitingler, hiçbiri sonuç vermemişti. Örgütler sonuna kadar gitme, direnme kararı almıştı. Sonuna kadar gidilecekti, işte gidiyorlardı. Son neresi? Ne olacaktı? Bunları önceden göremedi, kestiremedi böyle bir günün yaşanacağını... Kendisini hazırlaması gerekiyordu. Aslında ne yapacağını da tam bilmiyordu. Bunu yeterince konuşmamıştı. Ne var ki ölüm orucunda eylemi zorla sona erdirilecek olursa, fiziki bir müdahale olursa kanuni temsilci olarak bunu engellemeye hakkı olduğunu biliyordu; o da bunu yapacaktı, engel olacaktı. Mahkemenin kararını, vasi olarak atandığına dair kararı doğru düzgün okumamıştı bile. Birden aklına geldi, şimdi hastanede kararı görmek isteyebilirlerdi. Neredeydi karar? Hemen eli çantasına gitti. O an anımsadı evet, oradaydı. Çıkardı. Dolmuş, trafik yoğunluğundan dura kalka ilerliyordu. Okumaya koyuldu. Yanındaki arkadaşı da gözucuyla karara bakıyordu. Üst kısmında bir kaşe vurulmuş, orada şöyle yazıyordu: T.C. Ahkâmı Şahsiye 4. Sulh Hukuk Mahkemesi Sayı..." Sonrasında hâkimin, kâtibin adı, soyadı; hükümlü olarak Nahit'in adı, adresi, vasi olarak da Serap'ın yine adı, adresi. Karar sekiz maddeden oluşuyordu. İlk maddede Serap'ın vasi olarak tayin edildiği belirtilmişti. Daha sonra karar, "M.K.nın 360. ve 371. usulüne uygun şeklinde ilan edilmesine, bir suretinin vasiye tebliğ edilmesine bir suretinin infaz dosyasına konulmak üzere cumhuriyet başsavcılığına gönderilmesine..." diye devam ediyordu. Sayfanın altında tarih ve harç ödendiğine dair vurulmuş kaşeler vardı. "Demek bunu göstereceğim istediklerinde," diye düşündü, kararı katlayıp çantasına koydu. Kim bilir şimdi ona nasıl davranacaklardı? Neler söyleyeceklerdi? Gelişmeleri, bundan sonra olacakları görüyordu. Nahit bilincini tamamen yitirdiğinde ona saldıracaklardı. İnsani davranmadığını, göz göre göre bir insanın ölümüne neden olduğunu söyleyecek, duygusuz olduğunu, davranışının aklı başında bir insanın yapacağı davranış olmadığını söyleyeceklerdi. Nahit yaşamını yitirecek olursa ona bir katil gözüyle bakacaklardı. Düşüncesini, yaklaşımını sorgulayacaklardı. Bir de... bir de babasına, annesine haber vermekle tehdit edeceklerdi... "Yok canım! Böyle bir şey yapamazlar!" Sonuçta reşitti, medeni haklarını kullanma yetkisine sahipti. Bunu yapamazlardı... Ya yapacak olurlarsa? Ya babasıyla annesi kalkıp buraya gelecek olursa? Babası gerçekçi bir kişiliğe sahip, bunu biliyor, onu anlayabilirdi. Ya annesi? İmkânsız... Razı olmazdı. Anlamak istemezdi. Bir öğretmen olarak, bir anne olarak böyle bir olaya asla izin vermezdi. Kolayca hastane yönetimiyle işbirliği yapabilirdi. Nahit'in kurtulması için elinden geleni yapardı... Kötü olurdu böyle bir sonuç. Çok zor durumda kalırdı. Yok, yok!.. Haber vermek akıllarına gelmezdi... Neden şimdi, bu aşamada bunlar aklına geldi? Önceden hiç düşünmemişti. Yoksa?.. Bilinçaltında böyle bir şeyi istiyor muydu? Birilerinin çıkıp gelmesini... Bu duruma bir son vermesini? Böyle bir durum olursa annesine nereye kadar bile isteye karşı çıkardı? Nereden düşündü bunu şimdi? Böyle bir şeyi alttan alta istiyor muydu? Hayır, hayır!.. Buna izin vermezdi. Nahit'e, örgüte ihanet etmiş olurdu. Unutmalı bunları. Düşünmemeli...

Tesadüfün böylesine o da şaşırdı. Hastaneye yaklaşıyorlardı, dolmuşun hoparlöründe o türkünün sözleri: "*Hastane önünde incir ağacı...*" Tüyleri diken diken oldu. Dolmuştan indiklerinde, bir an yanlış bir yere geldiklerini düşündü.

"Burası mı?" diye sordu arkadaşına.

"Evet, burası. İşte hastane."

"Evet, evet... Ben hâlâ cezaevine gidiyormuşuz duygusundan kurtulamamışım."

"Anlıyorum. Nice zamandır cezaevine gidiyordun tabii. Ondan... Alışkanlık işte."

"Öyle... Nerede, kaçıncı katta?"

"Gel, soracağız. Ben de bilmiyorum."

Yürüdüler, hastanenin kapısından içeri girdiler.

44

Şimdiki zamanda bir gece: Gecekonduda infaz

Gece, farklı farklı konularda, bol miktarda içki alınarak geçmişti. Zahit neşeliydi. Çocukluğunu, köylerini, o günlerde, gizlilik içinde Rüstem'den bile sakladığı yaşamına ait bütün ayrıntıları anlattı. Bundan da en büyük sevinci Aysel yaşadı. Demek onu hiç tanımıyormuş. Böylesine çok sevdiği!... Böyle bir düşünce aklından geçtiğinde, açıkça içinde dillendirdiğinde, kendini saldı, "Aman! Bırak gitsin!.. Sal gönlünü, nereye giderse!" dedi, elindeki içkiyi yudumladı... Her konuştuğunda içini titreten adamı demek hiç tanımıyormuş. Kendini mutlu hissettiği böyle bir gecede adamın yaşamını, yaşadıklarını öğrenmişti. Her şeyi! Onun yaşamını, annesini, babasını, doğduğu toprakları... Hayretle Zahit'i dinlerken, kaçıncı bardak olduğunu bilmediği boş bardaklardan birini daha Rüstem'in önüne sürüyordu. Rüstem, bir-iki kez, "Çok olmuyor mu Aysel?" diye sormuş, sonra vazgeçmişti. Zahit'le Rüstem de kaç bardak içtiklerini anımsamıyorlardı. Bir ara söz örgüte gelince, (bu konuyu Rüstem açmak istedi) Zahit önce duymazdan geldi, sonra da, "Bu akşam başka şeylerden konuşalım. Hayatımızı, yaşadıklarımızı örneğin... Örgüt sonraya kalsın, sonraya... Hadi türkü söyleyelim. Rüstem hadi, hani sizin yörenin bir güzel türküsü vardı, neydi o? Dur hatırlayacağım, dur!..

Hah şöyle: *Mezarımı kazın bre dostlar belden aşağıya...* Bunu işte!.. Hadi söyle!" Aysel'e döndü, "Sen de eşlik et. Birlikte çok güzel söylüyorsunuz bu türküyü."

"Hüzünlü değil mi o türkü? Hani bu gece neşeli şeylerden konuşacaktık?"

"Değil, değil... Güzel türkü. Hadi Rüstem!"

Rüstem, rakısından bir yudum aldı, sonra ağır ağır, yanık bir ses tonuyla söyledi türküyü. Aysel de ona eşlik etti.

Türkü bittiğinde üçü de öyle susup kaldılar bir süre. Sonra Zahit, "Sağ olun," dedi. "Dilinize sağlık. Çok güzel söylüyorsunuz, çok!"

"Hadi neşeli bir şeyler söyleyelim," dedi Aysel, hemen ardından oynak bir türküye başladı. Rüstem de gözlerinin içine bakarak ona eşlik etti. Bir, iki, üç derken türkünün ardı kesildiğinde vakit gece yarısını çoktan geçmişti. Zahit kalktı önce. Sallanıyordu.

"Ben yatıyorum. Çok geç oldu. Sabah olacak neredeyse," dedi. Aysel baktı uzun uzun. O tanıdığı Aysel değildi şimdi ona bakan; gözleriyle okşuyordu Zahit'i. Korktu, aceleyle, "Hadi iyi geceler," dedi, girdi odaya. Rüstem ardından, "İyi geceler, iyi geceler," dedi, o da geçti odalarına. Aysel, masayı toplayıp ışığı söndürdü. Zahit, gördü, rahatladı. Döndü sağ yanına, esnedi, çok sürmedi uykuya dalması. Derin uykudaydı dokunmaları hissettiğinde. Gözünü açtı, Aysel dudaklarını aldı ağzına, konuşmasına izin vermedi. İşte o an Aysel'in çıplak olduğunu ayrımsadı. Eli kaydı, kalçalarına dokundu, yumuşaklık içine bir başka duygu olarak aktı, sarıldı, döndü, Aysel'i aldı altına. Odayı dolduran solukları çok sürmedi, ikisi de derin solumalarla yatağa sırtüstü uzandılar. Hiç konuşmadılar. Aysel kalktı, aynı sessizlikle giyindi, süzülerek, sessizce çıktı odadan.

Zahit o andan sonra bir daha uyuyamadı. Belki onlarca kez, "Ben ne yaptım ya? Niye izin verdim?" dedi kendine, ağzında söz biter bitmez yaşadığı hazzı düşündü. İçten, sakınarak itiraf ediyordu kendine, bir daha yaşansa yine karşı koyamayacaktı. Evet!.. Bunu biliyordu!.. Bunu biliyordu ama bu gerçek bir yandan da vicdanını eziyordu. Garip bir durum! Başından beri içinde taşıdığı, karşı koymayı planladığı ama her an bütün bu çabanın boşa çıkacağı, kendine hâkim olmayacağı duygusu!.. Aklına Aysel'in ipek yumuşaklığında teni, ona sarılması, içinde kaybolması geldiğinde ürperiyordu. O koku!.. Sessiz, soluksuz sevişmesi... Aklına çakılıp kalmıştı...

Döndü durdu, uyuyamadı. Kendini eleştirdi, kızdı. Ama bugünden sonra da aynı şeyi yaşayacağını, buna engel olamayacağını biliyordu. Kalktı, giyindi aceleyle, şafak söküyordu; usul adımlarla, duyurmadan, uyandırma kaygısıyla sessizce çıktı, gecekonduyu geride bıraktı. Paltosuna sarıldı, adımlarını açtı, hızlandı. Bir köşeden dönüp dar sokaklardan birine giriyordu ki duydu o sesi:

"Zahit! Dur!"

Sesi tanıdı. "O!" diye düşündüğünde, tam bu anda, konuşmanın ardını beklerken, bir el silah sesini duydu önce, bir de ardından, boynuna doğru gelen büyük darbeyi; yığıldı... Sesler vardı kulaklarında... Uzaklaşan ayak sesleri, bir de o ses: "Zahit! Dur!"

Gecekonduda horozlar yeni yeni ötmeye başladı. Sesleri şimdi sabahın bu serininde bir oradan bir buradan yankılanmaya, sessizliği bozmaya başlamış, giderek çoğalıyordu. Bir kadın evinin eşik kapısını açtı, sokağa çıkacaktı, hemen kapısının önünde boylu boyunca uzanmış, kafasının bir yanından kan sızan adamı gördüğünde geri çekildi, aceleyle kapıyı kapadı.

45

Şimdiki zamanda bir şafak vakti: Gitti, yıldızlara gitti!

Serap'ın korktuğu başına gelmedi. Birkaç kez savcıyla birlikte hastane yönetimi, doktorlar onu bir odaya alıp Nahit'in tamamen bilincini yitirmeden, daha çok geç kalınmadan müdahale edilmesi gerektiğini söylediler. Her şey onun ağzından çıkacak bir söze bağlıydı. "Tamam," dese Nahit ölmeyecek. Ama "Hayır!" derse, kurtuluşu yok Nahit'in. Buna nasıl izin verebilir bir insan? Hatta bir devrimci yoldaşının ölümüne nasıl razı olur? Elindeyken nasıl olur da hayata dönmesini engelleyebilir? Bu nasıl devrimcilik? Nasıl yüreği dayanıyor buna? Bunları da doktorlar söylüyordu... Önceden bu ânı yaşayacağını biliyordu. Nahit'le bu kez ranzanın başında saatlerce konuşmuşlardı. Yaşanmış pratikler vardı. Ona göre kendini hazırlamıştı. Vereceği yanıtları da hazırdı. İşte o yanıtları, o konuşmayı yaptı yüzlerine karşı... Yaşam hakkı kişinin kendi elindedir. Kendisi istemeden ona kimsenin müdahale etmeye hakkı yoktur. Karışmayın, engel olmaya kalkışmayın, bu benim evrensel sözleşme gereği hakkımdır. Vasisi olduğum kişinin kendi isteğidir. Bunun için kendisinin de böyle bir hakka saygı duyması, mademki onu vasi tayin etmişti, buna uyması gerekiyordu. Doğru olan buydu. Aksi durumda yoldaşına ihanet etmiş olurdu ki, bunu asla yapmayacaktı. Bunu böyle bilmeliydiler. Asıl sorumlu olan iktidardı. Daha başta sorumluluğunu yerine getirmeli, meseleyi kökünden çözmeliydi. Şu an da geç kalınmış değil, çözülebilinir. Ama iktidarın başından beri ciddi anlamda böyle derdi olmamıştır. Dünyada onlarca örnek var cezaevi direnişlerine dair. İrlanda var, İspanya var... Oralarda anlaşmayla sonuçlanmıştır açlık grevleri... İstenirse çözülür. Hiçbir karar, hiçbir yasa insan hayatından daha önemli değildir. Karar verilir, Nahit'ler kurtulur... Gerçi buna ne kadar kurtulmak denir, bu ayrı bir soru. Çünkü bırakılanların, müdahaleyle ölüm orucuna son verilenlerin sonrasında nasıl yaşadıkları, hatta buna yaşamak denir mi, yaşayıp yaşamadıkları ortada. Nahit, böyle bir sonu bildiği için, bir Korsakoff hastası olmak istemediği için kesinlikle karşıdır müdahaleye. Bu aşamadan sonra, istekleri kabul edilmezse bir daha asla görüşme olmayacaktır. Ben buna uymak zorundayım. Asıl önemli olan isteklere yanıt verilip sorunun kökünden çözülmesidir. Ardı durmuyor, her gün yenileri ekleniyor ölüm oruççularına, her gün yenileri getirilecek bu hastaneye. Buna çözüm üretmek gerekir... Bırakın artık beni! Konuşmaya çağırmayın bir daha!

Kalkmış, kararlı bir biçimde çıkmıştı odadan. Gidip Nahit'e bu konuşmaları yatağın kıyısında anlattığında, Nahit canlanmış, "Hadi ver şu şiir kitabını, ver. Tam Enver Gökçe okumanın zamanıdır," deyip öksürüklerin, zor solumaların arasında Enver Gökçe'den şiirler okumuştu.

Şimdi, sabahın bu erken saatinde, sırtı yatakta öyle uzanıp soluksuz yatan Nahit'e dönük, o sesi, o etkileyici dizeleri duyuyordu. "Az önce gitti. Yıldızlara gitti!.. Oradan bana bakıyor. İşte parladı!" dedi içinden. Oda sessizdi. Sabahın erken bir vakti, hava yeni yeni ağarıyordu. Öldüğünde, avuçlarının içinde tuttuğu elini dudaklarına götürdü, öptü. "Elveda yoldaş!" dedi, eli usulca bıraktı yatağın kıyısına, pencereye yöneldi. Hâlâ orada, pencerenin önündeydi.

Hastanenin bu arka penceresinin baktığı sokak, yavaş yavaş hareketlendi. Kapılar açıldı, insanlar sisin, pusun içinde hızlı adımlarla bir bir belirip sonra kayboldular.

"Bak!" dedi içinden, "Onlar yollara döküldüler. Büyük çoğunluğu senin, yoldaşlarının yaşadıklarından habersizler. Bak!.. İşlerine gidiyorlar. Hayat sokağın damarlarında akıyor..."

Bir zaman daha pencerenin önünde, dışarıyı izledi. Sonra döndü, Nahit'e baktı. Onu gördüğü o ilk akşamı anımsadı. Nasıl da canlıydı. Nasıl da coşkulu... Şimdi çok zayıf, şimdi soluksuz! Gitti, eğildi, önce kapalı gözlerinin birine dudaklarını bıraktı, öptü usulca, sonra solgun yanağına. İçine akan soğuğu hissetti, kalktı. Bir kez daha baktı kapanmış gözlerine, artık bir deri bir kemik olmuş yüzüne, yatakta küçülüp kalmış bedenine... Gözleri nemlendi, ağlayacaktı, içinden, direnmesi gerektiğini düşündü. Bu odadan Nahit'le yoldaşlarının mücadelesine yaraşır bir biçimde çıkıp duyurmalıydı öldüğünü. Kapıya yöneldi, aklında Enver Gökçe'nin o dizesi, "*Ölüm adın kalleş olsun!*" dedi, çıktı odadan.